윤만보 장편소설

찬란한 아침의 명과 암

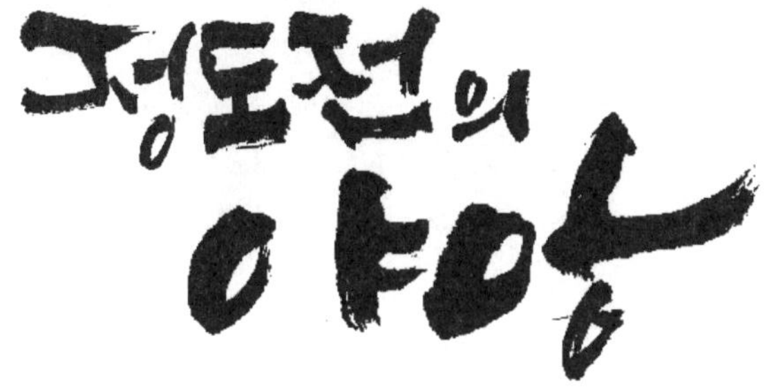

4권 완결판

윤만보 장편소설

찬란한 아침의 명과 암

정도전의 야망

4권 완결판

문학공감

서문

『정도전의 야망』 1~3권을 출간한 지(2016) 5년 만에 4권, '찬란한 아침의 明과 暗'을 내놓게 되었다. 처음 정도전에 대한 소설을 써보겠다고 시작한 시점으로 보면 10년 만에 완결판을 내놓는 셈이다.

3권에서 일단 마무리하고 추후에 속편을 내놓고자 독자와 약속을 하였으니 이를 지켜야 한다고, 마음 한구석에 부담으로 남아있었는데, 이제 그 짐에서 벗어났다고 생각하니 감개무량하다.

전권(1~3권)에서는 임금을 비롯한 지도자의 무능, 벼슬아치들의 극심한 부패, 그 속에서 지옥과 같은 비참함을 겪는 민초들의 고통 등 고려의 말기적 상황과 함께 그 와중에서 개혁에 대한 새로운 사조가 일어나고 정도전이 그 중심에 서서 혁명사상을 고취하며 성장하는 과정을 거치면서 드디어는 이성계와 함께 새로운 나라를 창업하게 되는 이야기를 풀어내었다.

4권에서는 일련의 사실에 근거한 드라마틱한 조선의 건국 초 이야기를 그렸다.

정도전은 최고의 권력에 편승하였던 시기, 7년 정도의 비교적 짧은 기간임에도 실로 놀라울 만큼 크나큰 업적을 남겼다.

조선의 국호는 정도전에 의하여 제정되어 500년 동안 지속하였다. 이 땅에 최초로 문명한 나라로 세워진 단군조선은 중국의 요나라와 역사를 같이 시작하였기에 단군조선을 잇는다는 것은 민족의 자부심이었다.

같은 맥락으로 보아 비록 실천에 옮기지는 못하였지만, 요동정벌론은 고구려 고토 회복을 위한 우리의 기개였던 것이고, 중국에 대한 사대에서 벗어나고자 하는 자존심이었다.

그가 저술한 『조선경국전』은 탁월한 국가 경영의 지침서로서 이를 근간으로 조선왕조 500년이 유지되었다.

경복궁, 도성의 남대문을 비롯한 사대문, 광화문통과 종로통 등의 거리는 정도전에 의하여 입안된 도시계획인데, 그 체취가 600년 지났어도 지금의 '서울'에 여전히 생생하게 남아서 우리는 그 속에서 번영과 풍요를 누리고 있다. 이것이 오늘날을 사는 우리가 정도전의 업적을 찬양해야 하는 이유이다.

그러나 한편 왕조의 교체 과정에서 빚어진 수많은 참상들, 고려 왕씨들과 고려조 충신들의 억울한 죽음들은 그냥 묻혀 넘어갈 수 없는 일이었다.

작가는 소설에서 불굴의 의지로 살아가는 정도전의 열정과 빛나는 업적을 찬양하면서도 한편으로는 권력투쟁 과정에서 일어난 참상들은 아무리 대의명분을 지녔다 해도 묵과할 수 없는 일이기에 이에 대해서도 냉정한 사각으로 비판을 하고자 했다. 정도전 역시도 권력투쟁의 과정에서 척살을 당하였기에 더욱 그러했다.

정도전은 조선왕조와는 뗄 수 없는 괄목한 업적이 있는 인물임에도 정치적 이유로 인하여 왕조 내내 묻히다시피 지내오다가 사후 467년이 지난 시점에 대원군 이하응이 경복궁을 중수하면서 신원이 이루어졌다. 경복궁 건립은 정도전의 노고를 빼놓고는 논할 수 없었기에 대원군 이하응이 정치적 필요에 따라 결정한 것이다.

이로 볼 때 아무리 위대한 업적을 남긴 인물이라 할지라도 정권을 쥔 자의 편향성과 정치적 목적에 의해 공과가 재단된다고 생각하니 씁

쓸함을 지울 수가 없다.

근래 정도전을 연구하는 몇몇 학자들에 의해서 또 사극 드라마를 통해서 정도전의 업적에 대한 평가가 재조명되는 사실은 고무적인 일이다. 작가 역시 그에 일조하고 있다고 생각하니 뿌듯한 감이 든다.

올해는 정도전 사후 623년이 되는 해인데, 미흡하나마 그분의 일생을 소재로 글로 쓸 수 있었다는 것을 감사하게 생각한다.

책이 출간되면 정도전 선생을 모시는 평택 진위면 '문헌사' 사당을 찾아가서 술이라도 한잔 부어 올려야겠다.

2021. 4. 22

목차

제21장

빛나는 아침에 서다

• 1

홍무(洪武) 25년(1392) 7월 16일 마침내 이성계가 왕위에 오르고 대내외에 이를 공식적으로 포고했다.

"내가 덕이 없고 우매한 사람임을 알기에 몇 번에 걸쳐서 사양하였으나 도평의사사[1]와 대소신료들이 백성과 하늘의 뜻이라고 고집하여 마지못해서 임금의 자리에 오르게 되었다. 그대 신료들의 힘을 입어 새로운 정치를 이루려 하니 나의 지극한 마음을 본받으라. 또한, 나라 이름은 그전대로 고려라 하고 의장(儀章)[2]과 법제는 한결같이 고려에서 해오던 대로 따르게 하라."

이성계가 새 나라의 임금이 되었음을 포고하면서 나라의 이름을 여전히 고려라 하고 제도 또한 고려의 옛 제도를 그대로 따른다고 했다.

포고문을 발표한 다음 날로 내용을 황제에게 고하기 위하여 사신단을 보냈는데, 여기에도 새 나라의 이름은 정하지 않은 채 여전히 고려라고 썼다. 이성계가 고려의 신하로서 고려의 왕위를 계승하였다는 뜻이 담겨있는 내용이었다. 이는 명나라의 눈치를 보면서 민심의 이반을 막으려는 조치이기도 했다.

포고 내용을 접한 백성들의 충격은 컸다.

"아니, 하룻밤 사이에 임금이 바뀌다니, 이게 무슨 일인가?"

"왕 씨의 나라에 이 씨가 어찌 임금이 되었다는 말인가? 신 씨가 임금의 자리를 도둑질하였다 하더니 이번에는 이 씨가 도둑질 한 것인가?"

---

1) 도평의사사(都評議使司) : 후에 의정부(議政府)로 개칭

2) 의장(儀章) : 왕실에서 대외적으로 발표하는 문서

“임금은 하늘이 내리는 자리인데 어떻게 이런 일이……?”

“나라가 망하였네. 우리 백성들은 이제 어떻게 될꼬?”

백성들은 임금의 자리는 하늘의 명을 받은 사람만이 앉는다고 신앙처럼 믿고 있었다. 백성에게 임금은 곧 하늘이다. 비록 임금의 폭정과 무능에 대해 욕을 하고 원망을 하더라도 그것은 일시적일 뿐이었다. 임금에 대한 믿음은 마치 천재지변을 만나서 하늘을 원망하면서도 어쩔 수 없이 그에 의지하며 살아가야 하는 것처럼 절대적이었다. 그런데 지금 믿을 수 없는 일이 하룻밤 사이에 벌어진 것이다. 백성들이 받아들이는 충격은 이만저만하지 않았다.

충격은 일반 백성들만 받은 것이 아니었다. 벼슬을 하는 관리들도 마찬가지였다. 그들의 집안은 대대로 고려 왕조에서 벼슬을 해온 대가들이다. 그들에게 태조 왕건이 나라를 세운 이후 오백 년 동안 왕 씨가 다스려온 이 나라를 다른 성씨가 이어받는다는 것은 상상할 수도 없는 일이었다. 임금에 대한 충성은 절대적이고 무조건 따르라는 것이라고 배웠는데, 어찌 신하 된 자가 임금 자리를 탐한단 말인가!

그동안 시중에 ‘목자득국(木子得國)[3]’이니 하면서 임금이 바뀔 것이라는 은밀한 소문이 떠돌고는 있었지마는 그것은 오래전부터 낭설로 전해져오던 말들로서 믿을 바가 되지 못했다.

‘설마?’ 하는 일이었는데 그런 일이 실제로 일어나다니….

포고에는 전 임금이 무능하여 스스로 자리를 물려주고 이성계는 임금 자리를 사양하다가 마지못해 물려받게 되었다고 하였지만, 어찌 그 말을 그대로 믿겠는가! 그것은 곧 임금을 자리에서 쫓아내고 그 자리를 빼앗았다는 말과 다름없었다.

---

3) 목자득국(木子得國) : 木子는 李의 파자로서 이는 곧 이 씨가 임금 자리에 앉는다는 뜻

• 2

개경 남동쪽, 개풍군 광덕산 자락, 개경으로 가는 길목에 고려의 벼슬아치들이 모였다.

"세상에 인의(仁義)가 무너졌다. 신하가 어찌 임금의 자리를 탐한단 말인가?"

"이제 고려는 망했다. 우리는 고려의 신하로서 두 임금을 섬길 수 없다."

관리들은 고려 조정에서 입던 조복을 그대로 입고 나와서 궁궐 쪽을 바라보면서 이성계가 즉위한 것을 성토했다. 개중에는 눈물을 펑펑 쏟는 자도 있었다.

"옛날 은나라의 성인 백이(伯夷)와 숙제(叔齊)는 은나라의 신하 주(周)가 임금을 죽이고 주나라를 세우자 주나라의 곡식을 먹기를 거부하고 수양산으로 들어가서 고사리를 캐 먹고 지내다가 죽었다. 백이숙제가 한 바를 우리라고 못 할 리가 없다. 고려의 녹을 먹어온 우리가 어찌 또 다른 세상을 보겠는가? 우리 모두는 저기, 저 광덕산 골짜기로 들어가서 산나물을 캐 먹으면서 백이숙제를 본받고자 한다."

한 인사가 외치자 다른 사람이 먼저 조복을 벗어서 나뭇가지에 걸었다.

"우리도 광덕산의 백이숙제가 됩시다!"

뒤이어 다른 사람들도 조복[4]을 벗어 던지고 초립과 흰옷으로 갈아입었다.

이들은 모두 72인이었다.

한사람이 앞장을 서니 모두는 그를 뒤따랐다. 그들 72인 모두는 휘적휘적 광덕산 골짜기로 향해 들어갔다. 이들 중에 이름이 밝혀진 이

4) 조복(朝服) : 나라의 경축일 등 큰일이 있을 때 입는 관리들의 예복

는 신규, 조의생, 임선미, 맹호성, 고천상, 서중보 등이다. 이들은 하늘이 맞닿고 사방이 닫힌 듯한, 짐승 소리만 고고히 들리는 깊숙한 골짜기에서 걸음을 멈추었다.

"이곳이면 좋겠구먼, 보기 싫은 꼴 보지 않아도 되고 듣기 싫은 소리 듣지 않아도 되니 우리의 여생 보내기 딱 좋은 곳이지 않소?"

"산을 보니 고사리는 많을 것 같고 물소리가 끊이지 않으니 그것으로 족한 듯하오."

일행들은 그곳에다 터를 잡고서 마을 입구에 '두문동(杜門洞)'이라 패를 써서 붙여 놓았다. 세상에 두문불출(杜門不出)이라는 말이 생겨난 것은 이들이 이성계의 집권에 항의하는 뜻으로 광덕산 골짜기로 들어가서 세상과의 인연을 끊고 지낸 것을 두고 하는 말이다.

• 3

이성계는 새 나라 조정의 인사를 단행하기 전 정도전을 먼저 편전으로 불렀다.

"내가 지난 왕조에서 고초를 겪었던 삼봉과 남은, 조준에게 벼슬을 내려주고자 하였을 때 다른 사람은 쾌히 승낙하였는데, 유독 삼봉은 고사하였다."

"그러하였습니다. 소신은 그때 봉화백으로 남아있겠다고 하였고, 전하께서 새 나라를 세우신 뒤 전하의 명으로 된 교지를 받겠다고 하였습니다."

"이제 그런 날이 왔으니 벼슬을 받아야 할 것이 아닌가? 공으로 치면 삼봉의 공이 으뜸이니 문하시중이나 수시중으로 해야 할 것이 아닌가?"

"아니옵니다. 소신은 아직 그런 생각이 없사옵니다. 전하께서 소신에게 마음을 써주시니 그것으로 감읍할 따름입니다. 문하시중은 전하의 다음가는 자리지만 백성의 맨 위에 있는 자리입니다. 소신보다는 다른 이가 적격일 것입니다."

"그렇다면 어떤 자리가 적당하겠는가?"

"지금 새 나라가 세워졌는데, 나라의 제도는 고려의 것을 그대로 따르고 있습니다. 사람이 바뀌면 새 옷으로 갈아입어야 하듯이 세상이 바뀌었으니 새롭게 제도도 바꾸어야 할 것입니다. 소신은 높은 자리에 앉는 것보다 더 낮은 자리에서 전하를 보필하면서 새 나라에 맞게 제도를 정비하고 나라의 백년대계를 설계하고자 합니다."

"허허, 삼봉의 뜻이 정녕 그러한가? 참으로 나의 장자방이로다."

"과분한 칭찬이시옵니다. 소신은 이 나라가 반석 위에 서도록 성심을 다하겠나이다."

"그래, 그래, 내 삼봉에게 합당한 자리를 내릴 것이다. 그대는 성심을 다하여 과인을 보필하라. 그런데……."

이성계는 말을 다 마치지 않았다. 잠시 머뭇거리다가 말을 이었다.

"내 임금 자리에 앉고 보니 생각지도 않은 일들이 끊이지 않고 있다. 천하 만민이 나라가 바뀌어야 한다고, 무능한 임금을 바꾸자고 하고서 나에게 임금 자리에 앉기를 권하였다. 나는 거듭 사양하다가 자리에 앉게 되었는데, 막상 임금 자리에 앉고 보니 민심이 그렇지가 않은 것 같다. 내가 임금 자리를 빼앗았다고 비난을 하고, 고려 때 벼슬을 한 자들은 산으로 숨어 들어가 나의 명을 받들지 않겠다고 하며, 나의 신하가 된 자들도 여기저기서 '이것을 하옵소서 저것은 아니 되옵니다.'만 거듭하고……. 임금 자리에 앉고 나니 한순간도 편치 못하니 앞으로의 일들을 어찌 다 감당을 해야 할는지…?"

정도전은 이성계의 말을 들으며 빙그레 웃음 지었다.

"전하 새 나라를 세우고서 이곳저곳에 너무 정신을 쏟으셔서 피로하셔서 그런 생각이 드시는 모양입니다. 이 나라는 이제 전하의 나라입니다. 전하의 말씀 한마디에 백성들이 울고 웃습니다. 아무리 맑은 물이라 해도 잡티가 섞이게 마련이고, 아무리 산해진미 좋은 음식이라 해도 모두가 몸에 좋은 것은 아닙니다. 전하께서는 오직 백성의 이로움만 생각하시고 여러 소리 중에서 좋은 말만 택하시오소서."

"…… 글쎄 앞으로가 더 걱정이네"

"크게 걱정하실 일이 아니옵니다. 세상을 다스리는 것은 다른 방책이 있는 것이 아니라 민심을 따라서 하늘을 받드는 것입니다. 순임금에게 천하를 물려준 것은 요임금이 아니라 민심이었었습니다. 고려는 왕 씨의 나라가 아니라 백성의 나라인데 이 지극히 당연한 이치를 소홀히 하여 결국 망한 것이옵니다."

"아무튼 삼봉과 여러 대신들을 믿으니 과인을 잘 보필해주기를 바랄 뿐이네."

말을 건네는 이성계의 눈빛에는 신뢰가 가득했다.

"소신은 전하와 함께 이루고자 하는 일을 해냈으니 이제부터는 이 나라의 백 년, 아니 천년대계를 위해서 혼신을 바칠 것이옵니다, 하온데 조정 인사를 하는 것 못지않게 서둘러야 하는 일이 한둘이 아니옵니다."

"그렇겠지. 나라가 바뀌었으니까, 많은 일을 서둘러야 하겠지, 그러기 위해서 조정 인사부터 단행하자는 것이고…."

"먼저 국호를 정하는 일이 옵니다. 전하께옵서는 지금 고려의 임금으로 나라를 이어받으셨습니다. 국호를 정하여 새 나라가 세워졌음을 대내외에 선포하는 일이 시급한 일이 옵니다."

"그렇지. 내가 고려왕으로 자리를 이어받고 고려의 제도를 따르라 한 것은 우선은 그렇게 한 일이고, 내가 세운 나라에서는 나라 이름을 다시 정해야지 언제까지나 고려의 임금으로 지낼 수야 없지. 그래 새 나라 이름은 무엇으로 하는 것이 좋겠는가?"

"소신이 그에 대해서 진즉부터 생각해온 바가 있사옵니다. 이것을 한번 보아주시옵소서."

정도전은 품속에서 준비하여 온 두루마리를 꺼내 바쳤다.

"어디?"

이성계는 정도전으로부터 두루마리를 받아서 펼쳐보았다.

문서에 조선(朝鮮)과 화령(和寧)이라는 두 글자가 두드러져 보였다.

"조선, 화령? 무슨 뜻인가?"

"예, 새로이 정할 나라의 이름이옵니다. 둘 중 하나를 택하여 황제의 재가를 받고자 하옵니다."

"화령은 과인의 고향 땅 이름인데, 이들을 국호로 한다면 달리 뜻이 있을 것인데 말해보게나."

"화령은 전하께서 생각하시는 바와 같이 전하의 고향입니다. 이는 전하께서 이 나라를 세우셨다는 뜻입니다."

"그럼 조선은?"

"조선은 단군왕검께서 이 땅에 최초로 세우신 나라이온데, 새 나라는 단군조선의 명맥을 잇는다는 뜻에서 국호를 그리 정하고자 하는 것입니다. 이 땅에는 고 씨가 나라를 세워 고구려라 하였고 남쪽에는 주몽의 아들 온조가 내려와 한수 이남에 나라를 세워 백제라 하였습니다. 그 동으로는 박 씨가 나라를 세우고 석 씨, 김 씨가 서로 이어가면서 신라라 일컬어 천 년을 지속해왔습니다. 신라 말 궁예가 고구려를 잇는다는 뜻에서 후고구려라는 이름으로 나라를 세웠다가 후에 왕건이 궁예를 대신하여 왕의 자리를 차지하면서 고려라 국호를 정하여 이를 승습했습니다."

"그랬지, 새 나라 또한 그 뒤를 이었으니 앞서의 예에 따라야겠지."

"새 나라는 앞서의 어느 것도 따르지 않고 이 땅에 최초로 문명한 나라로 세워진 단군조선의 뒤를 잇고자 하여 그 이름을 조선이라 정하고자 하는 것입니다."

"……?"

"고조선은 또한 중국에서 최초의 문명한 나라로 일컬어지는 요나라와 출발 시기가 비슷하니 이는 우리 민족의 자부심이기도 합니다."

"이 땅에 최초로 세워진 나라? 우리 민족의 자부심?"

"그러하옵니다. 하오나 이는 간단치가 않사옵니다. 국호를 정함에는 명나라의 승인을 받아야 하는데 명나라는 우리의 국호를 쉽게 재가해주지 않을 것이 옵니다."

"그것은 또 어찌하여 그러한가?"

"그들은 오랫동안 이 땅을 저들의 제후국쯤으로 여겨왔으므로 우리나라가 새로운 국호를 사용하기를 원치 않을 것이 옵니다. 그러나 조선이라는 국호를 택하겠다 하면 명나라에서도 쉽게 승인을 해줄 것이 옵니다."

"……?"

이성계는 알 듯 모를 듯 의아한 눈빛으로 듣고만 있었다.

"이는 조선에 대한 저들과 우리의 생각이 달라서 그러합니다. 우리는 조선을 단군조선을 잇는다는 뜻으로 국호로 사용하려 하지만 저들에게 있어서 조선이라 함은 옛 기자가 이 땅에 세운 나라 조선, 즉 기자조선을 떠올리는 것이기에 쉽게 승인을 내려주리라 보옵니다."

정도전은 조선을 국호로 제정한다면 명나라의 승인을 얻기가 쉬운 이유를 장황히 설명하였다. 이 땅에 세워진 고조선에 대해서 우리 민족과 중국은 서로 역사적 정의를 달리하였다. 우리의 역사 속에서 고조선은 정도전이 말한 대로 이 땅에 우리 민족에 의해서, 최초로, 문명국가로 세워져서 역사의 발자취를 뚜렷이 남긴 민족적 자긍심이었다.

반면 중국의 역사에서 보면 옛 조선은 그들이 이 땅에 관리를 파견하여 세운 나라, 즉 기원전 1100년경 주나라 시대 관리인 기자(箕子)가 이 땅에 세운 나라이기에 한반도는 그들의 속국이라는 사상이 지배적이었다. 이는 중국의 고대 역사책서인 복생(伏生)의 『상서대전(尙書大傳)』, 사마천의 『사기(史記)』, 반고의 『한서(漢書)』에 그렇게 기록되어 있기에 그들은 그렇게 생각하고 있는 것이었다. 따라서 중국의 황제는 이 땅에 새로운 왕조가 세워지더라도 여전히 지배국으로서의 영향력을 행사하고 싶은 마음에서 새로운 국호를 승인해주지 않으려 할 것이라는 정도전의 설명이었다.

그러나 중국의 역사서는 중국 중심의 사상에서 저술한 내용이고 또 당시에는 서책을 저술할 수 있는 정도의 능력이 중국뿐이었기에 이에 근거할 필요는 없는 일이었다. 우리는 문자시대 이후 독자적으로 우리의 역사를 연구하여 중국과는 별도로 고조선이 우리의 조상이 세운 나라 '단군조선'이라는 것을 밝혀내어 민족적 자부심으로 느끼고 있던 터였다.

정도전은 이러한 사정을 잘 알고 있었기에 새로운 나라가 '조선'이라는 국호를 택한다면 우리 민족의 자존심도 살리면서 황제로부터 거부감 없이 승인을 받아낼 수 있음을 이성계에게 자세하게 설명한 것이었다.

정도전의 설명을 듣고 난 뒤 이성계는 또 다른 의문을 제기했다.

"그런데, 화령은 또 무엇인고?"

국호 지정을 하나만 정해서 올리지 왜 다른 것도 함께 올리느냐는 물음이었다.

"그것은 황제께 선택해달라는 뜻으로 같이 올린 것입니다. 화령은 전하의 고향을 뜻하는 것으로 이는 전하의 나라를 뜻하는 것이기에 황제는 절대로 승인해주지 않을 것이옵니다."

설명을 다 듣고 난 뒤 이성계는 믿음이 가득한 시선으로 정도전을 바라보면서,

"흠, 참으로 훌륭한 선택이로고" 하며 칭찬을 해주었다.

정도전이 건의한 것은 국호에 관한 것만이 아니었다. 서류에 쓰인 내용에는 다른 것들도 있었다. 이성계는 이도 읽어 내려갔다.

"시급히 과거를 시행하자? 세금을 1/10로 감하자? 설명을 해 보라."

"이제 나라가 새로이 세워졌으니 널리 새로이 인재를 발굴하여 쓰는 것은 당연한 일이옵니다. 이는 또 급제하여 관리가 되더라도 좌주니 문생이니 당여니 하며 파벌을 조성하여 자신들의 이익에 맞는 일만 찾아서 하는 병폐를 막고, 능력 있는 자를 등용 육성하고 언로를 개방하기 위해 필요한 조치들입니다. 조세를 감면해주는 것은 무엇보다도 확실한 민생 대책이옵니다. 조세는 나라에서 정하는 것만 내도록 해야 합니다. 관리들이 제 배를 채우기 위하여 나라의 세금을 빙자하여 멋대로 세금을 올리거나 해서는 백성의 생활이 안정되지 않사옵니다. 논 1결당 소출을 300두라 하고 그 1/10인 30두 이상의 조세를 거두지 못하도록 법으로 정해놓고서 그 이상의 조세를 거두지 못하게 해야 합니다. 과도한 과세는 백성들의 일할 의욕을 떨어뜨리는 일이 옵니다."

"그렇지, 일리가 있는 말이오. 그런데, 홀아비와 과부, 고아, 자식 없는 노인을 나라에서 돌보아야 한다는 것은 또 무슨 의미인고?"

"예, 이들은 이른바 4고(孤)이온데, 천애에 의탁할 곳이 없는 불쌍한 자들이옵니다. 지방 관아에서 이러한 자들을 돌보아 주게 하여야 합니다."

"음, 돌볼 사람이 없는 자들을 나라가 나서서 돌보라…. 참으로 삼봉의 마음 씀이 갸륵하구나."

"전하의 보살핌이 아래로 향할수록 덕은 더 높이 쌓일 것입니다."

"옳은 말이다, 내 그리하리다. 속히 시행하도록 하라."

이성계의 명에 따라 정도전이 건의한 일련의 조치들이 도평의사사에 부의되어 공포되었다.

조선과 화령, 국호를 정하는 문제도 정도전의 의견대로 도평사에서 결정하는 모양새를 갖추어 사신단을 꾸려서 황제에게 서둘러 보냈다.

• 4

조정 대신들에 대한 인사가 단행되었다.

문하시중에는 배극렴(후에 좌정승) 수시중(우정승)에는 조준이 임명되었다. 정도전의 자리는 문하부의 두 번째 서열 문하시랑찬성사로 정해졌다. 그러나 정도전이 하는 일은 직책에 부여된 일에 한하지 않았다. 이성계는 필요할 때마다 정도전을 불러서 국정 전반에 관하여 의논을 하면서 원활히 진행될 수 있도록 수시로 별도 직책을 내려주어서 정도전은 여러 벼슬을 겸하였다.

정책 결정기구의 수장인 동판도평의사사, 국가 경제를 총괄하는 판호조사, 인사행정을 총괄하는 판상서사사, 문필(文筆)의 책임을 맡은 보문각대학사, 왕을 교육하고 역사를 편찬하는 지경연예문춘추관사, 친병인 의흥부친군위의 두 번째 책임자인 의흥친군위절제사의 직위를 모두 겸하게 했다. 나라의 정책 결정, 인사행정, 국가재정 책임, 군사지휘권, 왕의 교육과 교서 작성, 임금의 비서실장, 역사편찬 책임의 막중한 권한을 정도전 한 사람이 행사할 수 있도록 이성계는 전폭으로 지지한 것이었다.

조정 대신에 대한 인사와 함께 부인 강 씨에 대해 왕비 책봉식도 단행하였다. 강 씨가 조선왕조 최초의 왕비로 봉해진 것이다.

이성계의 새 왕조는 체제 안정을 위하여 고려의 유신들을 포용하는 정책을 폈다. 새 정권에 대해 적극적으로 반대를 하지 않는 한 그들을 설득하여 끌어안았다. 이에 설장수, 권근, 하륜 등 중립적인 인사들이 대거 등용되었다.

그러나 전 왕조에서 대대로 벼슬을 해온 권문세족들의 저항은 만만치가 않았다. 그들은 두문동으로 잠적해 들어간 인사들처럼 드러내 놓지는 않더라도 은밀히, 조직적으로 새 왕조에 저항했다. 지방에서는 유림을 중심으로 그 세력이 퍼져나가고 있었다. 이로 인해 민심 또한 소란스러웠다.

이 문제를 두고 이성계와 정도전 두 사람이 침통한 얼굴로 마주했다. 정도전은 품속에서 서류를 꺼내어 이성계에게 바쳤다.

"전하, 이것을 한번 보아주소서."

"그것이 무엇인가?"

"전하와 함께할 수 없는 인사들의 명단이옵니다."

이성계는 서류에 적힌 이름을 찬찬히 살폈다.

첫머리에 이색과 아들인 종학의 이름이 눈에 띄었다. 그다음으로 우현보와 그 아들 삼형제 홍수, 홍득, 홍명의 이름이 적혀있었다. 이숭인도 보였고 명단에는 56인이 줄줄이 적혀있었다.

"이들은……?"

서류에 적힌 인사들은 전 왕조 때부터 이성계의 집권을 줄기차게 방해해온 인사들이었다. 그들로 인해 이성계의 목숨이 위태로울 뻔한 적도 있었다.

"전하께서 짐작하시는 그대로입니다."

정도전은 명단을 건네 놓고 이성계의 눈치를 보며 말했다.

"이 사람들은 우리 일을 줄기차게 방해를 해왔습니다. 김저와 정득후를 내세워 신우(우왕) 복위 운동을 꾀하기도 하였고 윤이·이초 사건 때도 명나라를 끌어들이려 하였습니다. 그들이 일을 성공하였다면 전하는 물론이고 소신 또한 이 자리에 없을 것이옵니다. 저들은 우리에게 역적의 죄를 씌워서 삼족을 멸하려 들었을 것입니다."

"이 사람들을 어찌하려고?"

"죽여야지요, 지금 민심이 시끄러운 것은 이들을 추종하는 자들이 뒤에서 일을 꾸미고 있기 때문이옵니다. 이색을 비롯하여 명단에 있는 자들은 환란을 만드는 뿌리입니다. 이들이 살아있는 한 변란이 끊이지 않을 것이옵니다."

"이들의 일은 모두 전왕이 있을 때 저지른 일인데 그때 모두 벌을 받지 않았는가?"

이성계는 정도전의 의견에 난색을 표했다.

"그러하옵니다. 이들의 죄는 전왕 때에 저질러진 일로 모두 그때 참수를 해야 했던 일이옵니다. 하온데 전왕이 전하의 세력이 커지는 것을 두려워하여 벌을 주지 않고 오히려 중용하려 하였나이다. 그로 인해서 전하를 포함해서 우리 편에서 여러모로 고초를 당하였지 않았사옵니까, 이제 그것을 바로 잡으려는 것입니다."

"이들 중에는 이미 죄를 받아 유배 중인 자들도 많이 있는데, 또 이를 어떻게 하겠다는 것인가?"

"지금은 그때와는 상황이 다르옵니다. 세상이 달라졌습니다. 저들은 고려에서 대대로 권세를 부려온 집안 출신들입니다. 저들의 머릿속에는 고려라는 나라가 골수에 박혀있습니다. 전하의 나라에서는 함께 할 수 없는 자들이옵니다. 저들을 참수해야만 비로소 우리가 만든 이 나라가 안정을 찾을 수가 있습니다."

"이들 중에 목은(이색)은 아직도 유종(儒宗)으로서 추앙을 받고 있고 또 한때 삼봉도 그에게서 수학하지 않았나? 그런데도 그를 참수하기를 청하는 것인가?"

"그러하옵니다. 사정(私情)으로 보아서는 소신도 스승을 죽이라고 주청드리는 것이 참으로 할 말이 아니옵니다. 이 일로 소신은 유가(儒家)의 사람들로부터 죽일 놈이라고 욕을 먹겠지요. 그러나 이들을 죽이지 않고서는 우리가 이루고자 하는 대업을 완수할 수가 없습니다. 목은이야말로 우리의 대업에 제일의 장애입니다. 그를 죽이지 않고 다른 사람만 죽인다는 것은 대의에 맞지 않사옵니다."

정도전은 집요하게 이성계를 설득했다. 정도전은 전 왕조 때에도 이들을 죽여야 한다고 했다. 정도전은 그때도 스승인 이색과 우현보를 꼭 죽여야 한다고, 그래야 여타의 사람들을 참수할 명분이 선다고 하였는데, 이번에 또 그때와 같은 건의를 하는 것이었다.

"……."

이성계는 이에 대하여 즉답을 내려주지 않았다. 한참을 생각했다.

이성계로서는 이제 왕좌를 차지한 터라 승자의 여유로서 대범함을 보여주고 싶었다.

그러나 정도전에게는 아직 끝난 일이 아니었다. 방해되는 인사들을 완전히 제거함으로써, 시쳇말로 핵심 인사 몇몇에 대해 본때를 보임으로써 더 이상 반체제의 발호를 막겠다는 단호한 의지를 보이고자 하는 것이었다.

'대업에 방해되는 자, 누구라도 용서할 수 없다!'

정도전의 마음속에는 이미 스승을 지웠다. 정도전에게 이색은 스승이 아니고 대업에 장애물일 뿐이었다. 외적으로부터 나라를 지켜내지도 못하고, 백성을 보살피지도 못하면서, 관리라는 자들이 백성의 고혈을 짜내는 데에만 혈안이 돼 있었다. 그런 나라는 몇몇 중신들에게만 소중할 뿐이지 나라로서 도저히 존속시킬 필요가 없는 것인데도 이색은 그 중심에 서서 새로이 일어나고 있는 기운을 반대만 해온 것이었다.

'대의멸친!'

정도전의 대업은 외적이 함부로 넘보지 못하는 부국강병한 나라. 백성을 군주보다도 더 귀히 여기는 나라를 만들고자 하는 것이었다. 이를 위해서는 어떠한 희생과 비난을 받더라도 감수하겠다는 것이 그의 확고한 신념이었다. 정도전의 신념은 냉혹했다. 그를 듣고 있는 이성계조차도 비감함을 느낄 정도였다.

그러나 이성계는 끝내 정도전의 뜻을 다 받아들이지 않았다.

"이들을 죽일 필요까지는 없다. 이색과 우현보의 죄는 전 임금 때에 저질러졌고, 그때 이미 벌을 받았는데 다시 연로한 그들에게 벌을 준다는 것은 가혹한 일이다. 하니 그 두 사람은 먼 바닷가로 귀양을 보내고 대신 그 아들에게 아비의 잘못을 물어 장형을 때려 유배를 보내는 것이 좋겠다. 그리고 나머지 자들에 대해서도 각기 차등을 두어 곤장을 치든가, 유배를 보내거나, 고향으로 쫓아내는 것이 좋겠다."

이성계는 정도전이 건의하는 것으로 보아 이들이 목숨을 보전하는 것이 위태롭겠다는 생각이 들었기에 특별히 주의를 준 것이었다.

정도전은 임금의 뜻을 거역할 수는 없었다. 하나 이색과 우현보를 살려두는 것은 여전히 불씨를 남겨두는 것이라는 생각에는 변함이 없었다. 특히 우현보 가문에게서는 어렸을 적부터 멸시를 받아온 터여서 꼭 복수하고 싶었는데, 뜻을 이루지 못하여 못내 아쉬웠다. 대신 그 아들들을 살려두지 않는 것으로 벌을 갈음하기로 마음먹었다.

• 5

이색은 전라도 장흥 땅으로 부처되어 귀양길을 떠났다. 뒤이어 아들 종학도 함창으로 유배길을 떠났다.

유배길을 떠나는 이종학이 임진강 나루에 이르렀다. 종학은 그전에도 오늘처럼 죄인의 신세가 되어 임진강 나루를 건넌 적이 있었다. 그때도 아버지와 같이 죄인의 신세가 되어 아버지는 장단 유배지로 떠났고 자신은 전라도 순천 땅으로 보내졌다. 부자간에 함께 죄인으로 연루되어 같이 유배를 떠나는 것이 벌써 세 번째 길이었다. 고려의 명망가로 지내 온 자신의 집안이 고려와 함께 운명을 같이하는 것은 어쩔 수 없는 것이나 고려가 망국한 이 마당에도 자신에게 닥치는 시련은 아직도 끝난 것이 아니라니…. 참으로 가혹한 운명의 시련이었다. 길지 않은 인생살이가 어찌 이리도 지난하단 말인가?

자신은 아직 젊어서 이 고초를 견딘다고 하더라도 연로하신 아버님은 어찌 이를 버텨내신다는 말인고……. 이종학은 생각하고 또 생각해도 기구한 팔자라 아니할 수가 없었다.

이종학은 나룻배에 몸을 싣고 강을 건너면서 몇 해 전 임진강을 건널 때 지었던 시 한 수가 떠올라 읊었다.

필마로 관도[5]를 향하는데
추운 겨울이라 눈이 내리려 하네
어버이 생각은 한층 간절해지고
개경을 떠나자니 발걸음이 오히려 더디네
내쫓기는 신세는 운수가 사나운 탓
중얼대노라니 시 한 수가 이루어졌네

5) 관도(官途) : 고려 개경 황성 광화문 앞에 뻗어있는 관청 거리

개경의 송악산이 점점 멀어져 가니

물어나 보세 어디로 향해 가는지.

(이종학 「임진도중」)

시를 읊는 이종학의 얼굴에서는 북받치는 서러움을 주체치 못하여 주르륵 눈물이 흘러내렸다.

죄인들을 유배지로 떠나보낸 정도전은 자신의 심복인 황거정과 손흥정을 불렀다.

"비록 전하의 명 때문에 이색과 우현보는 살려두기로 했지만, 그 아들들은 살려 둘 수가 없다. 유배지로 뒤따라가서 장형을 쳐라."

"매를 맞다가 죽으면 어찌하오리까?"

"사정을 두지 마라."

황거정과 손흥종은 정도전이 무슨 뜻에서 자신들을 불렀는지 알아들었다. 정도전이 언급한 사람은 이색의 아들 종학과 우현보의 아들 홍수, 홍득, 홍명 3형제. 그리고 이숭인이었다. 정도전의 밀명을 받은 황거정과 손흥종은 각각 이숭인과 이종학이 유배된 나주와 함창으로 급하게 필마를 몰았다. 나주로 내려간 황거정은 이숭인에게 형을 집행하면서 형리에게 지시했다.

"역적놈들이니라 매를 맞고 죽어도 좋으니 등골에다 매질을 하라."

장형을 칠 때 매 맞는 고통은 주되 목숨에는 치명적이지 않게 살이 많은 볼기짝을 치도록 규정이 돼 있는데도 이를 어기면서까지 매질을 하라고 지시를 내린 것이었다. 등골에 매질을 당한 이숭인은 매를 맞다가 죽어버렸다.

손흥종은 이종학에게 형을 집행하기 위하여 함창으로 내려갔다.

"매를 100대를 치되 엄하게 치라."

"사정을 보지 않고 100대나 치면 죄인은 죽을 수도 있사옵니다."

손홍종의 지시를 받은 형리는 걱정이 되는 표정으로 물었다.

"죽어도 어쩔 수 없느니라."

손홍종의 지시는 단호했다. 이때 판관(判官)으로 따라 내려간 사람이 이종학의 문생인 김 여지였다.

"여보게 나 좀 보세."

김여지는 손홍종의 지시를 받고 나오는 형리를 몰래 불렀다.

"장 100대를 맞고 살아남을 자가 없네. 매를 맞고 죽었다 하면 훗날 그에 대한 문책이 따를 것이니, 매를 치되 규정에 맞게 집행해야 하네."

형리는 난감한 표정을 지었다.

"…개경서 내려오신 대감의 지시가 워낙 엄한지라……"

"나중 일을 생각해 보게."

김여지는 이종학의 목숨만은 보전해주고 싶었다. 형리가 판관의 말대로 나중 일을 생각하여 사정을 두고 매를 친 덕분인지 이종학은 매를 맞고 기절은 하였으나 당장 목숨은 건질 수가 있었다.

판관은 손홍종의 기세로 봐서 이대로 두었다가는 목숨이 온전할 수가 없겠다는 생각을 했다. 그리되면 자신에게 죄인 간수를 잘 못 했다는 문책이 뒤따를 것이고….

판관 김여지는 손홍종 몰래 이종학의 형지를 장사현[6]으로 옮기게 했다. 그러나 이를 눈치챈 손홍종은 그냥 있지 않았다. 사람을 뒤따라 보내서 죄인이 무촌역에 이르렀을 때 날이 어두워지기를 기다려 기어이 목을 졸라 죽여 버렸다.

우현보의 아들들도 그렇게 매를 맞고 죽었다. 매를 맞고 죽은 사람

6) 장사현 : 지금의 전라남도 고창군

은 그들 외에 최을의와 이학 두 사람이 더 있었다. 이들의 장살[7] 소식을 전해 들은 사람들은 모두 혀를 끌끌 찼다. 이중 정도전이 스승의 아들인 이종학과 한때 동문수학하며 벗으로 지냈던 이숭인까지도 죽음으로 몰아간 것에 대하여는 너무한 처사라고 비난하는 사람들이 적지 않았다.

• 6

하륜이 새 나라 조선에서 받은 벼슬은 경기좌도 관찰사였다. 경기좌도는 종전의 양광도를 경기좌·우도로 분할한 지방행정 편제로서 경기도의 좌측 지방을 관할한다고 하여 좌도라 하였는데, 지금의 마전, 임진, 장단, 파평 등 8개 현을 관장하는 비교적 작은 지역이었다.

권근이 임지로 떠나는 하륜을 배웅하기 위하여 찾아왔다.

"하공, 외직으로 나가신다고 너무 섭섭하게 생각하지 마시오."

권근이 지방으로 나가는 하륜을 위로했다.

"허허, 섭섭하기는 뭘, 그래도 개경 부근이니 위로가 되오."

하륜은 자신의 경력으로 보아 조정에서 일하기를 원하였지만, 지방으로 발령이 나서 못내 아쉬웠다. 하지만 겉으로는 아닌 척 인사를 받았다.

"조정의 일이 다 삼봉 대감의 손에서 이루어지는데 손을 한번 대어보시지 않고서……."

"뭘 그렇게까지야…."

"삼봉과는 동문수학하며 가까이 지냈던 사이가 아니오?"

"나하고 삼봉, 그리고 포은(정몽주)과 도은(이숭인) 네 사람은 형제같

7) 장살 : 매를 맞아 죽음

이 지냈던 때가 있었지, 새삼 그걸 생각하면 뭣 하겠소. 삼봉과 그 시절의 의리가 끊긴 지는 오래된 일이오. 삼봉은 나를 미워하고 있어요."

하륜은 자조 섞인 투로 말하면서 쓸쓸한 표정을 지었다.

"이인임 대감 때문이오?"

권근도 그렇게 이야기하는 하륜의 생각에 짐작이 갔다.

"지난날 삼봉이 귀양을 갈 때에 나는 처 백부인 이인임 대감의 음덕을 입고 있었기에 그를 위하여 변명을 해주지 못했소. 생각하면 삼봉으로서는 섭섭히 여길 일이겠지만, 나로서는 어쩔 수 없는 노릇이었지, 그 후로부터는 나와 삼봉 형님과의 사이가 멀어졌지. 삼봉은 이인임 대감을 만악(萬惡)의 근원이라 하고, 이인임 대감은 삼봉을 벌레 보듯 하며 서로 원수 대하듯 하였으니, 내가 삼봉에게 좋게 보일 리가 없었겠지."

"삼봉은 참으로 냉혹한 사람이오. 도은을 죽일 것까지야 없는 것인데…."

권근은 하륜의 사정이 수긍이 간다는 듯 고개를 끄덕이면서 정도전을 같이 비난했다.

"냉혹한 사람이지. 스승을 죽이라고 하다가 뜻대로 되지 않자 귀양을 보내고, 그것도 모자라 그 아들을 죽이고…. 도은으로 말하면 정치적 욕심이 없는 사람인데, 다만 유학을 배운 사람으로서 스승에 대한 의리를 지키고자 스승을 따랐을 뿐일 터…. 그런데 그를 기어이 정적으로 몰아 죽였으니 삼봉 그 사람 참으로 비정한 인사요."

"다 정치가 사람을 그렇게 만든 것이 아니겠소. 인간이 원래 정이 그렇지는 않았는데, 서로 간의 이념이 다르고 권력을 다투게 되다 보니 상대의 목숨까지도 앗아 가야 하는 지경까지 이른 것이 아니겠소이까? 포은 대감의 죽음도 그렇고."

"포은 대감도 이념 투쟁에서 희생이 된 것이 아니겠소."

"그렇게 봐야겠지요. 포은 형님과 삼봉과의 관계는 아무런 사적인 원한이 없었는데, 피차 가슴에 품고 있는 생각들이 다르니 서로를 죽이고자 한 것이 아니겠소. 그 과정에서 포은이 당한 것이지 만약 선죽교에서의 일이 아니었으면 반대로 삼봉이 불귀의 객이 되었을 것이오. 참으로 인간을 나무라야 할지, 우리가 몸담은 정치판의 어쩔 수 없는 비정을 탓해야 할지……."

"그러한 격변의 과정을 거치는 동안 우리는 여러 고초를 겪었지만, 이렇게 목숨이 붙어있고 벼슬이라도 하고 있는 것을 다행스럽게 생각해야 할 것입니다. 우리도 언제 어느새 지금 나누었던 이야기를 몰라라 하고 등을 돌릴지 알 수가 없으니 말이오."

"예끼, 무슨 농담을 그렇게 하시오. 우리에게 그러한 일이 오리라는 것은 상상도 하지 마시오."

하륜은 권근이 농처럼 하는 말을 강하게 부정하면서도 자신에게도 포은과 삼봉이 서로 맞닥뜨린 것과 비슷한 상황이 닥친다면 과연 어떻게 할 것인가를 스스로에게 물었다.

두 사람은 꽤나 오랜 시간을 이야기하다 헤어졌다. 권근은 하륜이 떠나가면서 남긴 말이 왠지 가슴에 와닿았다.

"전하께서 삼봉에게 너무 많은 힘을 실어주고 있어요. 정치에서 한 사람에게 너무 많은 힘이 실리면 이는 독선으로 흐르게 마련이고, 독선은 언젠가는 독이 되어 자신을 해칠 때도 있을 것인즉, 권력을 쥔 사람은 이를 경계해야 할 것이요."

하륜은 마치 그러한 일이 미구에 벌어지기라도 할 것처럼 예언 같은 말을 남기고 떠났다.

• 7

광덕산 두문동으로 은거해 들어간 고려의 유신들도 무사하지 못했다. 이성계는 이들에게 몇 번에 걸쳐서 사람을 보내 새로운 나라에서 벼슬을 하도록 권했다. 그러나 이들은 꿈쩍도 하지 않았다.

권근이 이들을 회유하기 위하여 글을 써서 보냈다.

'여러 사람들이 기대하는 것은 정승의 자리인데 그대들이 자처하는 것은 초야의 농부다. 정승의 자리를 얻으면 비록 궁달[8]하다 하더라도 의(義)를 일세에 펼칠 수 있다. 그러나 초야에 묻혀 산다면 일신에 의를 보존한다고 하지만 빈궁을 면할 수 없다. 궁달함은 비록 운명에 따른다고 하나 일세에 의를 보존하는 일은 자신이 선택할 수 있는 일이다.

–양촌 배–'

권근의 글은 망한 나라 고려에 대한 의리를 명분으로 초야에 묻혀 지내는 것 보다 새로 세워진 나라에 동참하면 벼슬도 얻어서 궁핍함도 면하고 일세에 뜻을 펼칠 수 있으니 현명하게 선택하라는 내용이었다.

"이 자가 우리를 회유하기 위하여 글을 보냈는데, 여러분의 의견은 어떠하오?"

글을 읽은 사람이 모여 있는 사람을 향하여 물었다.

"……"

잠시 침묵하는 분위기였다. 그러나 이내 한 사람이 나섰다.

"우리는 이미 이 씨의 나라"

말하는 사람은 새 나라 조선을 이성계의 성을 따서 이 씨의 나라라고 불렀다.

---

8) 궁달(窮達) : 빈궁하고 영달함을 아울러 하는 말

"이 씨가 세운 나라 음식 먹기를 거부하여 여기로 모여든 것이요. 우리의 뜻은 이미 결정이 난 것이요." 그는 결연히 말했다.

"그렇소이다. 글을 써서 보낸 양촌은 이미 새 임금에게 아부하여 이 씨의 나라에서 벼슬자리를 얻어서 영달을 꾀하고 있는 사람이오."

"그렇지요. 양촌은 이성계가 그 부친 이자춘의 신도비를 세울 때 이자춘을 칭송하는 글을 써주고 그 대가로 벼슬을 얻은 것이니, 그가 하는 의는 입으로만 하는 것일 뿐 실제로는 현실의 이(利)를 취할 뿐이요, 그는 이미 의를 저버린 사람이오."

"맞소이다. 그는 세를 쫓으며 일신의 영달을 기대하는 사람이요. 그가 비록 재주는 있다 하나, 의를 논할 수 있는 사람은 아니라 보오."

두문동 사람들은 권근과 뜻을 달리하는 사람들이었다. 자리가 권근을 비난하는 성토장으로 변했다. 그들은 권근에게 설득당하기보다는 오히려 결속을 더 다졌다.

"우리는 광덕산의 백이숙제가 되기 위하여 이곳으로 들어온 사람들이요. 그 뜻이 변할 수는 없소이다."

두문동 사람들은 자신들의 일치된 뜻이라 전하고서 궁중의 사자를 돌려보냈다.

사자가 돌아간 얼마 뒤 누군가가 광덕산에 불을 질렀다. 불길은 온통 산을 둘러쌌고 두문동 골짜기는 일시에 매캐한 연기로 가득했다.

"콜록콜록, 이놈들이 우리를 불태워 죽일 작정이로구만."

사람들이 모여서 어찌해야 할지를 의논했다.

"이미 우리들은 죽기를 각오하였던 터요. 불길이 번진다고 해서 우리가 뜻을 굽힐 수는 없지 않소?"

"그렇소. 다 함께 죽읍시다. 그리고 우리의 뜻을 만세에 전합시다."

모두가 그렇게 죽기를 불사하고자 할 때에 연장자 한 사람이 나섰다.

"지금 우리가 하고자 하는 일은 우리의 뜻을 후세에 전하고자 하는

데 목적이 있는 것이오."

그는 좌중을 둘러보았다.

"쿨럭쿨럭"

그는 숨이 막혀 기침을 몇 차례 더 하고서 말을 이었다.

"우리의 뜻을 누군가는 밖에다 전해야 하오. 그래서 후세 사람들이 우리의 뜻이 숭고했다는 것을 알게 해야 하오."

모인 사람들은 그 말이 무엇을 뜻하는지 알아차렸다. 또 다른 한 사람이 나서서 말을 이었다.

"지금이라도 늦지 않았으니 밖으로 나가고자 하는 사람은 이곳을 빠져나가시오."

그러나 그의 말에 아무도 나서는 사람이 없었다.

"나가고자 하는 사람이 없으니 한 사람을 지목하겠소. 저기 저 사람"

그는 일행 중에 제일 연소해 보이는 젊은 사람을 지목했다. 그는 20대 약관의 나이로 일행을 따라 들어 온 황희였다. 황희는 10대 때, 우왕대에 음서[9]로 벼슬길에 진출하였다가 공양왕대에 진사시에 합격 고려조에서 벼슬살이를 하였다.

"이 사람이 우리 중에서 제일 젊은이요, 이런 사람은 살아나가서 우리가 의를 위하여 여기서 죽어갔다는 사실을 널리 전해야 하오."

모두의 시선이 황희에게 집중되었다.

"모두가 뜻을 같이하고자 이곳에 들어왔는데 어떻게 저 혼자만 살고자 이곳을 빠져나가겠습니까?" 황희는 사양의 뜻을 비쳤다.

"아닐세 이 사람아, 자네 혼자 살아나가라는 뜻이 아닐세, 자네 한 사람이 살아남는다면 우리 모두의 뜻이 살아남는 것이니 부디 사양을 말게."

---

9) 음서(蔭敍) : 나라에서 공이 있다고 인정한 귀족 집안의 자제에게 과거를 거치지 않고 벼슬을 내려주는 제도. 특별 채용의 일종

"옳은 말이네. 우리의 뜻에 따르게, 부디 이곳을 빠져나가서 우리의 죽음이 헛된 것이 아니었다는 것을 널리 세상에 알려주게."

일행들은 황희가 빠져나가기를 권했다. 황희는 결국 그들과 뜻을 같이하지 못했다. 황희가 빠져나온 두문동 골짜기로 이내 시뻘건 불길이 닥쳤다. 황희는 불타버린 나무 사이를 헤치고 산에서 내려오다가 불길에 휩싸인 두문동을 뒤돌아봤다. 그리고는 합장을 하여 그들의 명복을 빌었다. 두 눈에서는 하염없는 눈물이 흘러내렸다.

황희는 90살까지 천수를 누렸고 세종 때에 이르러 좌·우의정, 영의정, 정승 벼슬만 18년을 하면서 명재상으로 이름을 날렸다.

제22장

왕족을
멸하라

• I

체제의 안정을 위하여 억울하게 화를 당한 사람들은 또 있었다. 그들은 바로 고려의 왕족들이었다. 나라가 바뀌었는데도 그들이 건재하고 있다는 사실은 그 자체로서 새 나라 조선의 정통성이 부정당하는 것이므로 이는 묵과할 수 없는 일이었다.

밀양에서 용하다고 소문이 난 소경 점쟁이 이흥무의 집으로 사람이 찾아왔다. 염장관[10] 박중질이 찾아온 것이었다.

"새 나라를 건국한 지 3년이 되었다. 전 왕조의 임금 공양군이 아직도 살아있는데 앞일이 어찌 되겠는가? 공양군과 지금의 임금 중에 누가 더 운이 좋은가?"라고 물었다

이흥무는 보이지 않는 눈을 껌뻑거리며 생각에 잠겼다. 그리고는 산통[11]을 흔들어대며 주문을 외더니 산가지를 뽑아 들었다.

"공양군은 기가 쇠했습니다."

"그렇다면 아들은 어떠한가? 왕 씨 중에 운이 좋은 사람이 그 외에 누가 있겠는가?"

"아들 석(奭)의 기도 쇠했습니다. 왕 씨 중에 귀히 될 운이 있는 사람은 남양군 왕화이고 그다음은 그 동생 영평군 왕거입니다."

이흥무에게 고려 왕 씨의 운명을 점치러 온 사람은 박중질 뿐이 아니라 그전에도 여럿 있었다. 얼마 전에는 동래현령을 지낸 김가행이 점을 보고 갔고, 그전에는 남양군 왕화가 거제로 유배 가면서 자신의 운세를 보고 갔으며, 전 지신사 이첨도 다녀갔다. 모두가 같은 내용이었다.

10) 염장관(鹽場官) : 염전을 관리하는 관리
11) 산통(算筒) : 맹인이 점을 칠 때 사용하는 도구

"남양군의 운세가 제일 좋습니다. 남양군의 운세는 3년 내에 풀려서 개경으로 돌아와 군사를 지휘하게 될 것이며, 장차는 일인자가 되실 귀한 운입니다."

남양군은 신종의 7대손으로 공양왕과는 사촌지간이었다.

이흥무는 자신을 찾는 사람들이 예사 사람들이 아니라는 것. 나라의 운세에 대하여 비슷한 내용으로 묻는 것이므로 자신이 마치 대단한 일에 관여하고 있기나 하는 것처럼 과시하며 허풍을 떨어대었다. 보이는 것이 없으면 세상일을 알 수가 없어서 말수가 적을 법한데, 그렇지가 않았다. 보이는 것이 없으니 생각을 섞어서 오히려 말을 더 만들어 낸 것이다. 이 일은 끝내 수많은 사람에게 참화를 입히는 결과를 만들어내고 말았다.

이흥무의 점괘에 연루된 사람들에 대한 투서가 사헌부로 날아들었다. 남양군을 중심으로 역적모의가 진행되고 있다는 내용이었다. 대사헌 이근은 개국 3등 공신이고 정도전의 심복이다. 이근을 중심으로 사헌부의 간관과 형조의 관리들이 상소를 올렸다.

"역모가 진행되고 있사옵니다. 밀양의 소경 점쟁이 이흥무가 괴설을 퍼뜨리고 있사옵니다."

아직 나라의 기틀도 다지기 전인데 전 왕조의 왕족이 중심이 되어 역모를 도모하다니…. 민감하지 않을 수가 없었다.

"관련자들을 즉시 붙잡아다가 문초하라."

이성계의 명에 따라 연루자들이 곧 붙잡혀 와서 문초를 당했다. 이흥무의 입은 찢어지고 헤져서 피가 낭자했다. 인두질을 당한 허벅지에서는 살타는 냄새가 진동했다. 마침내 말을 퍼뜨린 이흥무의 입에서 사건의 발단이 토설되었다. 김가행과 박중질도 붙잡혀 와서 고문을 당했다. 그들의 입에서 문하부참찬 박위의 지시를 받고서 찾아갔다는 실토를 받아냈다. 남양군 왕화와 그 동생 영평군 왕거, 승려 석능, 전 지신사 이첨도 붙잡혀 왔다.

그러나 이들에 대한 처벌은 한결같지 않았다. 이흥무에게 신수를 물어보았던 남양군, 영평군, 김가행과 박중질에 대해서는 참수형, 남양군이 왕이 되면 왕사가 될 것이라는 점괘를 받은 승려 석능과 전 지신사 이첨에게는 유배형이 떨어졌다. 하지만 김가형 박중질에게 지시하여 공양왕의 운수를 보게 한 박위는 이성계의 배려로 처벌에서 제외되었다.

대간에서는 이 일을 두고 박위에 대한 사면이 부당하다고 탄핵을 하였으나 이성계는 이에 개의치 않았다. "박위와 같은 인재는 구하기가 어렵다."라고 오히려 두둔하였다. 그러면서 석방하기를 재촉했다.

결국 박위는 수원부 감옥에 유치된 지 이틀 만에 풀려났다. 이후에도 박위에 대한 탄핵이 계속되었지만, 이성계는 간원을 나무라며 함구령을 내려서 불문에 부치게 했다.

이 일은 참으로 석연치 않은 일이었다.

이를 두고서 이는 몰락한 왕족들이 자신들의 불안한 앞날에 대한 염려에서 단순히 점괘를 본 것일 뿐인데 이를 역모 사건으로 침소봉대한 것이라고….

새 나라 조선을 세웠지만, 집권 세력 편에서 보면 고려 왕족은 여전히 불안한 세력으로 남아있었는데, 마침 트집잡힐 일이 포착되자 이성계와 측근들이 왕족을 함정에 빠뜨리기 위하여 일을 역모 사건으로 키웠다는 추측이 나돌았다. 일이 벌어지자 다른 연루자들은 다 처벌되었어도 박위만은 여러 차례 탄핵에도 불구하고 이성계의 각별한 배려로 석방이 된 것은 그러한 추측을 뒷받침하기에 충분했다.

박위는 요동 정벌 당시 좌군 조민수의 수하 장수이면서도 이성계의 위화도 회군을 적극 지지하였고, 이후 이성계가 등극할 때까지 많은 역할을 한 인물이었다. 그는 한때 이성계 제거 음모에 연루된 '김종연 사건'을 처리할 때에 석연치 않은 행동을 보임으로써 탄핵을 받아 잠시 유배를 가게 되었는데, 그때에도 이성계의 배려로 풀려났다.

박위는 고려조 창왕 때에 대마도 정벌에 나서서 왜선 300척을 격파하고 대마도 도주의 조공 약조를 받아내고, 고려인 포로 100명을 조선으로 데려오는 등 군사적 업적이 탁월한 인물이기도 하다.

• 2

이흥무의 점괘에서 비롯된 남양군 왕화의 역모 사건에 대한 추국이 계속되는 동안에 중국과의 관계에서 이상한 조짐이 발생하고 있었다. 불과 얼마 전 국호를 '조선'이라 인정하는 등 이성계의 새 정권에 우호적이던 중국의 태도가 돌변한 것이었다. 갑자기 사신 일행의 요동 출입을 금지하였다. 황제의 생일을 축하하러 가던 사신단이 요동도사(遼東都司)의 허락을 받지 못하고 돌아오기도 했다.

이어서 명 사신이 와서 황제의 서신을 전했다.

"너희가 새 나라를 건설하였다고 하여 짐은 나라 이름까지 '조선'이라 정하여 주었다. 그러한데도 너희는 은혜도 모르고 어찌 전쟁을 하려고 서두르는가?"

이게 무슨 소리인가? 조선이 명나라를 상대로 전쟁을 일으키려 하다니…. 신생국 조선이 아직 나라의 기틀도 다지지 못하고 있는데 무슨 힘이 있다고……. 이 무슨 뚱딴지같은 소리인가?

황제의 질책은 이어졌다.

"산동도사(山東都司)의 보고에 의하면 너희 나라 군사 250명이 배 7척을 동원, 베 500필을 나누어 싣고 장사꾼으로 위장하여 짐의 나라 내정을 염탐하려 하였다는구나. 만약 큰 부대가 주둔치 않았다면 동원한 병력으로 지방을 장악하라는 명도 받았다는구나. 너희는 지난날 요동을 정벌하고자 하는 허황한 꿈을 가지고 군사를 동원하였다가 끝내는 왕조까지도 멸망하였음을 명심하여야 할 것이다."

황제의 사신을 맞은 조정은 크게 술렁였다.

"아니 이게 무슨 일이요? 우리 조선은 이제 막 출범하여 아직 나라의 기반도 채 갖추지 못했는데 전쟁을 벌이려고 했다니…."

"우리는 그러한 사실이 없소이다. 황제께서는 무슨 오해를 하고 계신 것입니다."

"붙잡힌 자들은 서해안을 상대로 장사를 하는 자들이요. 예로부터 고려에서 왕족들이 뒷돈을 대고 중국과 무역을 하여왔는데, 이들이 고려가 망하자 장삿길로 나섰다가 붙잡히게 되니 마치 나라에서 정탐꾼을 보낸 것처럼 허황한 소리를 하는 것 같소."

"이는 음모입니다. 지난날에도 윤이·이초라는 자가 국내에서 불만을 가진 소인배들의 조종을 받아 황제께 음해한 사실이 있었는데, 이 또한 그때의 일과 다르지 않은 것이외다."

고려 조정에서는 이를 터무니없는 일로 받아들였다.

의심이 많은 황제 주원장이 새로운 나라 조선이 건국되자 자신을 거역하지 말라는 뜻으로, 길을 들이기 위하여 트집을 잡는 것으로 여겼다.

명나라의 트집은 여기서 끝나지 않았다. 명나라에 사신으로 갔다가 소식이 끊겨있던 일행 중에 이념이 혼자서 돌아왔다. 몸이 비쩍 마르고 몰골이 형편없는 거의 죽어가는 형상으로 나타난 것이었다. 조정에서는 때가 때인지라 살아서 모습을 나타낸 그가 반가우면서도 명나라에서 무슨 일이 있었는지 걱정이 더 되었다.

이념은 이성계 앞에서 황소처럼 왕방울 눈물을 뚝뚝 흘렸다.

"소신이 이렇게 전하를 다시 뵙게 된 것이 참으로 꿈만 같사옵니다."

"……쯧쯧"

"저런, 저런……"

이 모습을 바라보는 조정 대신 모두는 혀를 끌끌 찼다.

"어서 명나라에서 있었던 일을 상세히 전하께 고하여 보게."

예부상서 성석린이 이성계의 눈치를 살피면서 말했다.

"저희 사신단 일행은 명나라에서 참으로 어처구니없는 곤욕을 당하였습니다."

"말해 보거라. 행색을 보니 말 못 할 고초를 당하였던 것 같구나."

이성계는 이미 예부에서 올린 보고를 받았으나, 고초를 당한 이념의 입을 통하여 자세한 정황을 조정 대신들과 함께 직접 들어보고자 한 것이었다.

"일은 저희 사신단 일행이 황제를 배알할 때 벌어졌습니다. 황제는 알현 때부터 태도가 불손하다고 생트집을 잡았습니다. 그리고는 저희의 인사를 받으려고는 생각지도 않고 불문곡직 욕을 하며 끌고 나가서는 매질을 하라고 했는데, 저희 일행이 간신히 목숨이 부지할 정도였습니다. 소신에게는 홀로 귀국하라 하면서 말도 내어주지 않아 만리 길을 이렇게 걸어서 돌아오게 되었습니다. 흑흑"

"어떻게 불손하게 하였기에 황제께서 그렇게까지 화를 냈단 말인가?"

"소신들이 황실의 예법에 익숙지 않아 황제를 배알하는 자리에서 똑바로 꿇어앉지 않고 머리를 숙였사온데, 그것이 황제에게 불손하다는 것이었습니다."

"그런다고 사신으로 간 사람을 죽도록 팰 수가 있다는 말인가?"

"참으로 우리를 업신여기는 일이다."

곁에서 듣고 있던 중신들이 이구동성으로 분노를 하면서 웅성거렸다.

• 3

이러한 때에 왕 씨들의 역모가 적발되었으니 직접 연루된 자들에 대한 문책은 끝이 났지만, 그로써 일단의 일들이 묻혀 넘어갈 리가 없었다.

"상국에서 우리를 의심하는 데에는 필시 연유가 있을 것이 옵니다. 고려의 왕 씨들이 건재해 있는 한 그러한 일은 반복될 것이옵니다."

"왕 씨들이 명나라 조정과 연계하여 음모를 꾸미고자 하는 짓입니다. 남양군의 역모는 바로 그러한 일의 증좌입니다."

"왕 씨들을 처벌하소서."

대간들의 상소가 빗발쳤다. 상소에 따라서 왕 씨들에 대하여 대대적인 단속령이 떨어졌다. 왕강, 왕승귀, 왕격 등은 이성계 정권에 우호적이어서 조선이 건국되고도 조정에서 계속 벼슬을 하고 있었는데, 이들에게도 유배형이 떨어졌다. 이들의 가족들은 뿔뿔이 흩어져서 영덕, 함창, 거제도 등지로 귀양살이에 보내졌는데, 뒤이어서 참수 명령이 떨어졌다. 그들은 현지에서 목이 베이든가 바다에 산채로 던져서 죽임을 당했다.

삼척으로 유배를 가 있는 공양왕도 무사할 리가 없었다. 이성계는 중추원부사 정남진을 삼척으로 보냈다. 공양왕을 처형하라는 명을 내렸다.

"공양군에게 죽음을 명한다. 그대는 비록 알지 못하였을지라도 대간과 형조의 관리들이 여러 날에 걸쳐서 간하므로 나는 마지못하여 그 청을 들어주게 되었다. 그대는 그리 알고 나를 원망 말아라."

이성계는 공양왕의 처형을 명하면서 자신에게는 죽일 의사가 없었는데 신하들이 처형하라고 고집을 부려서 어쩔 수 없이 명을 내리게 되었다고 구차한 변명을 덧붙였다. 그러나 그의 명령에 따라 치러지는 참상인데 변명을 한다고 해서 책임이 면해지겠는가…? 절대 아니다.

태조실록에는 고려 왕 씨의 참사에 대해서 태조가 수차례에 걸쳐서 반대하였는데도 대간들이 퇴근도 하지 않고 몇 날 며칠 농성을 하여 어쩔 수 없이 명을 내리게 되었다고 기록되어 있다. 이는 참으로 영웅으로서, 지도자로서 그의 격에 맞지 않는 비겁한 모습이라 아니할 수가 없다. 이성계는 숱한 전쟁터를 다니며 연전연승한 맹장이다. 500년을 이어온 왕조를 뒤엎고서 새 나라를 창업한 혁명의 지도자다. 지나온 과정에서 수많은 고비를 만났을 때, 그의 결단 여하에 따라 일의 성패가 갈린 일이 숱하게 있었다. 결코 아랫사람의 고집에 자신의 의지가 꺾일 위인이 아니었다. 역모 사건을 처리하면서도 그는 자신이 신뢰하는 박위의 혐의점이 명백히 드러나고 사돈인 왕우가 공양왕의 동생으로 위험한 인물로 찍혀서 대간들이 여러 차례에 걸쳐서 참형할 것을 간하였는데도 자신의 고집으로 그들에 대해서는 벌을 주지 않았다. 그러한데도 그는 백성의 눈치와 역사의 비난을 의식해서 '신하의 고집을 운운'하며 꼬리를 빼는 변명을 늘어놓으면서 참혹하기 그지없는 명령을 내렸다.

일은 여기서 끝나지 않았다. 전국적으로 왕 씨로 살아온 사람들은 이유 여하를 막론하고 붙잡아 옥에 가두라는 명이 떨어졌다. 고려 왕족의 씨를 말리고자 하는 검거선풍이 일었다. 그러나 고려의 왕 씨를 성으로 쓴다고 다 왕족은 아니다. 왕 씨 중에는 조상이 나라에 특별한 공을 세워서 임금으로부터 성을 하사받고서 왕 씨로 행세하며 지내는 사람들도 있었다. 이들에 대해서도 명이 떨어졌다.

'전조로부터 왕 씨를 하사받은(賜姓) 자가 있으면 그들은 원래의 성으로 돌아가거나 어미의 성을 따르도록 하라.'

• 4

왕족의 대부분은 개경 지방에 살고 있어서 개경에서 벌어진 참화는 더 심했다. 왕범은 왕족으로 태어난 덕분으로 개경에 뿌리를 내리고 누대에 걸쳐서 안락한 생활을 누리며 살아왔는데, 어느 날 한순간에 죄인의 신분이 되어버렸다.

왕 씨 성을 가진 사람은 불문곡직하고 잡아다 옥에 가두고 있으니 인근 일대에서 알려진 그의 집안이 온전할 리가 없었다. 왕범은 가재도구도 챙길 여유 없이 급하게 식솔을 데리고 우선 야산으로 도주를 했다. 그에게 딸린 식구들은 부인과 두 아들 내외, 고이 길러서 이제 곧 시집을 보내려고 혼처를 물색 중에 있던 외동딸이 있었다. 그리고 종놈 하나를 데리고 집을 버리고 도망쳐 나왔다.

마땅히 갈 데가 없으니 야산에서 노숙할 수밖에 없었는데 며칠을 풀숲에서 지내다 보니 고생이 말이 아니었다. 모기에 물리고 풀벌레에 뜯기고 풀잎 가지에 쓸린 온몸은 벌겋게 부풀어 올랐다. 무엇보다도 배고픔이 견디기 어려웠다. 더 이상 풀숲에서 지낼 수가 없어서 그들은 집안에서 자주 다니던 금성사 절로 찾아 들어갔다.

"아무리 생각해도 몸을 숨길 데가 없어서 어쩔 수 없이 이렇게 찾아오게 되었습니다."

그러나 왕범 가족을 맞이한 주지의 표정은 평소와는 달랐다. 표정에는 경계가 가득했다.

"이 씨의 명령이 지엄한데 이곳이라고 안심할 수가 있겠습니까? 이곳에도 벌써 기찰꾼이 다녀갔습니다. 나무관세음"

주지는 도와주지 못할 것이라며 염불만 외었다.

"휴…." 왕범은 길게 한숨을 내쉬었다.

"기찰꾼이 또 올 것이라며 나라님의 명령이 지엄하니, 왕 씨를 숨겨두었다가 발각이 되면 큰일을 당할 것이라고 경고를 하고 갔습니다."

"어쩔 수 없는 노릇이군요. 하나, 스님 우리가 황급히 도망 나오느라 먹을 것도 제대로 못 챙겨 나왔습니다. 우선은 요기할 것이라도 좀…."

"쯧쯧 귀하게 지내시던 분께서 어쩌다 이런 세상을 만나서…."

주지는 식구들을 요사채로 데리고 갔다.

행자가 함지에 가뜩 퍼온 보리밥을 식구들은 달라붙어서 허겁지겁 순식간에 다 비워버렸다. 나물 몇 가지를 겸한 반찬은 여태껏 먹어본 그 어떤 음식보다도 꿀맛이었다.

그렇게 그들은 며칠은 절에서 지낼 수 있었으나 더는 어려웠다. 절에 드나드는 보살들의 눈치를 살피지 않을 수가 없었고, 감추어주면 큰일을 당할 것이라는 기찰꾼의 협박이 있었기에 스님들의 눈치 또한 심상치가 않았다. 왕범은 결단을 내려야 했다. 이렇게 식구들이 함께 다니다가 붙잡히게 되는 날이면 몰살을 면치 못할 것이다.

뿔뿔이 흩어져야 했다. 어디에선가 살아남는 것이 우선은 급했다.

"이 씨의 세상이 언제까지 갈지 알 수 없으나 우리가 왕 씨로 살아가기는 이제 틀린 일이다."

왕범은 식구들을 모아놓고 결심한 바를 말했다. 왕범은 집을 나올 때 들고나온 족보를 꺼내놓았다.

"나는 오늘 이 족보를 불태울 것이다."

"예? 그리하면 누대로 이어져 온 가문의 뿌리가 없어지는 것이 아니옵니까?"

큰아들이 놀라서 물었다.

"그렇다. 우리에게 이제 왕 씨로 살아온 영광은 없어졌다. 다만 어떻게 하든지 목숨을 부지하는 길만이 남았다."

말을 하면서 왕범은 눈물을 뚝뚝 흘렸다. 자랑스러운 가문의 역사가 당대에 와서 끊긴다고 생각하니 가슴이 미어졌다.

"너희들은 이제 다른 성씨로 갈아서 살아가야 할 것이다."

"그게 무슨 말씀이옵니까? 조상을 버리고서 어떻게 다른 성으로 살아간단 말입니까?"

"내 말은 조상을 버리라는 말이 아니다. 다만 조상으로부터 물려받은 성씨를 왕 씨가 아닌 다른 성으로 고쳐서 살아가라는 말이다. 목숨을 부지하기 위해서는 어쩔 수가 없구나."

식구들은 왕범이 지금 무슨 생각으로 하는 말인지 짐작이 갔다. 그저 같이 눈물만 뚝뚝 흘릴 뿐이었다.

"흥이 너는…."

아비는 큰아들 왕흥을 가리켰다.

"너는 옥 씨 성으로 살아가는 것이 좋겠구나."

"아버님!"

기어이 아들은 참고 있던 울음을 터뜨렸다.

"그래 네 마음을 안다. 왕 씨의 인연은 아비 대에서 끊고 너는 구슬 옥(玉), 옥 씨로 살아가거라. 옥 씨의 성을 가진다면 임금 왕에다 점 하나를 찍으면 옥(玉)이 되는 것이니 결코 왕가의 성을 아주 버리는 것이 아닐 것이다. 그리고 둘째 능이…."

왕범은 둘째에게는 전(全) 씨로 살아가라고 했다. 전(全) 씨 또한 가운데에 임금 왕(王) 자를 보존하는 모양이니 왕손이었던 흔적을 간직한 채 살라는 뜻으로 그렇게 성을 바꾸어준 것이었다.

왕범은 딸을 당부하기 위해서 집을 나설 때 데리고 온 가노(家奴)

만노를 불러 앉혔다.

"내 아무리 외동딸이지만 딸을 살리기 위해 결단을 내리지 않을 수가 없구나. 나는 자네에게 저 애를 맡기기로 했다."

만노는 이제 스무 살 된 총각이다. 그 부모는 대대로 왕범의 집안에서 종노릇을 해왔는데, 왕범은 집을 나올 때 연로한 그 부모는 풀어주고 힘을 쓸만한 자식놈 하나만 데리고 나섰다. 왕범은 외동딸의 배필로 자신의 집 가노를 선택한 것이었다. 앞으로 왕족으로 살아가기는 틀린 일이고 생명은 부지해야겠기에 험한 세상 살아가려면 비록 천한 씨지만 힘센 놈에게 맡겨서 일생을 의탁하게 한다면 그나마 마음을 놓을 수가 있겠다는 생각이 들어서 그렇게 결정을 한 것이었다.

"대감마님, 흐흡"

만노는 뜻밖의 제안에 대답을 못 하고 울음소리부터 냈다. 만노 뿐 아니라 모든 식구들이 한꺼번에 통곡했다. 어찌 이런 일이…. 생각조차도 할 수 없었던 일이 벌어지고 있었다. 죽음을 면하기 위해서 한 결정이었지만, 엊그제까지 왕족으로 살아왔던 자부심이라고는 이제 더 이상 찾아볼 수 없게 돼버린 것이다. 왕족이었던 사실은 숨기고 타성으로 바꿔서 살아가야 하는 것은 물론이고, 고이 기른 외동딸마저 집안의 종에게 맡겨야 하는 신세로 전락해버렸으니 그야말로 집안이 풍비박산이 나서 천 길 나락으로 떨어진 꼴이었다.

"아버님은 어찌하실 것이옵니까?"

식구들이 통곡하던 중에 큰아들 왕홍이 잠시 정신줄을 잡고서 장차 안부조차도 알아볼 수 없게 된 아비의 앞날이 걱정되어 물었다.

"나는 너희들이 떠나는 것을 보고 좀 더 이곳에서 머물면서 생각을 해보겠다. 너희들은 어디를 가든 무사하기만 하다면 언제든 이 절에 들러 안부를 전해 놓고 가거라. 그렇게라도 소식을 전할 수 있다면 다행한 일이 아니겠느냐."

왕범은 가져왔던 족보를 불태웠다. 식구들은 한바탕 울음으로 또 소동을 쳤다. 그러나 언제까지나 슬퍼할 겨를이 없었다. 당장이라도 기찰꾼이 들이닥친다면 그들의 목숨은 죽은 것과 다름이 없을 것이었다.

왕범은 울부짖는 식구들을 간신히 떼어 내고 떠날 것을 재촉했다.

• 5

식구들과 생이별을 한 왕범은 아이들에게도 못 할 짓을 하고 조상에게도 면목이 없었기에 목숨을 자진할 생각을 했다. 그런데 대처로 나갔던 주지가 들러서 생각지도 않은 소식을 들려주는 것이었다.

"소승 대처로 나갔다가 좋은 소식이 들려서 급하게 발길을 돌려서 이렇게 찾아왔나이다."

'좋은 소식이라니?' 왕범은 귀가 번쩍 띄었다.

"왕 씨에게 섬으로 옮겨서 살도록 해준답니다."

"섬으로 옮겨준다고요?"

"외딴 섬으로 옮겨서 그들끼리 모여 살도록 해준다는 것입니다. 지금 벽란도 포구로 그동안 숨어 지내던 왕가의 식구들이 나라에서 준비한 배를 타려고 몰려들고 있다 합니다."

왕범은 그 말을 들으면서 '아뿔사!' 아이들을 쫓듯이 서둘러서 떠나보냈던 것을 후회했다. 그러나 아이들도 어디에선가 이 소문을 들었으면 훗날 섬 어디에선가 재회할 수 있지 않을까 하는 다행스러운 생각도 들었다.

왕범은 배가 떠나기 전에 포구로 가야겠다는 마음에 부인을 재촉했다.

"서두릅시다. 혹시 아이들도 소식을 듣고 포구로 올지도 알 수 없는 일이 아니겠소?"

왕범 내외는 급하게 절을 나섰다. 주지도 이들 내외를 배웅하려 포구까지 동행했다. 포구로 가는 길목에는 개경과 경기도 일대에서 모여든 왕가(王家) 일족 행렬이 줄을 이었다. 개중에는 옥에 갇혀 있었던 듯 관군에게 호송되어 오는 사람들도 있었다. 피폐한 그 몰골을 보면서 왕범은 자신들은 용하게도 피난을 하였다가 이렇게 섬으로라도 이주하여 살 기회를 만나게 된 것이 참으로 다행스럽다고 생각했다. 척박한 섬 생활을 어떻게 해야 할 것인지를 의논하면서 가냘프게나마 앞날에 대한 기대 섞인 이야기를 나누는 이들도 눈에 띄었다.

왕범 내외는 혹시라도 아이들이 소식을 듣고 오지 않았을까 싶어 일행 속을 두리번거리며 살폈다.

포구의 입구에는 군사들이 줄을 늘어서서 경계가 삼엄했다. 군사들은 외부로 통하는 길을 봉쇄한 채 입구로 들어오는 왕가의 일행들을 한편으로 내몰았다. 왕범을 전송하러 온 주지 스님은 포구의 입구에서 작별해야 했다.

포구에는 왕 씨들을 섬까지 실어나를 배들이 수십 척 기다리고 있었다. 군사들은 행렬을 지어서 들어오는 왕 씨들을 배에다 짐짝을 재듯이 차곡차곡 실었다. 개중에는 부모와 자식 간에 혹은 내외간이라 하더라도 순번이 넘쳐서 각기 다른 배에 나뉘어 타야 하는 사람들도 있었다. 포구에 모여든 사람들을 배에 나누어 태우는 작업은 종일토록 계속되었다.

포구로 모았던 왕 씨들은 모두가 배에 태워졌다. 그런데도 배는 한참을 더 기다렸다. 사람들은 아마 저녁 무렵이 되어서 배가 출발할 모양이라고 생각했다. 일부러 해가 지기를 기다리는 듯했다. 일찍 배를 탄 사람들은 미리 배 밑창에다 자리를 깔았다. 밤새워 항해하고 또 낮선 곳에서 새로이 적응하려면 잠자리도 마련해두어야 했다.

이윽고 서산에 해가 넘어가는 때에, 핏빛과도 같은 붉은 빛이 사방으로 퍼질 무렵 배들이 선단을 지어서 포구를 떠났다. 주지 스님은 포구가 내려다보이는 언덕 위에서 종일을 서서 배가 떠나가기를 기다렸다. 떠나는 왕 씨들과 이별의 아쉬움을 나누기 위해서 많은 사람들이 주지 스님과 함께 자리하였다. 주지 스님의 입에서는 나무관세음 염불 소리, 손에서는 목탁 소리가 끊이지 않았다. 사람들도 같이 염불을 외었다. 배가 한 척 두 척 포구를 떠났다.

그런데 이게 웬일인가? 바다로 나아가던 배들이 순항하는 듯싶었는데 갑자기 한바다에 이르러 밑으로 가라앉기 시작하는 것이었다. 언덕배기에서 바라보는 그 광경은 너무나 뚜렷했다.

"배가 가라앉는다!"

누군가가 비명처럼 소리를 질렀다. 여기저기서 웅성거리는 소리가 들렸다. 모두들 바다쪽으로 배가 가라앉는 광경을 보고 울부짖기 시작했다.

"아이고, 아이고"

"어떡하나, 어떡하나?" 발을 동동 굴렀다.

누군가 소리쳤다.

"일부러 배에 구멍을 뚫어놓았다!"

"일부러 죽이려고 이곳으로 모았다!"

"섬으로 보내서 살게 해준다고 한 것은 새빨간 거짓말이었다!"

원망하는 소리들이 삽시간에 퍼졌다.

"죽일 놈들, 이 씨가 왕 씨의 씨를 말리려는구나."

주지 스님의 염불 소리가 한층 더 높아졌다. 스님의 눈에는 아침에 한 가닥 희망을 안고 길을 나서던 왕범 내외의 모습이 선하게 비쳤다.

"나무관세음……, 관세음보살"

모여있는 사람들이 주지스님에 맞추어 같이 염불을 외었다. 염불 소리는 산야를 떠나서 바다로 달렸다. 사람들은 자신들의 염불을 듣고 바닷속으로 수장이 되는 왕 씨들이 극락왕생하도록 소리소리 질러댔다. 어느덧 주변은 칠흑의 어둠으로 둘러싸였는데도 사람들은 그곳을 떠나지 않았다. 통곡하는 소리, 원망하는 소리, 욕설과 염불 소리가 뒤섞여서 들끓었다.

스님은 염불에 섞어서 시 한 수를 읊었다.

一聲柔櫓蒼波外

푸른 물결 밖으로 잔잔히 들려오는 노 젓는 소리

縱有山僧奈爾何

비록 산승이 있다 하나 자네는 어찌할 텐가

(작자 미상)

며칠이 지난 뒤 수장되었던 시체들이 수면에 떠 올랐다. 고기잡이를 나갔던 어부들은 한꺼번에 수십 구의 시체들이 엉켜서 바다 위를 떠돌아다니는 것을 보았다. 그러나 누구도 시체를 육지로 데려와 수습해 주려 하지 않았다. 수많은 왕 씨의 시신들이 고스란히 수장된 채 물고기의 밥이 되었다. 해안가로 떠밀려온 시신은 새떼의 먹이가 됐다.

왕 씨에 대한 참살은 계속되었다. 바닷가에서는 물속에 던져 죽이고 육지에서는 붙잡아다가 목을 베어 죽였다.

• 6

점심을 먹고 난 뒤 이성계는 용상에 기댄 채 잠시 오수에 빠져들었다.

막 한잠이 들었을 때 편전의 문이 스르르 열리면서 짙은 안개가 스며들더니 뒤를 이어 9척의 거인이 성큼성큼 안으로 걸어들어오는 것이 아닌가!

구장복[12]을 입은 모습이 군왕이었다. 이성계에게 다가온 그는 우렁찬 목소리로 꾸짖었다.

"네 이놈 이성계야!"

이성계는 깜짝 놀랐다. 하마터면 용상에서 미끄러져 떨어질 뻔했다.

"내가 삼한을 통합하고 고려를 세워 백성들 사이에 공이 우뚝하거늘 네놈이 어찌 고려를 멸하고 나라를 도둑질하였느냐? 그것도 모자라 나의 후손을 도륙을 내다니, 내 반드시 가까운 시일 내에 네놈에게 보복할 것이다."

거인의 목소리는 편전을 쩌렁쩌렁하게 울렸다. 그는 고려를 세운 태조 왕건이었다.

"아~악!"

이성계는 너무나 놀란 나머지 비명을 지르며 허우적대다가 잠에서 깨어났다. 성난 모습으로 호령하는 왕건의 모습을 생각하니 머리끝이 쭈뼛 서고 등에는 진땀이 축축했다.

영덕에서 왕 씨를 붙잡아 목을 베었다는 장계가 올라왔다. 전국에서 왕 씨를 사냥하였다는 장계가 수시로 사헌부로 보고가 되고 그것은 어전회의에서 다시 논해졌다.

"용(龍) 씨로 변성을 해서 절간에 숨어 지내던 자인데, 관아에 밀고가 되어 붙잡아 참수하였습니다."

12) 구장복(九章服) : 국왕의 예복. 중국 황제는 십이장복(十二章服)을 입는다.

대간의 보고를 받은 이성계는 인상을 찌푸렸다.

"용용(龍) 자를 성으로 사용하며 그들이 여전히 왕가의 후손임을 간직한 채 살아가는 것이 불경스럽기 짝이 없습니다. 전국에는 그렇게 변성하여 숨어 사는 자들이 많사옵니다."

"밭 전(田) 자 전 씨 중에도 왕 씨의 후손이 변성하여 숨어 지내고 있다 합니다. 구슬 옥(玉) 씨, 온전 전(全) 자 전 씨, 이들 모두는 한통속으로 이들 중에서 왕 씨의 후손이 있는지를 철저히 색출해 내야 할 것이옵니다."

"그만, 그만 좀 하라!"

논핵을 듣고 있던 이성계는 마침내 화를 벌컥 냈다.

"왕가에 대한 탄핵은 이제 그만하면 됐다. 언제까지 왕 씨를 죽이는 일을 과인과 계속 논할 것인가?"

"… 하오나 이일은 나라의 안정을 위하는 일로서, 그 뿌리까지 제거하지 않으면 언제 또 그 위험이 번질지 모르는 일이 옵기에……."

"그만하라 역모를 꾸민다면 어디 왕 씨뿐이겠는가? 내 앞에서는 더 이상 이를 논하지 마라."

이성계는 전에 없이 짜증을 냈다. 이는 얼마 전에 꾸었던 꿈 탓이기도 했다. 홀연히 꿈속에 나타나서 꾸짖다가 사라진 왕건의 호령이 아직도 귀에 쩌렁쩌렁했다.

"네놈이 나라를 훔친 것도 부족하여 내 후손까지 도륙을 내려 하는구나! 내 반드시 가까운 시일 내에 복수할 것이다!"

그 생각만 하면 등골이 오싹했다.

창업 이후부터 고려의 잔재를 없앤다는 명분으로 계속하여 온 살육이었다. 신하들과 앉아서 피 냄새를 논하는 것에 이제 진저리가 쳐졌다. 그로 인하여 개경의 민심 또한 흉흉하다는 것을…. 이성계는 이제는 개경에 머물러 있는 것조차도 두려웠다.

"과인은 이제 개경을 떠날 것이다. 계룡산으로 서울을 옮기는 일은 어찌 되어 가느냐? 그에 대한 보고가 왜 없는 것이냐?"

개경은 지난 500년 동안 고려의 도읍지였다. 개경은 전 왕조와 이런 저런 연을 맺으며 호사를 누려왔던 명문가들의 아성이었다. 그들의 편에서 보면 아무리 썩어빠지고 제구실을 못 하는 나라였지만, 왕조를 빼앗긴 아쉬움은 말로 다 표현할 수 없는 원통함이었다.

꿈속에서까지 왕건이 나타나서 "반드시 복수하겠다."라고 호통을 치고 있으니…. 이성계는 피 냄새가 진동하는 개경의 민심이 두려웠다. 그래서 즉위 즉시 계룡산을 후보지로 하여 새 나라의 도읍지 터를 닦고 있었다. 그러나 대신들 사이에서 반대가 만만치 않아서 공사가 지지부진하던 차에 이를 다잡은 것이었다.

제23장

한양
천도

• 1

계룡산 도읍지 공사에 대한 독촉이 내려왔지만, 그에 반대하는 상소 또한 여전했다. 경기좌도 관찰사 하륜도 계룡산을 신도로 정하는 데 반대하는 인사였다. 그는 이성계 앞으로 상소를 올렸다.

"계룡산은 국토의 남단에 치우쳐 있고 풍수지리상 물이 빠져나가는 장생혈(長生穴) 자리입니다. 그러한 곳을 도읍지로 정하면 나라가 당대에 망한다는 설이 있습니다. 공사를 중지하소서."

다분히 미신에 근거한 것이었지만 주목을 받을 수 있는 내용이었다. 어떻게 세운 나라인데, 어떻게 거머쥐게 된 권력인데, 수도를 잘못 택하면 당대에 망할 수가 있다니…….

이성계는 즉각 신도의 건설을 멈추게 하고 새로운 후보지를 물색하라는 명령을 내렸다. 역대에 걸쳐서 난무하고 있는 풍수에 관한 설을 연구하여 정리하고 새 도읍지를 조사하기 위하여 음양산정도감(陰陽刪定都監)을 설치했다. 여기에 영삼사사 권중화를 비롯한 정도전, 남은, 정충, 이근 등과 함께 경기좌도 관찰사 하륜도 참여하게 되었다.

"삼봉 형님, 이곳에서 뵙는구려."

정도전과 하륜은 오랜만에 만났다.

"이렇게 같이 일을 하게 돼서 다행이네, 잡학에 심취해 있더니만 드디어 일을 냈구먼."

정도전은 하륜의 쌓여있는 감정 따위에는 관심이 없었다.

"어쩌다 선비가 되어 그런 경박한 학문을 가까이하고서…. 쯧쯧."

정도전은 하륜이 젊은 시절부터 빠져있는 관상이나 풍수 같은 학문을 근거 없는 미신이라며 업신여겨왔는데, 이를 국가적 대사인 도읍지를 정하는 일에까지 들고나와서 시비하려고 하니 못마땅하여 혀를 찬 것이었다.

"제가 공부한 관상이나 풍수에 관한 학문은 형님이 생각하고 있는 미신이나 가벼운 학문이 아닌데 어찌 그런 말씀을 하십니까?"

하륜은 자신이 공부한 학문을 경박한 학문이라 무시하는 정도전의 태도가 불쾌했다. 두 사람은 오랜만에 가진 만남이었지만 결코 유쾌한 감정이 아니었다. 하륜이 이미 정도전과 적대를 하여 두 사람 사이에 건널 수 없는 강이 흘렀지만, 임금의 명에 의해서 신도읍지를 정하는 국가적 중대사를 앞에 두고는 서로 머리를 맞대지 않을 수가 없었다.

• 2

두 달여에 걸쳐서 신도읍지 후보지를 조사했는데, 하륜이 무악(毋岳)을 추천했다.

"무악은 국토의 중앙에 위치하면서 뱃길이 통하는 곳입니다. 풍수지리에 능한 옛사람 도선의 비기(道詵秘記)에도 이에 부합하는 바가 많고, 중국의 여러 풍수 책에도 모두 비슷하게 설명하고 있습니다."

무악은 안산을 말하는데 현재의 서울 신촌과 연희동 일대를 지칭한 것이다.

이성계는 하륜의 건의를 받아들여서 서운관[13]의 관리들과 함께 일대를 둘러보았다. 여기에 좌시중 조준을 비롯한 백관들이 동행했다.

일행들은 산 아래가 훤히 내려다보이는 산등성이에 올라서 지세를 살폈다. 안산군수는 임금의 일행을 위하여 먹을거리를 충분하게 장만하여서 날라 왔다. 이성계는 팔월의 더위를 이기지 못하고 용포자락을 풀어헤쳐 자리를 잡았다. 시종하는 관리들도 임금의 주변에 자리를

13) 서운관(書雲觀) : 천문·지리를 연구하고 기상 등을 측정하는 관청

잡고서 장만하여온 음식을 사이에 두고 토론을 벌였다.

"어떠한가? 둘러보니 이곳을 신도읍지로 정할 만한가?"

이성계는 서운관 관리에게 물었다.

"풍수지리상으로는 개경의 지세보다는 못하옵니다. 굳이 명당을 찾자면 개경이 으뜸인데 어찌 다른 곳에서 명당을 찾으려고 하시는 것이온지요?"

"어허, 또 그 소리를 하려는 겐가? 과인은 이미 천도를 하기로 결심하였는데, 더 이상 천도 불가론에 대해서는 논하지 말라."

이성계는 역정을 내면서 서운관 관리의 말을 막았다.

"과인의 결심이 서 있는데도 아직까지 그에 대해서 왈가왈부하는 것은 부당하다."

이성계는 단호했다. 건의하던 서운관 관리는 움찔했다.

"개경은 고려 왕조 500년을 지내면서 이미 기가 쇠하여서 여러 문제가 발생하였습니다. 신도읍지는 새로운 기가 창궐하고 풍수상으로 길한 곳을 찾아 정해야 합니다. 개경은 지세가 이미 다하였고 계룡산은 풍수상으로 맞지 않는 곳입니다. 이곳 무악으로 정하심이 옳은 일이옵니다."

하륜은 재차 무악이 타당하다고 주장했다. 그러나 정도전의 견해는 달랐다. 정도전이 하륜의 주장을 제지하고 나섰다.

"어찌 무악만이 옳다고 주장할 수가 있겠는지요? 지기의 성쇠나 풍수의 길흉은 믿을 수 없는 것이옵니다. 설혹 옛사람의 비기를 믿는다고 해도 사람이 할 수 있는 일을 다 논하여보고 점을 쳐야 할 것이옵니다. 소신이 볼 때 이곳 무악은 지역이 협소하고 골짜기 속에 끼어있어 궁궐과 관청, 사람이 살아가기에 필요한 시장 등을 건설하기가 부족한 곳입니다. 신도를 정하는 것은 나라의 천년 앞날을 내다봐야 하는 대사이니 날을 두고서 다른 곳을 좀 더 알아보고 난 후에 결정하는 것이 타당하다고 생각되옵니다."

"삼봉이 생각하기에는 어떠한 곳이어야 하는지 말해보라."

이성계가 정도전의 의견을 물었다.

"지금 지기의 성하고 쇠하고를 말하는 이들은 자신이 깨달은 바를 말하는 것이 아니라 다 옛사람이 말하는 바를 전해 듣고서 하는 것입니다. 도읍지는 군왕의 위엄이 나라의 곳곳에 미치기에 부족함이 없고 임금을 따르는 신하와 백성들이 정주하기에 불편함이 없어야 할 곳이어야 할 것입니다. 전하께서는 술수[14]하는 자들의 말을 믿으시어 가벼이 결정하지 마시고 새로운 도읍지를 찾으시옵소서."

정도전은 하륜 등 풍수를 들어 신도읍지를 논하는 자들을 정면으로 반박한 것이다. 하륜 등은 머쓱해졌다. 이성계는 정도전의 건의를 받아들여서 신도읍지를 정하는 것을 좀 더 숙고하여 보고하라고 명령을 내렸다.

• 3

이성계는 새 도읍지를 정하는 문제를 두고 의견이 분분하므로 이번에는 무학대사를 찾아서 의논해 보라 일렀다. 무학대사는 황해도 고달산 기슭 초막에서 거처하며 수행을 하던 중에 어명을 받았다.

"대사는 전국의 곳곳을 다녀보아서 어디가 명당인지를 알고 있을 것이 아니요? 과인이 신도읍지를 정하려고 하는데 이곳은 이러해서 안 되고, 저곳은 저러해서 안 되고, 의견이 분분하여 결정하지 못하고 있으니 대사께서 고견을 말해주시오."

이성계와 무학의 만남은 이성계가 문하시중 자리를 내놓고 동북면

---

14) 술수(術數) : 음양, 복술 따위로 길흉을 점치는 자

으로 돌아가야 하느냐 하는 문제를 두고 갈피를 못 잡고 있을 때 홀연히 나타나서 "훗날을 위해 문하시중으로 복귀하라."라고 조언을 해주고 남해의 금산으로 떠난 뒤 처음이었다.

이성계는 어려움이 있을 때마다 대사의 말 한마디로 위로를 받았었기에 그를 예로써 모셨다.

"예로부터 국토는 넓다 하나 도읍을 정한 자리는 몇 안 됐사옵니다. 신라, 백제, 고구려의 도읍지 계림과 완산, 평양은 국토의 모퉁이에 치우쳐 있어서 적당하지 못합니다. 그리고 개경과 한양이 국토의 중앙에 있어 수도로 정하기가 적당한 곳인데 개경은 이미 전하께서 천도하기로 마음먹은 곳이옵기에 한양을 천거하옵니다."

"그 이유가 어디 있는지 설명을 해보시오."

"한양 땅은 인왕산이 주봉이온데, 이를 중심으로 궁터를 잡으면 내명당수(內明堂水)인 청계천과 외명당수(外明堂水)인 한수(漢水)가 흘러 풍수상으로 이상적입니다. 또한 한양 터의 주인은 이 씨로 정해져 있다고 예부터 전해 내려오는 말이 있습니다. 이 말은 곧 전하께서 즉위하실 것을 예언한 것이오니 전하께서 이곳을 도읍지로 정하신다면 참으로 다행한 일이 아니고 무엇이겠사옵니까?"

"그래? 한양 땅의 주인이 예부터 이 씨로 정해져 있었다고?"

한양 땅의 주인이 이 씨라면 바로 자신을 두고 한 말이 아닌가? 전설을 신뢰할 바는 아니겠으나 듣기에 기분 좋은 말은 분명했다.

"대사의 말에 대해서 다른 이의 의견은 어떠하오?"

"신은 유학한 선비로서 이는 믿을 바가 못 되는 말이옵니다."

정도전이 이견을 제시했다.

"무슨 뜻으로 하는 말인가?"

"한양 땅의 주인이 이 씨라 하였다는 말은 과거 인종 때에 외척으로 세도를 부렸던 인주 이씨 가문의 이자겸이라는 자가 스스로 임금이 되고자 '십팔자(十八子)[15] 득국설'을 퍼뜨린 데서 유래한 것으로서 믿을 바가 못 되옵니다. 정도(定都)를 함에 있어서 근거가 없는 풍설에 의지하지 마시고 지리적 이점을 분석한 연후에 결정하셔야 할 것이옵니다. 한나라의 수도는 나라의 얼굴이어서 임금이 머무시는 궁궐은 위엄이 갖추어져야 합니다. 따라서 건물을 지을 공간이 넉넉해야 하고 모여 사는 백성들이 생활하기에 불편함이 없어야 할 것입니다. 또한 지세가 유리하여 외침에도 능히 견뎌낼 수 있어야 하며, 지방으로부터 공물 등이 운송되는 데 편리해야 할 것입니다. 이 모든 것을 고려하시오소서."

정도전의 말은 지리를 정하는 일에 풍수지리와 같은 미신적이고 관념적인 이론에 의존할 것이 아니라 실용적인 면을 고려하여 합리적으로 따져야 한다는 주장이었다.

"삼봉의 건의도 일리가 있는 말이다."

이성계는 정도전의 건의에 수긍하면서도 무학의 건의를 무시할 수 없었다.

"내친김에 한양 땅을 살펴보도록 하자."

이성계는 무학의 말에 무게를 실어주었다. 백관들과 같이 한양 땅 남경의 옛 궁궐터를 둘러보기로 한 것이다.

한양은 고려조 문종 때에 이어(移御)[16]궁으로 지어서 남경이라 하였는데, 궁터가 그대로 남아있었다. 한양은 새로운 나라의 도읍을 세우기에 손색이 없었다. 국토의 중앙에 위치하여 지방 어느 곳에서나 교통이 수월했다. 더군다나 도성의 가운데로 한수가 관통하고 있어서 전국에서 생산되는 물자를 수운하기에 개경에 못지않았다. 국방의 이점도 충분했다. 북쪽으로는 북한산이 막혀 있고 남으로는 한수가 해

15) 십팔자(十八子) : '十+八+子=李', 이(李)의 파자(破字)

16) 이어(移御) : 임금이 거처하는 곳을 옮기다.

자(垓子) 구실을 하여 방책으로서 좋은 입지를 가지고 있었다. 이는 바다와 근접하여 수운의 이점은 있으나 외적의 침입에 취약한 개경과는 차이가 나는 이점이었다. 도읍지로 쓰일 땅 또한 넓었다. 앞서 하륜이 제안하였던 무악과도 인접하여서 보다 넓은 면적을 활용할 수 있었다.

"삼봉의 의견을 들어보세나."

이성계는 한양의 지세를 둘러보고 나서 동행하였던 정도전을 불러 물었다.

이에 대해서 정도전은 약간의 의견을 덧붙였다.

"무학이 말하기를 주봉을 인왕산으로 정하고자 하였으나 소신의 생각은 다르옵니다. 주봉을 북악으로 하여서 그 기슭에 궁궐을 짓고 삼각산(남산)과 관악산을 축으로 신도를 건설하면 그 이점은 더 많을 것이옵니다.

"음, 과연…."

천도하는 데 실용적인 문제를 앞세우는 정도전도 반대를 않으니 이성계도 흡족했다. 여러 이점도 있거니와 예부터 '이 씨가 한양 땅의 주인'이라 하지 않았던가! 하루빨리 한양으로 도읍을 옮기고 싶은 마음이었다.

1392년 8월 13일, 한양 천도의 교지가 발표되었다. 발표에는 한양 설계의 책임자로 정도전을 임명한다는 내용도 포함되었다.

제24장

국본을 세우다 그리고 『조선경국전』

• 1

8월 한낮에 뜨겁던 태양이 길게 그림자를 드리우는 저녁 무렵, 이성계는 모처럼 짬을 내어 강비와 함께 수창궁의 정원을 거닐었다. 수창궁은 역대 고려의 임금들이 즉위하였던 곳이다.

이성계 역시 이곳에서 조선의 첫 임금으로 즉위식을 했다. 이성계가 왕위에 오름으로써 부인 강 씨도 왕비로 책봉되었다. 이성계의 첫째 부인인 청주 한씨는 이성계가 즉위하기 1년 전에 세상을 떠났으므로 왕비의 작위를 받지 못하고 있다가 아들 방과가 조선의 2대 왕으로 즉위한 사후에 '신의왕후'로 추존되었다.

수창궁의 화원에는 온갖 기화요초들이 만개하여 꽃향기가 가득했다. 수초 사이를 유영하는 물고기들은 한가로웠다. 7살 막내 방석은 아비의 손을 잡고서 놓지 않았고, 2살 터울 형 방번은 각시를 얻었지만 아직도 어린 티가 가시지 않았다. 각시의 손은 뒤로한 채 어미의 손을 잡고 걷기를 좋아했다.

이성계에게는 이렇게 아이들과 함께 지낼 수 있는 이 시간이 참으로 행복했다. 누군가가 말하지 않았던가? 젊었을 때는 자식 키우는 재미를 못 느꼈는데 나이가 들고 보니 손자 보는 재미가 자식 키울 때와 비교가 되지 않더라고….

예순을 바라보는 이성계에게 늦둥이로 낳은 지금의 어린 두 아들은 손자를 보는 이상의 즐거움이었다. 특히 막내인 방석이 부리는 재롱을 보고 있노라면 세상 모든 시름이 잊히는 듯했다. '내, 나라를 얻은 몸인데 너희를 위해서 무엇인들 못 해주랴.'

두 아들을 바라보는 이성계의 얼굴에서는 미소가 떠나지 않았다.

"애들이 아버님 얼굴을 자주 뵙지 못하다 보니…. 오랜만에 얼굴을 대하니 저렇게 좋아합니다.” 강비가 이성계의 기색을 살피면서 말했다.

“미안하오이다. 바빠 지내다 보니…”

이성계의 미안함은 아이들에게 뿐. 아니라 강비에게도 마찬가지였다. 개국 전 몇 달은 생사의 고비를 넘나드는 위기의 나날이었다. 가족 간에 안부를 나눌 여유가 없었다.

그날 밤은 모처럼 강비와 합방을 했다. 침전에 불이 다 꺼졌다. 이성계는 오랜만에 옆에 누운 강비의 몸을 더듬었다. 창틈으로 스며들어온 달빛에 드러난 몸매는 30대 후반에 들어섰음에도 여전히 고혹적이었다. 이성계의 손놀림에 따라 움찔거렸다. 목덜미가 달빛을 받아 하얗다. 냄새가 향긋하다. 이성계는 오랜만에 전신에 힘이 솟아오름을 느꼈다. 한 손이 적삼 속으로 들어가 젖가슴을 쓰다듬었다. 젖가슴은 아이 셋을 낳은 여인이라 믿기지 않을 만큼 탄력이 여전했다. 젖 봉우리가 봉긋하게 솟아올랐다. 다른 한 손은 허벅지를 타고 올라 고의 속을 더듬었다. 강비는 이성계의 가슴팍에 얼굴을 깊이 묻었다.

“하~”

구별할 수 없는 소리가 입에서, 코에서 새어 나왔다. 이성계의 등허리에는 땀이 흥건히 흘러내렸다. 온몸이 강비에게 빨려 들어가는 느낌이었다. 강비의 몸속에서 하얗게 녹아났다. 그렇게 한동안의 열락의 시간을 보내다 기운이 다 빠져서야 격정을 멈추었다. 나른하게 휴식이 찾아왔다.

“전하, 주무시옵니까?”

달콤한 휴식 속에서 아득하게 강비의 부름을 들었다.

“응, 으… 응?”

이성계는 꿈속 같은 달콤함에서 깨어나면서 대답했다. 그러면서 한쪽 팔로 강비를 사랑스럽게 안았다.

“잠시만 이야기를 나누시지요.”

강비는 이성계의 가슴을 쓰다듬으며 말했다.

"그래요, 무슨 말을?"

꿈같이 달콤한 시간 뒤에 나누는 대화였다. 이성계는 무슨 청이라도 들어줄 듯 지극하게 눈길을 보냈다.

"전하께서 보위에 오르시고 덕분에 소첩도 비의 자리에 올랐으니 이제는 왕자들의 지위에 대해 논해야 할 것이 아닙니까?"

"왕자의 지위? 왕자는 대군이 될 것이고, 세자를 논하자는 것이요?"

"그러하옵니다."

"나라를 세운 지 얼마나 됐다고 벌써 세자를 논하다니, 너무 이른 것이 아닌가?"

"소첩의 생각은 다르옵니다. 전하께서는 장성한 아들들을 여러 명 두셨습니다. 그들은 그동안 전하를 도와서 나름대로 공을 세우며 오늘을 만들었나이다."

강비는 진지한 어조로 말했다. 그동안에 이 일에 대해서 깊이 생각해온 듯했다.

"그랬지 애들이 아비 못지않게 노심초사했지. 전쟁터에서는 몸을 사리지 않고 싸워왔고."

"그래서 말씀을 드리는 것입니다. 그동안은 대업을 위해서 합심해서 목적을 이루었으나 전하께서 보위에 오르신 지금은 다를 것이옵니다."

"……?"

"왕자들은 자신의 공을 내세워 서로 보상을 원할 것입니다. 더군다나 지금은 장남이 집을 나가버린 처지라 형제간에 다툼도 마다하지 않을 것입니다."

강비의 말은 이성계도 일찍이 생각해보았던 일이었다. 지난날 장남 방우가 아비의 곁을 떠나면서 "과거 무인시대에 임금도 마음대로 갈아치웠던 막강한 권력자 최충헌의 아들 형제들이 아비가 죽음에 이르자 권력 승계를 두고 골육상잔을 벌였다."라는 말을 했다.

이성계는 그 말을 듣고서 불같이 화를 내긴 했지만, 한편으로는 '최충헌 가에서 벌어졌던 일이 자신의 대에서 벌어지지 않을까?' 하는 우려를 했었다. 지금 강비의 말을 듣고 보니 부인할 일이 아니었다. 아비를 따라 전쟁터에서 뼈가 굵어 온 아들들이다. 제 욕심을 차릴 정도의 능력은 충분히 갖추고 있었다. 이미 방원이란 놈은 아비의 말을 무시하고 제 마음대로 결정하여 정몽주를 격살해버리지 않았든가, 욕심을 채우지 못하여 분란을 일으킨다면 다섯째가 제일 문제일 것이다. 먼 훗날에 벌어질 불행한 일을 미리 막기 위해서라도 지금 후계를 명확히 해두는 것이 좋겠다는 생각도 들었다.

"세자를 세운다면 누가 적당하겠소? 장남이 아비를 거역하였으니 차남이 뒤를 잇는 것이 순서일 것 같은데."

"전하!"

이성계의 말을 듣던 강비가 갑자기 말을 끊었다. 그리고는 "소첩의 말은 그런 뜻으로 드린 말씀이 아니라…." 하더니 갑자기 "흐흐 흑"하고 울음을 터뜨렸다.

"아니, 아니 갑자기 웬 울음이요? 무슨 말을 하려 했는데 그러오?"

이성계는 당황해하며 강비를 토닥거렸다.

"전하께서는 어찌 소첩의 생각을 그리도 모르시옵니까? 소첩이 말씀드리는 것은 방번과 방석에 대한 걱정에서 드린 말씀이옵니다."

"그래, 그래 말을 해보오. 내 들어줄 터이니."

"전실의 왕자들은 그냥 두어도 이미 제 앞가림을 충분히 할 수 있습니다. 그런데 제 속에서 난 두 자식은 아직은 어립니다. 부모가 돌보아주지 않는다면 그 앞날이 보장되지 않을 것입니다. 소첩 또한 전하의 보살핌이 필요합니다. 전하의 춘추를 생각한다면 언제까지나 거두어주실지 걱정이 되지 않을 수가 없습니다."

강비는 간간이 애처로운 울음을 섞어가면서 이야기를 이어갔다.

이성계는 강비의 말에 점점 설득되어갔다. 부모의 품속에서 여전히 응석을 부리는 방번, 방석이 내로라하는 제 형들과 섞여서 살아간다는 것은 결코 순탄치 못할 터였다. 강비 또한 나이 차이도 별로 나지 않는 전실 자식의 틈바구니에서 대접을 받으며 살아간다는 것이 어렵기는 마찬가지일 것이다. 장남 방우는 강비 보다 나이가 많았다. 2남 방과와는 불과 한 살 밖에 차이가 나지 않았다. 다섯째 방원과도 10살 밖에 차이가 나지 않는다. 지금은 아비가 건장하니 어쩔 수 없이 어미 대접을 해주지만 훗날 자신이 죽고 난 뒤에도 지금과 같으리라고 보장할 수가 없는 일이었다. 자신과 강비의 나이 차이는 20살도 넘는다. 언제까지 자신이 강비를 보호해 줄 수는 없을 것이다. 강비의 말대로, '미리 그 속에서 난 자식을 세자에 앉혀놓고서 장성할 때까지 뒤를 봐주다 왕위를 물려준다면 모자에 대한 보장이 될 수 있지 않을까?' 싶은 생각이 들었다.

그러나 이성계가 강비의 청을 들어주고자 하는 것은 젊은 부인과 늦둥이 아이들에 대한 지극한 애정에서 생각하는 것일 뿐이었다. 국본(國本/세자)을 정하는 일은 부부간의 사랑이나 부모와 자식 간의 정과 같이 지극히 사적인 생각으로 결정할 일이 아니었다. 이성계가 전실 부인에게서 얻은 장성한 자식들은 아비의 오늘이 있기까지 전쟁터를 따라다니며 수많은 공을 세워왔고, 고려의 조정을 무너뜨리고 새 나라를 건국하는 데에 지대한 공을 세웠었다. 그 자식들의 정서로 보면 이제 코흘리개를 면한 아버지의 후처에게서 난 어린 동생이 훗날 아버지의 뒤를 이어 임금의 자리를 물려받게 한다는 것이 용납되지 않는 일이었다. 또 오늘이 있기까지 고락을 같이해오고 새 나라를 창업한 공신들의 반발도 무시 못 할 일이었다.

이성계는 강비의 청을 듣고 일을 어찌 처리해야 할지 깊은 고민에 빠졌다.

• 2

정도전의 꿈은 이성계를 보위에 올려서 새로운 나라를 창업한 것으로 다 이루어진 것이 아니었다 그가 꿈꾸어 온 것은 따로 있었다. 정도전의 꿈은 고금의 역사에 여태껏 등장해 본 적이 없는 나라를 만드는 것이었다. 즉, 임금이 백성 위에서 군림하면서 영화를 누리는 것이 아니라 백성을 위하고(爲民) 사랑하고(愛民) 편안하게(安民) 돌보는 나라였다.

임금이 백성을 위하여 하는 일 중에서 최우선은 먹고사는 문제를 해결하는 것이다. 그리고 외적의 침입을 받지 않고 평안히 생업에 종사하게 하는 일이다. 또 관리의 부패와 부정과 결탁한 특정 계층만이 누리는 특혜를 막고 모든 백성이 능력에 따라 대우를 받는 공평한 세상을 만드는 일이었다.

이러한 나라를 만들려면 임금이 백성을 직접 다스리는 것이 아니라 현명한 신하를 뽑아서 그로 하여금 백성을 다스리게 해야 한다는 것이 정도전의 생각이었다.

정도전은 국초에 나라의 기준을 마련하면서 그 속에 자신의 이상을 꼭 포함시키고자 했다. 정도전은 이성계의 마음을 얻기 위하여 독대하여 앉았다. 이성계를 설득하고자 함이었다.

"치전총재소장야(治典冢宰所掌也)라… 나라를 재상이 다스린다구?"

이성계는 정도전의 설명을 듣다가 반문을 했다.

고금에 없던 새 나라를 건설하라면서 임금이 나라를 다스리는 것이 아니라 재상이 다스려야 한다고 건의하는 것에 대해 이성계는 의아하게 생각했다.

"예, 인주지직재택일상(人主之職在擇一相)이고 인주지직재론일상(人主之職在論一相)이옵니다."

"허어, 점점 모를 소리로고, 임금이 하는 일은 재상을 임명하는 일이고 재상과 국사를 의논할 뿐이라니, 그런 나라가 언제 있었던가? 임금이 나라의 주인이거늘 어찌 나랏일을 재상에게만 맡겨두어야 한다는 말인가?"

천하의 권력자는 자리에 앉게 되면 권력을 움켜쥐고 위세를 떨칠 일을 궁리하는 법이다. 그런데 천신만고로 임금의 자리를 차지하였는데, 그 권력을 신하가 나누어 갖겠다고 하니 참으로 고약한 일이었다.

이성계의 표정에는 불쾌함이 번졌다. 음성에서는 노기마저 비쳤다. 정도전에 대한 믿음이 워낙 컸기에 이야기를 들어주는 것이지 다른 신하들 같았으면 화를 내어 당장 내쳤을 것이다. 더하여 역적죄를 물을 수도 있는 일이었다.

"어찌하여 삼봉은 그런 생각을 하게 되었는가?"

그러나 정도전은 이성계의 기색에 전혀 주눅이 들지 않고 당당히 설명해나갔다.

"소신은 전하의 칭송이 만대에까지 뻗치기를 바라나이다."

"과인에 대한 칭송이 만대에까지 이르는 일과 임금이 아닌 신하가 나라를 다스려야 하는 일과 어떤 상관이 있는가?"

"군주가 덕으로 다스리는 나라는 오래갑니다. 그러나 군주의 신하인 재상은 덕보다는 일(事)로써 세상을 다스려야 합니다. 재상의 직책은 사리(事理)에 따라 옳고 그름을 분간하고 또 시기와 형편에 맞추어 일을 처리해나가야 하는 것입니다."

정도전은 재상이 나라를 다스리는 '재상정치'에 대해서 자세하게 설명했다. 이는 군주는 있으되, 나라의 상징으로서 존재하면서 현자(賢者)를 뽑아서 재상의 자리에 임명하여 그와 정사를 의논하는 것으로만 관여하는 것으로 그치고, 재상에게 실제적인 권한을 주어서 위로는 임금을 욕되지않게 보필하면서 아래로는 백관을 통솔하여 백성을 다스리게 하라는 것이다. 역사상에 출현한 수많은 군주 중에는 성공한 예도 있었지만, 만약 어질지 못한 이가 임금의 자리를 이어받게 되면 결국 백성에 해가 된다. 따라서 현자를 재상으로 뽑아놓아서 임금의 그릇됨을 바로잡고 사심 없이 정직하게 백성을 다스리게 한다면 임금과 재상이 함께 빛날 것이며, 그로 인해 백성의 칭송이 만대에까지 이어지리라는 것이었다.

"임금의 자질에는 어리석음과 현명함, 강력한 자질과 유약함이 있어 한결같지 않습니다. 그러니 재상은 임금의 좋은 점은 순종하고 나쁜 점은 바로잡으며, 옳은 일은 받들고 옳지 않은 일은 막아서 임금으로 하여금 대중(大中)의 경지에 들게 하는 것입니다. 또 재상으로 하여금 스스로 명석한 두뇌와 사심 없는 마음으로 정치를 펴게 한다면 그 덕이 널리 퍼져서 백성은 안심하게 될 것입니다."[17]

• 3

"만약 임금과 재상의 의견이 맞지 않을 때는 어찌해야 하는가?"

이성계는 설명을 들으면서도 언뜻 이해가 가지 않았다.

"임금이 그르다고 해도 재상은 옳다고 할 수 있어야 하고, 임금이 옳다고 해도 재상은 그르다고 할 수 있어야 합니다. 만약 비루하고 용렬

17) 조유식 지음, 『정도전을 위한 변명』, 휴머니스트, 2014, p.285.

한 자를 재상으로 뽑는다면 임금의 마음을 상하게 할까 봐 귀에 듣기 좋은 말만 하고 책임지는 일은 꺼리며 정치를 그르치게 되어 종국에는 그 원망이 임금에게 돌아가게 될 것입니다. 따라서 임금이 해야 할 일 중에 제일 중요한 일은 강직하고 명석하고 정직한 자를 골라서 재상으로 임명하는 일입니다."

"역사상에 그러한 예가 있었던가?"

"소신이 알기에 일찍이 초나라를 일으킨 유비와 재상 제갈량의 관계가 그러한 줄로 알고 있습니다. 유비는 주책이 좀 없지마는 현명한 재상 제갈량을 얻어서 나라를 일으켰고 또 그 덕은 후대에까지도 사람들의 입에 오르내리고 있습니다. 전하께서도 그 본을 받으시오면 칭송이 만대에까지 이어질 것이옵니다."

정도전의 이야기를 듣는 동안에 이성계의 마음이 차츰 풀려갔다. 처음의 노기는 사라지면서 어느덧 신뢰가 쌓였다. 이성계는 마치 자신이 제갈량을 얻은 유비가 된 듯한 마음이었다. 그 제갈량이 지금 자신의 측근으로서 끊임없이 지혜를 주고 있는 정도전이라는 생각이 들었다.

사실 이성계에게는 스스로 풀지 못하고 있는 숙제가 있었다. 비록 오늘날 이렇게 용상을 차지하고 앉아있지만, 그동안에 숱한 고비를 넘겨오면서 수많은 사람이 희생되었다. 위화도 회군으로 내전을 치렀고, 여러 정치적인 일들을 거쳐오면서 수많은 사람이 목숨을 잃었으며, 떵떵거리던 명문 가문이 하루아침에 몰락당하였다.

임금도 세 사람이나 바꾸었다. 최영과 정몽주만 해도 그랬다. 그들은 나라의 보물 같은 존재로서 백성들의 존경을 한껏 받던 인물이었다. 그들에게서 개인적으로 입은 은혜도 적지 않았다. 일개 변방의 장수에 지나지 않았던 자신을 조정의 실력자로 만들어 준 고마운 사람인데, 그런데도 의리를 저버리고 정적으로 등지게 되어 결국 목숨까지도 빼앗지 않았던가? 참으로 못 할 짓을 많이 했다. 또한 민심을 등에 업고 아무리 그럴듯한 명분을 내세웠다 하더라도 신하가 임금을 내쫓고 용상의 자리를 차지한 데 대하여 시비와 비난이 끊이지 않고 있다.

피치 못할 사정에 의한 것이라고 스스로 위로해 보지만, 그것은 평생을 지고 가야 할 멍에였고 죽고 나서도 피할 수 없는 두려움으로 남아있었다. 한데 정도전이 그러한 짐에서 벗어나는 것은 물론이고 오히려 만대에까지 칭송을 들을 수 있는 대책을 내놓으니 솔깃하지 않을 수가 없었다.

그러함에도 쉽게, 단박에 이 자리에서 정도전의 건의를 들어준다고 대답을 해주지 못하고 있는 것은 권력의 속성을 알기 때문이었다. 권력이란 쉽게 나누어 가질 수 없기에 한번 손에서 떠나면 연실 풀리듯 훨훨 날아가 버려서 나중을 기약할 수가 없는 것이다. 이는 또한 나라의 백년대계에 관한 문제로서 자신이 지금 당면하여 고민하는 후계자의 문제와도 관계되는 일이었다. 자신은 이미 강비의 청을 받아들여서 전처에서 난 장성한 자식들보다는 방번과 방석 두 아들 중에서 세자를 고르리라 마음을 먹고 있는 터였다. 이성계는 좀 더 심사숙고하여 답을 내리기로 했다.

"삼봉의 건의에 대해서 내 충분히 검토해볼 터이니 우선은 돌아가 있으라"

치전총재소장야(治典冢宰所掌也)

인주지직재택일상(人主之職在擇一相)

인주지직재론일상(人主之職在論一相)

이 문제는 이성계에게 세자책봉과 관련하여 풀어야 할 과제로 남겨둔 채 정도전은 어전을 물러 나왔다.

• 4

강비의 성화가 점점 더 심해졌다. 이성계는 국본을 정하는 일을 더 이상 미룰 수가 없었다. 강비는 이성계를 만날 때마다 졸랐다. 자신과 두 아들의 장래에 대하여 걱정스러운 마음을 담아 애달픈 호소를 하기도 하고 때로는 강짜를 부리기도 하고….

다섯째 방원이가 세자가 되고자 중신들을 만나고 다닌다는 이야기도 들렸다.

'이 일을 더 미룬다면 나중에 큰불로 번질 불씨가 될 것이다.'

이성계는 깊이 생각하다가 마침내 결론을 내렸다.

"나라의 백년대계를 다지는 일 중에 국본(國本/세자)을 정하는 것은 무엇보다도 중차대하니 누구를 국본으로 정하여야 할지 논해보라."

이성계는 속으로는 이미 강비 소생을 국본으로 세우기로 마음을 먹고 있었지만, 명분이 없었으므로 중신들의 의견을 들어보고자 했다. 조회 때 갑자기 이를 공론에 붙였다.

중신들은 이성계의 갑작스러운 명에 잠시 술렁거렸다. 이것은 간단히 답을 할 문제가 아니었다. 왕실의 후계 문제는 항상 뒤를 불러오게 마련이다. 자칫 말을 잘못하였다가는 잘나가던 집안이 하루아침에 풍비박산이 나기도 하고, 때로는 이를 기회로 삼아 비상하여 권력을 한 손에 틀어쥐고서 대를 이어가면서 부귀영화를 누리기도 했다. 중신들이 머뭇거리자 이성계가 조준을 지명하여 물었다.

"공은 누구를 세자로 정하였으면 좋겠는가?"

"예? 저에게 물으시는 것이옵니까? 전하"

"그렇다. 대신들이 눈치를 보느라 의견을 내놓지 않으니 수시중인 조 대감이 말을 해보라."

조준은 잠시 당황한 낯빛으로 주변을 둘러보다가 머뭇거리는 투로 말했다.

“왕자들 중에는 나라에 공을 세운 분도 계시고 또 적장자도 계시니 그중에서 택하심이….”

딱히 누구라고 지정하여 의견을 낸 것이 아니었다.

“공을 세운 왕자도 있고 적장자도 있으니 그중에서 택하라고?”

조준의 말은 이성계가 원하는 답이 아니었다.

“공의 생각은 어떠한가? 백관의 최고자리에 앉아있는 공의 견해를 듣고자 한다.”

이번에는 배극렴에게 의견을 말해보라 했다.

“소신의 생각으로는…, 시국이 평온할 때는 적장자로 세자를 세우고 세상이 어지러울 때는 공이 있는 분을 세우는 것이 좋습니다.”

배극렴도 즉답하기가 곤란하여 임금의 눈치를 보면서 애매하게 답을 했다.

마지막으로 정도전에게도 물었다.

“공도 의견을 말해보라.”

“세자는 원칙적으로 장남을 세워야 하는데, 만약 장남이 어질지 못하면 왕자 중에서 어진 이를 골라 세워야 합니다.”

모두는 장남과 공이 있는 자를 들먹였다. 이는 다분히 둘째 방과와 다섯째 방원을 의식한 발언이었다. 정도전은 이에 덧붙여서 덕이 있는 자를 골라 택하라고 건의했다.

그러나 이들 모두는 이성계가 듣고자 한 대답이 아니었다. 나라의 최고 중신들 입에서 답이 나오지 않았는데 다른 사람이 끼어들 리가 없었다. 다른 신하들은 임금이 누구를 마음에 두고서 하는 소린지 눈치만 보았다.

“전하, 세자를 정하는 것은 쉬운 일이 아니니 이 자리에서 답을 구하는 것보다 좀 더 신중히 한 연후에 다시 의논하심이 좋을 듯하옵니다.”

‘역시 간단한 문제가 아니지.’

이성계는 건의를 받아들이기로 했다.

• 5

그날 밤 이성계가 침전에 들었을 때 강비가 어디서 들었는지 낮에 있었던 세자책봉 문제를 또 거론하며 울음으로 하소연을 했다.

“전하, 소첩과 두 자식은 이제 살아있어도 죽은 목숨이나 다름이 없사옵니다. 중신들이 적장자나 공이 있는 자 중에서 세자를 정하라고 건의를 하였다 하니 우리들의 목숨은 전하의 보살핌이 없이는 제명대로 살기가 어렵게 됐습니다. 중신들이 그렇게 말한 것은 모두 전하의 장성한 아들들의 눈치를 보아 그런 것입니다. 이들이 다음 임금이 된다면 의붓어미인 소첩과 배가 다른 자식들은 눈엣가시인데 어찌 전하 없는 세상에서 남은 생을 맘 편히 살 수가 있겠사옵니까? 흐흑”

“염려 마오. 내, 비의 마음을 알고 있으니 과인만 믿으시오.”

이성계는 젊은 아내의 눈물 섞은 하소연이 애처로웠다. 위로의 뜻으로 꼭 감싸 안았다.

“꼭 그리하셔야 하옵니다. 우리 모자들 전하만 믿겠사옵니다.”

강비는 이성계의 품속으로 파고들었다.

이성계는 약속을 하고 나서도 깊이 생각했다.

‘적장자와 공이 있는 자로 정하라는데….’

중신들은 세자를 장성한 자식 중에서 골라 세우라고 권하지만, 지금 장남 방우가 아비의 뜻을 저버리고 가출을 한 마당에 누가 세자가 되더라도 분란의 소지는 있는 일이었다.

정도전은 일전에 찾아와서 ‘새 나라 조선경국의 기본을 정하고자’ 건의를 하면서 임금이 좀 부족하더라도 현명한 재상을 뽑아서 그로 하여금 나라를 다스리게 하면 임금의 업적으로 빛이 난다고 하였다.

‘치전총재소장야(治典冢宰所掌也)’

‘정치는 재상의 소관이고 임금의 할 일은 현자를 골라서 재상을 임명하는 것’이라 했다.

이성계는 다음날 정도전을 따로 불렀다.

“공은 일전에 치전(治典)은 총재의 소관이라고 건의를 하였다.”

“전해 올린 대로입니다. 그러한 나라가 되어야 나랏일이 잘될 것이고 임금 또한 덕이 있다 하여 후대에도 칭송이 이어질 것이옵니다.”

“그렇지만 임금의 욕심이 다 같지 않고 때로는 덕이 모자라는 자가 임금이 될 수가 있다. 또 그대의 건의를 지금의 임금은 수용한다 해도 다음의 임금 자리를 잇는 자도 이를 따르겠는가?”

“그는 염려할 바가 못 되옵니다. 국초에 태조께서 법전으로 만들어 공표해놓는다면 후대의 임금도 이를 본보기로 삼지 않을 수가 없을 것이 옵니다.”

“그 뜻이 지금도 변함이 없는 것인가?”

“그러하옵니다.”

“과인은 공이 일전에 ‘치전(治典)’에 관한 건의를 듣고 깊이 생각해보았다. 과인은 공의 건의를 수용하기로 했다.”

이성계의 입에서 낮으나 묵직한 소리가 흘러나왔다. 크나큰 결심이 섰을 때의 목소리였다.

“황공하옵니다.”

쉽지 않은 결정이었는데 이성계의 입에서 받아들이겠다는 답이 나오니 정도전은 당황스럽기조차했다. 무엇이 이성계의 마음을 정하게 한 것일까? 이성계의 설명이 이어졌다.

"과인이 오늘날 이 자리에 오른 것은 공을 비롯한 여러 중신들이 충실히 보좌해온 덕분이다. 그러나 그 과정에서 빚어진 참혹한 일들이 벌어져 여러 사람들에게 상처를 주었다. 후세 사람들은 이를 두고 과인을 두고두고 비난할 것이다."

"대의에서 택하신 어쩔 수 없는 일이었습니다."

"백성을 다스리는 임금은 민심을 두려워해야 하는데, 아무리 대의를 내세운다 한들 백성들은 과인의 마음을 믿어주겠는가? 내가 권력 욕심 때문에 신하의 몸으로 임금을 폐하고 나라의 중신들을 도륙했다고 할 것이다. 나는 백성의 이러한 원성이 두려운 것이다."

"그 부담을 덜 수 있는 길은 오로지 선정을 베풀어 민심을 사는 것이옵니다."

"과인의 뒤를 이을 세자도 공이나 과인과 같은 생각을 가져야 하는데 공의 생각으로는 누구를 국본으로 하는 것이 좋겠는가?"

"소신은 진작에 말씀을 드렸사옵니다. 왕자님 중에서 어진 이를 골라서 세우시라고…."

"꼭 적장자나 공이 있는 자가 아니라도 괜찮다는 말인가?"

"……?"

정도전은 이성계가 무슨 생각으로 말을 하는지를 잠시 생각했다. 임금의 생각은 세자 재목으로 둘째 방과와 다섯째 방원이 아니라 달리 다른 아들을 마음에 두고 있다는 말인가?

"왕비의 두 자식 중에서 세자를 세우면 어떠하겠는가?"

이성계는 마침내 혼자서 가슴에 담고 있던 이야기를 털어놓았다.

왕비의 두 자식은 방번과 두 살 터울 동생 방석을 말하는 것이었다. 임금의 제안은 뜻밖이었다. 정도전은 뜻밖의 말에 이성계의 얼굴을 빤히 올려다보았다.

"전하…."

정도전은 대답 대신에 낮은 소리로 불렀다. 그것은 부정하는 것도, 그렇다고 따르겠다는 뜻도 아니었다. 임금의 뜻이 어이가 없으니 잠시 생각을 갖고자 하는 대답이었다.

이성계는 지금 정도전과 협상을 벌이고자 하는 것이었다. '너의 제안을 수용할 테니 나의 제안도 받아들이겠는가? 라고…' 이것이 오늘 정도전을 부른 실질적인 용건이었다.

"장성하신 다른 왕자님들께서 크게 상심하실 것이옵니다. 중신들의 중론도 만만치 않을 것입니다."

적장자로서 국본으로 예상되는 둘째 방과와 건국에 공이 크다고 자부하는 다섯째 방원의 반발을 예상한 말이었다. 크나큰 부담이지 않을 수가 없었다. 중신들을 설득해야 하는 부담 또한 컸다.

"내 그리하여 공의 도움을 받고자 한다. 과인은 그대를 세자의 사부로 임명할 것이다. 왕비는 사인으로 있을 적부터 진즉에 공을 두 아들의 스승으로 모시고자 하였다."

"갑작스러운 명이라 소신은 명을 받잡기가 황망할 따름입니다."

"아이가 아직 나이가 어려 부족한 점이 많을 것이다. 그대가 스승이 되어 장차 임금이 될 재목으로서 덕을 쌓게 하면 되지 않겠는가."

세자를 정하는 일은 500년 고려를 무너뜨리고 새 나라를 건국한 창업정신에 따라 나라의 백년대계를 이어가는 중요한 일이다. 이는 또한 정도전 자신이 구상하고 있는 '임금이 막강한 권한을 휘두르며 나라를 통치하는 것이 아니라 현명한 신하를 뽑아서 그로 하여금 신하들과 의논하여 나라를 다스려 이상 국가를 만들고자 하는 일'과도 관계된다.

정도전은 겉으로는 짐짓 겸양하는 모양새를 취하긴 하였으나 마음속으로 세자의 사부로 되는 것이 자신의 이상을 실현할 수 있는 더 없이 좋은 기회라고 생각했다. 이미 장성한 왕자들은 한결같이 성격이 강직하고 개성이 뚜렷했다. 특히 다섯째 방원 왕자는 야망이 크고 고집이 셌다. 장남이 이미 아비의 뜻을 저버리고 가출을 하였으니, 다음 임금을 잇는 문제를 두고 형제간에 분란이 일어날 것도 예상해 볼 수 있는 일이었다. 그런데 막내를 세자로 세우게 된다면?

아직은 전하의 건강이 정정하다. 강비의 소생이 아직은 나이가 어리지만 세자로 책봉하고 장성할 때까지 뒷받침해준다면 훗날 전하의 성지를 잇지 못할 이유가 없을 것이다.

"소신 미력하나마 전하의 뜻을 성심껏 받들겠나이다."

마침내 이성계와 정도전 두 사람의 생각이 합치되었다. 이성계는 정도전의 지원을 받아서 중신들의 중론을 잠재우고 자신의 의도대로 강비 소생을 국본으로 정하는 일을 밀어붙일 수가 있었다. 정도전은 정도전대로 자신의 이상인 '재상정치'를 대를 이어가면서 실현할 계기를 마련할 수가 있다고 생각했다. 두 사람의 협상이 접점을 찾은 셈이었다.

"전하, 경국(經國)의 지표를 삼는 일은 후세의 임금도 명심해서 지켜나가야 할 소중한 시책이니 소신이 이를 서책으로 저술하여 배포하겠나이다."

"그리하라. 그리하여 좋은 정치를 펼쳐서 과인과 더불어 새 나라를 세운 공신들의 덕이 후대에도 널리 계승이 되도록 하라. 그리고 세자책봉에 대하여는 좌정승 조준, 우정승 배극렴과 함께 의논하는 것이 좋겠다."

이성계는 조정의 중론이 시끄러울 것을 예상하여 세자책봉을 의논할 인사를 지정해주었다. 조준과 배극렴은 이성계가 '좌극렴, 우조준' 할 정도로 아끼고 신뢰하는 신하였다. 정도전과 함께 세 사람이 세자를 정하는 형식을 취한다면 조정 회의에서도 자신의 뜻이 받아들여지리라 생각했다.

• 6

정도전과 조준, 배극렴 세 사람이 세자책봉을 의논하려고 모였다. 정도전은 먼저 이성계의 뜻을 전했다.

"전하의 마음은 중전마마의 소생으로 굳어진 듯하오이다. 두 분의 뜻은 어떠하오?"

"세자를 정하는 것은 종실의 문제인데, 지금 장남이 집을 나가고 종실의 어른이 없으니 전하의 뜻이 그러하다면 따를 수밖에 없지 않겠소이까?"

배극렴이 임금의 뜻대로 하자는 의견을 내놓았다.

"……그런데…"

조준이 잠시 생각하더니 조심스럽게 의견을 내놓았다.

"중전마마의 소생으로 국본을 정한다면 전실 부인 소생의 장성한 왕자님들의 반발이 클 것인즉 이점도 생각해야 할 것이오."

"전하의 뜻이 그러한데 불만이 있다 한들 사적으로는 아버지이고 나랏일로서도 국왕의 명이니 따를 수밖에 없을 것이요. 우리는 전하의 명을 따라야 할 것이 아니오이까?"

이성계의 뜻을 받아온 마당인데, 정도전이 나서며 조준의 말을 막았다.

"전하가 중전마마의 소생을 말씀하셨지만, 왕자님은 두 분인데 누구라는 말씀은 없으셨으니……" 배극렴이 정도전의 의사를 거들었다.

"그렇지요. 두 분 중에서 누구를 국본으로 정하시라고 건의해 올려야 할지, 그게 오늘 우리가 의논할 일이 아니겠소." 정도전이 말했다.

"그렇다면 두 왕자분 중에서 형님 되시는 방번 왕자가 세자가 되어야 할 것이 아니오?"

"꼭 그렇지만은 않다고 보오. 이미 장자 승계의 원칙은 전하의 생각에서 벗어난 듯하니 새롭게 논해보는 것이 좋다고 보오."

"그래도 원칙이 있어야 하지 않겠소이까?"

"두 분 중이라면 방번 왕자가 형님이니 그로 정해야 할 것이 아니오?"

조준은 연장 순으로 할 것을 주장했다.

"방번 왕자는 성정이 거칠어서 성군이 될 자질이 부족한 것 같소."

이에 배극렴은 막내를 지지했다.

조준과 배극렴의 주장에 정도전이 가담했다.

"방번 왕자는 거친 성정도 문제가 있지만, 그 처가가 전조의 왕가와 관련이 있음이 문제가 되지 않겠소이까?"

방번의 부인은 고려조의 마지막 왕이었던 공양군의 동생 귀의군의 딸이었다. 방번이 임금이 된다면 전조 왕가의 입장으로 볼 때 조선의 공신들은 원수와 같은 존재인데, 만약 임금이 된다면 처가의 입김을 받아 보복하지 않을까 염려되지 않을 수 없었다. 훗날에 일어날 여러 문제를 생각하면 형님인 방번을 세자로 세울 수는 없다는 것이 정도전의 생각이었다. 일리가 있는 말이었다. 두 사람은 정도전의 생각에 머리를 끄덕여 수긍의 뜻을 비쳤다.

"그렇다면 달리 대안이 없는 것 아니오이까?"

"막내를 세자로 세워줄 것을 전하께 주청을 드립시다."

정도전의 '치국'에 관한 구상은 훗날 『조선경국전』이라는 제목으로 편찬이 되었다. 여기에는 국왕의 할 일과 신하가 할 일을 구분하였다. 국왕의 역할은 왕위를 바르게 유지하며, 국호를 제정하고, 왕자 중에 어진 이를 택하여서 세자로 선발하며, 불편부당한 명령을 내리지 않는 일 등 나라의 체제 유지와 왕족의 관리에 관계되는 일에 한정되었다. 그리고 일상의 국정은 조직의 관리와 재정 외교, 교육 군사, 형벌 등 6

전으로 나누어서 재상이 중심이 되어서 다스리도록 하였다. 이는 임금의 자리는 세습되는 것이어서 반드시 현명한 이가 물려받는다고 할 수 없으므로 왕권을 제한하고, 대신 현명한 재상이 나라를 다스리게 된다면 나랏일이 올바르게 집행이 되어 백성을 위한 정치를 펼칠 수 있다는 사상에 입각한 것이었다.

그러나 정도전이 이상으로 실현하고자 한 그 나라는 결국 실현되지 못했다. 『조선경국전』은 서책으로 편찬되어 태조에게 전달되긴 했으나, 이방원에 의하여 죽임을 당하는 1차 왕자의 난을 겪음으로써 그의 이상은 좌절되고 말았다.

『조선경국전』은 훗날 정조대에 이르러 삼봉의 업적을 기리기 위하여 편찬한 『삼봉집』에 실려서 전해 내려오고 있다.

제25장

다섯째 왕자
정안대군 이방원

• I

세자가 정해짐과 동시에 왕자들에게는 작위가 내려졌는데, 둘째 방과는 영안대군, 넷째 방간은 회안대군, 다섯째 방원에게는 정안대군이라는 작호가 내려졌다. 아버지 이성계와 뜻이 맞지 않아 가출한 맏아들 방우에게도 진안대군의 작호가 주어졌다.

남산골 정안대군의 처소에는 대낮인데도 적막이 감돌았다. 집주인 정안대군 이방원은 방문을 굳게 닫고서 두문불출하고 있었다. 하인들은 마당 빗질을 하면서도 행여 주인의 마음을 거스를까 봐 발소리조차도 조심했다. 안주인 민 씨도 남편의 마음을 건드리지 않기 위해서 건넌방으로 자리를 피했다.

민 씨의 방으로 조심스레 하녀가 들어왔다.

"마님, 대감마님께서 저렇게 방문을 닫아걸고 침묵하고 계시니…."

집안 분위기가 내려앉은 듯하니 마님이 나서서 좀 풀어드리라는 뜻이다.

"어쩌겠느냐 혼자서 분을 삭이시느라 그러시는데…. 내 다시 한번 건너가서 말씀을 드려보마."

민 씨는 자리에서 일어나 안방으로 건너갔다. 정안대군은 부인이 들어와도 눈길을 주지 않았다. 사방침에 턱을 괴고 앉아있는 그 모습은 흡사 매의 형상이었다. 매의 눈초리는 건너편 벽을 향해서 광채를 뿜어내고 있었다. 이글이글 분노가 가득 찼다.

"서방님."

민 씨 부인은 조용히 남편을 불렀다. 그러면서 가져온 수정과를 내밀었다. 일찍이 남편이 이렇듯 분기에 찬 모습을 보지 못했다.

"이것 한 그릇 드시고 분을 좀 삭이시지요."

"……"

"어쩌겠사옵니까? 이미 전하의 뜻이 정하여졌사온데."

"……그것이 어찌 전하의 뜻만이겠소? 삼봉 대감이, 삼봉이 나와의 의리를 배신하고 전하의 뜻을 지지한 것이지요."

이방원이 이렇듯 화를 내고 있는 것은 막내 방석을 세자로 정한 일 때문이었다. 전혀 예상하지 않은 일이었다. 국본을 정하는 일은 나라의 대사다. 그러한 일을 장성한 전실의 자식들을 제쳐놓은 채 후실에서 얻은 막내로 정하다니, 참으로 아버지 이성계가 원망스러웠다. 동시에 그렇게 일을 꾸민 정도전에 대한 미움도 그에 못지않게 컸다. 듣자 하니 정도전이 '재상정치'인가 뭔가를 건의하면서 막내를 세자로 세우는 데 동의를 하였다고 하지 않는가? 정도전이 아버지의 뜻을 지지하면서 세자의 사부가 된 것이라는 말도 돌았다.

도대체 누구의 공으로 이 나라를 세우게 되었던가? 바람 앞의 등불처럼 풍비박산이 나게 생긴 가문의 위기 앞에서 모두가 망설이는 가운데 자신이 결단하여 정몽주를 척살함으로써 오늘을 만들었지 않았는가? 삼봉을 비롯한 조준, 남은 등 지금 공신이라고 거들먹거리는 자들도 그때 경각에 달렸던 목숨이 자신에 의해서 구사일생으로 살아남게 된 것인데…. 그 은혜를 헌신짝 버리듯이 내치다니 생각할수록 화가 치밀어 올랐다.

"이미 일이 결정된 일인데 이를 문제 삼는다면 자칫 전하의 뜻을 거스른다고 하여 역모죄를 뒤집어쓸 수가 있습니다."

"이대로 가만히 있으면 앞으로 어떤 핍박을 더 받게 될지 알 수가 없어요. 삼봉을 용서할 수 없소."

• 2

부부가 대화를 나누는 중에 문밖에서 하녀의 말소리가 들려왔다.

"나리 마님, 친정에서 처남님들이 오셨사옵니다."

"친정에서 무구와 무질 동생들이 소식을 듣고 온 것 같사옵니다."

"흠…."

"들라 하라."

남편이 대답을 주지 않자 민 씨가 대신 대답했다.

민 씨의 친정집 장남과 차남인 무구, 무질 형제가 방안으로 들어왔다.

"매형!"

"누님!"

"어떻게 이런 일이 있을 수 있습니까?"

누님과 매형을 보자 그들은 억울함을 같이 토로했다.

"어쩌겠느냐? 전하의 뜻이 그러한 것을…."

정안대군은 침묵하고 있고 대신 민 씨가 대답했다.

"아무리 그래도 그렇지요. 어찌 매형의 공을 몰라라 하고 이제 일곱 살밖에 안 된 막내를 세자로 앉힐 수가 있습니까?"

"이건 말이 되지 않사옵니다."

"너무 억울한 일이 옵니다."

"저희들은 소식을 듣자마자 어디에도 하소연을 못 하고 이렇게 달려왔습니다."

무구, 무질은 마치 자신들이 직접 당한 일인 양 다투어 하소연해댔다.

이방원이 세자의 자리에서 밀린 것은 당사자에 한한 문제가 아니라 자신들의 집안에도 관계되는 일이기에 그러한 것이었다. 이방원은 여전히 침묵했다.

"이대로 가만히 있어서는 아니 되옵니다."

"가만히 있지 않으면 어찌하겠느냐?"

대화는 주로 누이 민 씨와 두 동생이 이어갔다.

"이렇게 가만히 있을 것이 아니라 억울함을 사람들에게 알려야지요."

"국본을 정하는 것은 전하의 뜻인데 누가 이를 거스를 수가 있다는 말이냐?"

"듣자 하니 어린아이를 세자로 세워놓고 앞으로 삼봉 대감이 정사를 좌지우지할 것이라는 소문이 있습니다."

"삼봉을 세자의 사부로 삼은 것은 그런 뜻이 아니겠느냐?"

"앞으로 정치는 임금이 하는 것이 아니라 재상이 한다고 하던데 무슨 말인지 못 알아들을 소리더군요."

"두고 봐야지 어찌하는지를…."

듣고 있던 이방원이 한소리를 했다.

"아, 뻔한 이치 아닌가? 어린 막내를 가르친 삼봉이 나중에 후견인이 되어서 정치를 좌지우지하겠다는 뜻이 아니겠는가?"

민 씨 부인이 거들었다.

"임금을 제쳐두고 신하가 중심이 되어 나라를 다스린다고? 세상에 그런 나라가 어디 있습니까? 이는 삼봉의 술수이옵니다."

처남들에게로 이야기가 이어졌다.

"전하께서는 막내를 세자로 세우기 위하여 삼봉을 이용한 것이고 삼봉 또한 세자의 후견인이 되어서 자신이 생각하는 '재상정치'를 실현하고자 한 것이겠지요."

"재상이 중심이 되어서 나라를 다스린다는 것이 말이 됩니까? 이 나라의 주인이 누구인데 감히 신하가 나라를 다스리겠다고? 삼봉이 꾸미고 있는 일은 역모죄에 해당하는 것입니다."

"삼봉이 자신의 권력욕을 강화하기 위해 전하의 뜻에 야합한 것입니다."

어느덧 이방원이 세자의 자리에 오르지 못한 것이 정도전에 대한 원망으로 변했고, 그것은 또한 삼봉이 펼치고자 하는 '재상정치' 대한 비난이 되었다. 이는 또한 삼봉의 정치적 야심에서 비롯된 것이고, 이성계의 뜻과 야합한 결과 이방원이 피해를 입게 된 것이라고, 끝없는 비난으로 이어졌다.

이야기가 역모죄라는 말까지 나오면서 격하게 굴러가고 있는데도 이방원은 별말이 없었다. 정작 본인 입에서 별말이 없으니 화제를 이어가는 민 씨 형제들이 안달이 났다.

"이대로 가만히 있어서는 안 됩니다. 매형, 사람을 모아야 하지 않겠사옵니까?"

"사람을 모아?"

민 씨가 물었다.

"누님, 우리 쪽에도 사람이 있다는 것을 보여주어야 하지 않겠습니까? 이대로 놔두었다가는 삼봉의 천하가 되고 말 것입니다."

"그렇지요. 전하께서는 이미 삼봉의 꼬임에 넘어가셔서 그에게 전권을 맡기다시피하고 있으니 그를 두고 보아서는 안 된다는 말입니다."

"네 말에 일리가 있구나."

민 씨 부인은 잠시 남편의 표정을 살피더니 말을 이었다.

"매형이 직접 움직이면 자칫 빌미가 잡힐 우려가 있으니 아버님 쪽에서 사람을 알아보는 것이 좋을 듯하구나."

"형님, 일전에 아버님을 찾아왔던 하륜 대감을 추천해보는 것이 어떨까요?"

민무질이 이미 사람을 보아놓았다는 듯 형 무구와 누님인 민 씨 부인을 번갈아 보면서 동의를 구했다.

'하륜?'

이방원은 하륜이라는 이름을 듣자 관심이 갔다. 오래전 일이라 잊힐 만했지만, 이방원은 하륜과의 첫 만남을 기억했다. 그것은 정도전이 유배 갈 때의 일이었다. 정도전이 유배 가던 때에 많은 사람이 성문 밖에 운집하여 정도전의 억울함을 호소하며 송별을 하였는데, 그 속에 하륜이 섞여 있었다. 그때 하륜은 처 백부 되는 이인임을 의식해서 남의 눈에 띄지 않으려 했는데, 이방원의 눈에는 띄었다. 이방원이 하륜을 알아보자 그는 황급히 자리를 피하고자 한 것이었다. 문득 그때 하륜이 자리를 피하면서 했던 말이 생각났다. 하륜은 이방원에게 "좋은 관상을 가지셨습니다. 꼭 한번 만나 뵙기를 기대합니다."라는 말을 건넸었다.

• 3

그동안 하륜이라는 인물은 처 백부인 이인임의 위세를 등에 업고 승승장구하였다가 이인임의 신세가 나락으로 떨어지자 그도 유배당해 낙향 인사가 되는 신세였다. 때문에 이방원 자신도 그를 잊고 지내왔는데, 정도전에 의해서 자신이 핍박을 받는 지금 새삼 그 이름이 거론되는 것이다. 흥미가 가는 인물이었다.

"일전에 경기좌도관찰사로 있는 하륜 대감이 인사차 아버님을 찾아왔었습니다."

민무질이 이야기를 이었다. 하륜이 경기좌도관찰사 부임 인사차 친구인 민 씨 형제의 아버지 민제 대감을 찾아온 일을 두고 하는 말이었다. 민제는 고려조의 대표적인 권문세가 여흥 민씨 집안의 어른으로서 이성계와는 사돈 즉 이방원의 장인이었다. 민제는 예의가 바른 사람으로서 사치를 멀리하는 등 인품이 고결하여 많은 이들로부터 존경을 받고 있어서 그를 찾는 이가 많았다. 그러한 배경에는 민제가 이성계와 사돈 사이이므로 그 후광을 입어 덕을 보고자 하는 생각도 있었다. 하륜도 그런 생각으로 민제 대감을 찾았다.

“하륜 대감이 아버님을 찾았을 때 매형에 대한 이야기를 하였다지뭡니까?”

“하륜 대감이 아버님께 매형에 대한 이야기를 했다고?”

하륜이 친정 부친을 찾아와 제 서방에 대해서 이야기를 하였다니, 무슨 연유인가 하고 민 씨 부인은 흥미가 돋아서 물었다.

“매형의 관상이 범상치 않으니 큰일을 맡으실 분이라고 하였답니다.”

“관상이 용의 상이라 했답니다.”

“용의 얼굴?”

“예, 용의 관상이라고, 훗날 용상에 앉으실 분이라고 했다는 것입니다.”

이방원도 누이와 동생들 간의 이야기를 귀담아듣고 있었다. 그러면서 생각했다.

하륜이 처음 대면했을 때 자신에 대하여 ‘좋은 관상을 가졌다고, 나중에 귀히 될 상이라고 했던 말’을 기억한 것이다.

“하륜 대감의 그 말을 어찌 믿어야 하누. 임금이 되려면 우선은 세자의 자리에 앉아야 하는데, 지금의 형편으로 보면 세자의 자리는 막내가 차지하였으니 어림없는 일이 아니겠느냐?”

“꼭 그리 실망하실 일이 아니옵니다. 세자가 아직 어리니 앞일이 어찌 될지 알 수가 있겠습니까? 하륜 대감은 야인으로 지내면서 관상에 대해서 공부를 많이 했다고 하더이다. 매형 너무 실망을 마시고 한번 만나보시지요.”

민무질은 여태껏 누이와 이야기를 나누다가 말머리를 이방원에게로 돌렸다. 이방원은 대꾸는 하지 않았지만, 기분이 좀 풀린 듯 헛기침을 해댔다.

"어흠~, 흠."

"하륜 대감 같은 이를 많이 모아서 삼봉 대감의 전횡을 막아야겠구나. 아버님께 말씀을 드리도록 하거라. 대군의 뜻이 그러하다고, 아버님께서 그 일을 맡아달라고 전하거라."

민 씨 형제가 원하는 답은 매형 이방원 대신에 누이 민 씨의 입에서 나왔다.

이방원 형제들에 대한 핍박은 세자책봉에서 제외된 것에 그치지 않았다. 세자책봉이 있고 뒤이어서 개국공신을 기리기 위하여 공신도감이 설치되었는데, 여기에서도 왕자들은 공신 책록을 받지 못했다. 이성계를 임금으로 떠받든 52인 모두가 개국공신으로 등급을 나누어 책록되었다. 정도전, 배극렴, 조준, 남은 등은 일등공신 칭호와 함께 토지 200결과 노비 2명을 포상으로 받았다. 이에 비하여 개국에 공이 큰 이방원뿐 아니라 맏형의 역할을 하는 둘째 이방과를 비롯하여 모든 형제들은 공신에서 제외되었다. 뿐만 아니라, 왕자들이 조정에서 벼슬을 할 수 있는 길도 막아버렸다.

이방원은 이 모든 일이 서모 강비와 정도전의 농간에서 비롯된 것이라고 생각했다.

'삼봉, 이제 당신과 나 사이에 더 이상 지켜야 할 의리는 남아 있지 않다. 나는 더 이상 당신을 스승의 예로써 대하지 않을 것이다. 당신과 나 사이는 이제 돌아올 수 없는 강을 건넜다. 당신이 아무리 능력이 출중하고 나라를 세우는 데 공이 크고 아버지의 충실한 신하로서 신임을 받고 있다 하지만 당신은 이씨 가문과 나라를 망치는 간신에 불과하다. 내 당신을 꼭 처단해야 할 간적으로 삼을 것이다. 삼봉, 우리 왕자들에 대한 핍박이 어디까지 갈 것인지 내 두고만 보지 않을 것이다.'

이방원은 정도전이 권세를 더해갈수록 점점 더 위협을 느끼면서 복수심에 이를 갈았다.

• 4

해주 땅 어느 주막집에 대낮인데도 한 사내가 술에 만취하여 주정을 부리고 있었다. 이를 구경하는 사람들은 사내의 정체를 알고 있는 듯했다. 모두는 눈길을 피하면서 수군거렸다.

"어휴, 술 냄새, 한낮인데 무슨 술을 저렇게 마셨담?"

"저 꼴에 무슨 왕족이라나 뭐라나?"

"쉬, 이 사람 말조심하게 새 나라를 세운 임금의 장남이라네."

사내는 이성계의 장남 이방우였다. 술에 찌든 행색이 말이 아니었다. 비쩍 마른 몸에 의복은 며칠째나 입고 다녔는지 땟국이 쪼르르 했다. 방우는 아버지 이성계가 정도전, 조준 등 젊은 사대부들과 가까이 하면서 역성혁명을 꾸미고 있다는 사실을 알자 아비의 뜻을 거역하고 가출하여 해주 땅에 묻힌 듯 지내 온 것이 벌써 여러 해째였다. 이성계가 등극하고 임금의 아들로서 진안대군의 작호를 받았지만, 그는 아비의 죄에 대해 속죄하겠다며 나라에서 주는 혜택을 거부하면서 술로써 세월을 보내고 있었다.

초야에 묻혀 지내고 있는 그에게도 궁중의 소식은 전해졌다. 서모에게서 난 방석이 아버지의 뒤를 이을 세자로 정해졌다는 이야기도 들었다.

'흥, 집구석 잘 돌아간다. 아버지가 역적질한 것도 모자라서 이제는 첩의 자식으로 적통을 이으시겠다는 말이지?'

방우의 생각은 아버지에 대한 원망으로 가득했다.

"나리 마님, 너무 많이 취하신 것 같습니다. 이제 그만 집으로 돌아가시지요."

아침부터, 아니 방우의 술타령이 주야로 계속되고 있었으니 벌써 며칠째인지 모른다. 방우를 모시고 다니는 종자가 곁의 사람들을 의식해서 귀가하기를 권했다.

"취했다고……. 내가? 내가 술에 취해있지 않고서 어떻게 지낼 수가 있다는 말이냐? 세상이 온통 개판인데!"

"그래도 몸을 생각하셔야지요."

"이까짓 몸이야, 이내 괴로운 마음에 비하겠느냐? 신하가 임금을 쫓아내고, 본처의 자식을 제치고 서자로 적통을 잇게 하는 세상인데, 내가 온전한 정신을 갖고 살아갈 수가 있겠느냐? 두고 보아라. 동생 놈들이 가만히 있지 않을 것이다. 우리 집안은 이제 망했다. 집안의 대물림이 정상적으로 되지 않고 나라가 정상적으로 세워지지 않았으니 또다시 자리다툼에 형제간에 피를 보는 일이 벌어지지 않는다고 할 수가 있겠냐? 나는 그 꼴을 못 본다. 나는 역적의 자식으로서 또 장남으로서 역할을 다하지 못한 죄를 씻기 위하여 이렇게 술이나 마시면서 한평생 살다가 가련다. 말리지 마라."

방우의 일생은 그렇게 술을 실컷 마시다가 어느 날 해주 땅 이름도 밝혀지지 않은 곳에 버려진 듯 묻혀서 들꽃 같은 생을 마감했다.

제26장

초인의 흔적

• I

남은은 여러 날째 정도전의 얼굴을 보지 못했다. 정도전이 임금으로부터 한양 천도의 책임을 맡도록 명을 받은 이후부터 보지 못한 것이다.

'대체 어디서 무얼 하고 다니기에?'

때때로 한양 나들이를 하여 그곳에서 며칠씩 지내다 온다는 이야기는 듣긴 했지만, 그래도 얼굴 정도는 보고 살아야지….

남은은 정도전이 혼자서 일을 벌이고 다닌다고 생각하니 섭섭한 마음조차도 들었다. 실은 남은 자신도 다른 재미에 빠져서 지냈기에 주위 사람의 일에 소홀하여 정도전과의 만남 또한 뜸했던 것인데, 개국 이후 이처럼 대면을 오래 하지 않고 지내 온 일은 드물었다.

남은은 소실을 하나 얻었다. 그동안에 치른 격랑은 목숨까지도 위태로울 지경이었는데, 그 덕에 개국 1등 공신에 올라서 권세의 맛을 한껏 보며 지내게 되었다. 게다가 나이 들어감에 따라 권세의 맛 못지않게 즐겁게 해주는 것이 있었으니, 그것은 바로 계집의 맛이었다.

남은은 젊고 예쁜 여자에 빠져 지내고 있었다. 하얗고 동그란 얼굴에서 피어나는 듯 살포시 지어내는 웃음을 보고 있노라면 세상에 없는 보물을 혼자만이 얻은 듯했다. 옥으로 빚은 듯 매끄럽고 향내 나는 살내음에 취해 황홀경 속에서 지내오는 동안 정도전이나 세상 번다한 일은 잠시 잊고 살아온 것이었다.

오늘은 삼봉 형님을 한번 만나보리라.

남은은 정도전이 한양에서 내려왔다는 기별을 듣고 소실의 집으로 가던 발길을 정도전의 집으로 돌렸다.

"무엇을 하고 계시기에 그동안 소식이 없었소이까?"

남은은 계집을 품고 지내 온 사실을 숨기고 싶은 마음에서 그동안

왕래가 뜸했던 탓을 은근슬쩍 정도전에게로 돌리며 인사를 했다.

"어서 오시게."

정도전은 서재에 묻혀있었다. 주위에 널브러져 있는 두루마리 문서들에 묻혀서 일어나지도 못하고 앉은 채로 인사를 받았다.

"이것이 뭣들이요? 그림도 보이고…."

"그렇지 않아도 자네에게 보이고 싶었는데, 마침 잘 왔으이."

정도전은 마치 기다리고 있었다는 듯이 주위에 펼쳐놓은 서류들을 남은의 앞에다 끌어왔다. 서류는 무슨 도면 같기도 하고, 그 위에 글씨를 써놓아 이름을 붙여놓은 것도 보였다. 썼다가 고친 듯 사선을 그어서 지우기도 하고 그 옆에다가 다시 그리고 써 붙여놓기도 했다.

정도전은 그중에서 비교적 잘 정돈된 그림을 남은의 앞에다 펼쳐 보였다. 그림의 위쪽에는 '한양 도읍지 배치도'라는 제목이 쓰여 있었다. 그림은 넓게 산세가 펼쳐져 있고 앞쪽은 강이 휘둘러 흐르는 모양이었다. 산세의 주변으로 굵게 띠를 둘러놓았다.

"이것이 한양 주변의 산세일세. 그리고 이 두르고 있는 선을 따라 도성을 축성할 것이네."

정도전은 가운데의 한 곳을 가리켰다.

"이곳은 본궁 터로, 뒤로는 북악이 받치고 있고 남쪽으로 한수가 흐르는 모양새가 도성으로서 이상적인 배치라고 생각되지 않는가?"

설명을 하는 정도전의 입가에 흐뭇한 미소가 떠나지 않았다.

"풍수에서 말하는 배산임수(背山臨水)를 말하는 명당의 지세군요."

남은도 정도전의 설명에 칭찬하며 가세했다.

"그렇지, 풍수로 보면 그렇지만, 지리적 이점이 먼저네, 도성에는 임금이 계시고, 나랏일을 의논하는 백관들이 머물며, 수많은 백성이 모여 사는 곳이니 무엇보다도 방비가 튼튼해야 하네, 도성의 북쪽에는 백악(白岳)을 중심으로 인왕, 응봉 등으로 산세가 이어지고 그 뒤로는 삼각산과 문수, 도봉 등이 둘러있으며, 남쪽으로는 한수(漢江)가 도성을 휘감아 흐르는 모양새여서 외침으로부터 능히 안심할 수 있는 곳이 아니겠는가? 또한 한수는 동서로 관통을 하여 내륙에서뿐만 아니라 서해 쪽으로부터 물자 수송이 수월하여 도성과 교통을 편리하게 하니, 이 또한 천연의 이점이 아니겠는가? 그래서 산 능선을 따라 이렇게 도성을 축성할 것이네."

정도전은 능선을 따라 그어놓은 선을 붓끝으로 가리켰다. 붓끝이 머무는 곳곳에 건물 모양의 그림이 그려져 있었다.

"이것은 동서남북으로 도성문의 배치를 그린 것이라네. 도성문의 이름은 인의예지신(仁義禮智信) 오행에서 한 글자씩 따와 남쪽에 들어설 문은 예(禮)를 취하여 숭례문(崇禮門/남대문), 동쪽에 들어설 문은 인(仁)을 취하여 흥인지문(興仁之門/동대문), 서쪽 문은 의(義)자를 넣어서 돈의문(敦義門), 북문은 지(智)를 넣어서 소지문(炤智門)[18]으로 이름을 붙일 것이라네."

"인의예지라…. 그렇게 하려는 까닭이 있을 것이 아니오?"

정도전의 설명을 들으면서 남은은 그 연유를 알고자 했다.

"인의예지신은 원래 주역에 나오는 말인데, 주역의 이론에 의하면 우주 만물은 오행[19]의 운행에 지배를 받는 것이고, 인간 또한 우주의 한 부분이라네. 그러한지라 각각의 운성에 인간으로 살아가는 도리로서 인의예지신의 의미를 부여해놓았는데, 이 땅에 사는 사람들에게 그 도리에 따라 살아가도록 가르침을 주기 위해서라네."

"그렇게나 깊은 뜻이…."

정도전은 감탄하는 남은에게 설명을 덧붙였다.

18) 소지문(炤智門) : 뒤에 숙청문, 숙정문으로 개명

19) 오행(五行) : 우주 만물은 목화토금수(木火土金水)의 기운으로 끊임없이 생성소멸을 반복한다는 동양철학 이론.

"어질고(仁), 의롭고(義), 예를 갖추고(禮), 지혜롭고(智), 신의(信)를 지키며 산다는 것은 인간이 살아가면서 기본적으로 갖추어야 할 덕목이라고 옛 성현들은 가르쳤네, 새로이 건국한 조선은 이러한 기본이 갖춰진 사람다운 사람이 살아가는 나라여야 한다고 생각하여 새 도읍지의 각 성문에 인의예지신을 따서 이름을 붙이기로 한 것이네."

"그런데 신은 어디에 붙일 것이오?"

사대문의 이름에 인의예지 중 네 글자를 취하고 신(信)이 없는 것을 두고 남은이 물었다.

"그 신(信) 자는 바로 여기에 붙일 것일세"

정도전은 그 질문을 기다렸다는 듯 웃으면서 본궁이 들어설 곳 밑, 도면의 중앙지점을 가리켰다.

"이곳에다 종루를 세우고 종을 쳐서 성안의 사람에게 시각을 알릴 것이네, 인경(人定)[20]에 타종을 하여 사대문을 닫게 하고 파루(罷漏)[21]에 종을 쳐서 성문을 열게 할 것이야, 바로 종루의 이름을 신(信) 자를 넣어서 보신각(普信閣)으로 지을 것이네"

남은은 이해가 가는 듯 고개를 끄덕였다.

"이것도 한번 보시게나."

정도전의 설명은 그것으로 끝나지 않았다. 또 다른 도면을 펼쳐 보였다. 앞의 그림보다 더욱 자세한 한양 성내 도면이었다. 본궁을 중심으로 종횡으로 선을 그어놓고 육조거리, 운종가라 써놓았다. 그 양옆으로는 건물들이 즐비하게 그려져 있었다.

"이것은 본궁 앞에서 남쪽으로 내놓은 대로인데, 이곳에다가 육조를 비롯한 관청 건물을 짓고 그 가운데로 동쪽과 서쪽을 연결하는 대로가 지나게 하여 그곳에서는 시전의 상인들이 장사를 할 수 있게 할

20) 인경(人定) : 밤 10시경

21) 파루(罷漏) : 새벽 4시경

것이네. 또 남쪽과 북쪽을 갈라서 북촌에는 관청과 그에 종사하는 벼슬아치들을 살게 하고 남촌에는 상인이나 평민이 거주하게 할 것이네. 그리하면 같은 도성 안에 살면서도 일반 백성이 관리의 간섭을 덜 받아서 살아가기가 편하지 않겠는가?"

남은은 정도전의 설명을 들으면서 이것이야말로 정도전이 백성을 배려하는 갸륵한 마음이 아닌가 하는 생각을 했다. 정도전의 그러한 마음은 운종가 대로 뒤쪽으로 골목길을 내놓고 일반 평민들이 다닐 수 있도록 배려한 데에서도 엿보였다. 대로의 뒤쪽으로 길을 내어 서민들이 편히 다닐 수 있게 한다는 것이었다. 대로는 한 나라의 수도답게 고관들의 행차가 빈번한 길이다. 그들이 말에 탄 행차가 있을 때 서민들은 행렬이 지나갈 때까지 피해 있어야 하는 등 불편을 겪을 것이므로 이들을 피해 통행하는 방편으로 시전 뒷길을 만들 것이라 했다.

"나는 이 골목길을 피맛골이라 이름 지으려 하네. 하하."

정도전은 "피마(避馬), 피마" 하면서 뒷길 이름이 재미있지 않으냐는 듯 장난스레 웃었다.

"말 탄 고관대작들을 피해서 다니는 길이라는 뜻이구려. 하하."

남은도 덩달아서 웃었다.

• 2

두 사람의 대화가 이어지고 있는 동안에 부인 최 씨가 찻상을 받쳐 들고 들어왔다.

"이렇게 찾아 주셨는데 누추한 곳이라 변변히 대접할 것도 없고…."

최씨 부인이 손님맞이 인사를 했다.

오랜만에 보는 얼굴에서 고왔던 자태는 사라지고 많이 변해 보였다. 오늘이 있기까지 겪은 고초가 얼굴에 고스란히 남아있는 듯했다. 이태 전만 해도 남편은 역적으로 몰려서 유배형을 당하여 생사가 경각을 다투는 위험에 처해 있었고, 가족들은 서인으로 신분이 강등되는 등 풍상의 세월을 겪은 흔적이 부인의 얼굴에 고스란히 남아있었다.

"오랜만에 찾아뵙습니다. 그동안에 어려운 일을 많이 당하셨는데, 인사도 못 드렸습니다."

남은은 미안한 마음에 황망히 인사를 받았다.

"다, 우리 대감이 만든 일인데 누굴 원망하겠습니까?"

부인의 말속에서는 아직도 남편에 대한 섭섭한 앙금이 가시지 않은 듯했다.

"이런~ 이런, 손님을 모셔놓고서 할 소리가 아니구먼. 나로 인하여 식구들이 모진 풍파를 겪다 보니 내자가 아직도 내가 하는 일을 믿지를 못해서 하는 말이라고 들어주게나."

부인의 푸념에 정도전이 무안함이 들어서 말을 가로막았다.

"그래도 다행히 바라던 바 일이 성공을 하여 오늘의 영광을 누리게 되지 않았습니까? 허허."

남은은 헛웃음으로 부인의 마음을 위로했다.

"저는 아직도 우리 대감께서 전하를 받들어 나라의 큰 자리에 앉았다는 것이 실감이 나지 않습니다. 또 언제 무슨 일이 벌어질지 조마조마합니다. 남들은 벼슬이 올라가면 집부터 대갓집으로 모양새를 고치고 넓은 뜰에 하인이 득실거리고 하는데, 우리네 살림살이는 아직도 이렇게 옹색하게 지내야 하니, 오늘처럼 이렇게 손님이 찾아오면 부끄러울 뿐입니다."

"어허, 아이들 다 벼슬길에 올랐겠다. 전하께서 개국 1등 공신이라 하여 논밭에다 하인들까지 하사하셔서 체면 차리고 살아가게 해주셨는데 무엇을 더 탐하겠소? 벼슬아치 살림살이 녹봉으로 살아가기가 이만하면 족하지 않소?"

정도전이 민망한 마음에 부인의 입막음을 하려고 하는 말이었다.

"이제부터는 좋은 일만 생길 것입니다. 전하 다음으로 이 나라 최고의 권세를 누리는 대감이시니 앞으로는 꽃길만 거닐 것입니다."

남은이 거들었다.

정도전은 개국 1등 공신으로 받은 땅과 노비는 가산에 쓸 정도만 남기고 모두 형제들에게 나누어주었다. 그것은 자신의 부침에 따라 형편을 같이해온 그들에 대한 보답이었다. 따라서 정도전의 생활은 그의 높은 권세에 미치지 못하고 여전히 옹색했다. 부인의 푸념은 그러한 생활 형편에 대한 불만이었다.

"우리집 가장은 옛날부터 살림살이에는 통 관심이 없었습니다. 지금도 권좌에 앉았다고 하지만 무엇을 하는지 어디로 다녔다 오기만 하면 뭣에 쓸 것인지도 알 수 없는 글을 쓰느라 서재에 들어앉아서 꼼짝하지 않습니다. 저기를 보세요. 온통 널려있는 것이 대감이 쓰던 서책이고 글입니다."

부인이 가리키는 방 한쪽에는 한양 도읍지 설계와는 또 다른 서책과 글들이 쟁여 있었다. 그것은 정도전이 집필하는 책인 듯했다. 그중에는 완성되어 제목이 붙여져 있는 것도, 아직도 쓰고 있는 원고처럼 보이는 것도 있었다.

"저건 다 무엇이오?"

남은은 부인을 따라 그것에 눈길을 주면서 물었다.

"이것은…."

정도전은 그중 완성된 것으로 보이는 서책을 가리켰다. 두툼해 보이는 것이 한눈에 심혈을 기울인 것임이 표가 났다.

"전하께 올릴 『조선경국전』이네."

"이것이 지금 재상정치를 해야 한다고 전하께 올렸던 그 경국전이란 말입니까?"

"그렇네. 전하께는 이미 허락을 받은 것이니 서적포[22]에 돌려 책자를 만들어서 여러 대신들이 두루 읽게 할 것이네. 그리하여 이것으로 앞으로 조선을 경영하는 근간으로 삼으려 하네."

"저것은 또 무엇이오?"

남은은 조선경국전과 함께 쟁여 있는 또 다른 글들에 대해서도 물었다.

"지금 고려사를 편찬 중인데 그 원고의 일부라네, 역사는 기록이라 하지 않는가? 비록 고려는 망하였지만 지난 왕조의 일들도 낱낱이 찾아내 기록하여 후세에 남겨둘 필요가 있지 않은가?"

"그 분량이 만만치 않을 것인데?"

"오백 년 동안에 일어난 일을 정리하는 것이네. 분량이 만만치 않아서 정당문학 정총과 함께 집필하는 중이라네. 정총의 문장력은 이미 잘 알려진 것이 아닌가?"

"경제문감(經濟文鑑)이라 표제 된 저것은 또 무엇이오?"

"나라가 바르게 되려면 군주는 현명한 재상을 선발하여 나라의 경영을 맡겨야 하는데, 그에 못지않게 중요한 것이 관리의 부정과 실정에 대하여 감독하고 이를 간하는 간관의 역할이네. 그리하여 경국전에 수록해 놓은 재상 정치와는 별도로 경제문감을 지어서 간관의 역할에 대해서 논해 놓은 것이라네."

정도전이 설명하는 것에는 미처 책으로 만들지 못한 것도 많았다. 이를테면 우리나라의 실정에 맞는 고유한 병법서로 창안한 『오행진출기도(五行陳出奇圖)』도 있었고 이성계가 시대의 요구에 따라 새로운 나라를 개국하게 된 당위성과 치적을 찬양한 악사(樂詞) 「문덕곡」, 「몽금척」, 「납씨곡」 등도 있었다.

---

22) 서적포(書籍鋪) : 책자 문서를 인쇄 보급하는 관청

• 3

"자네는 고려가 왜 망했다고 생각하는가?"

정도전은 자신의 저서에 대해서 설명하다가 갑자기 이야기를 바꾸어서 물었다.

"그야 뭐, 관리들의 수탈과 잦은 외침으로 백성들의 삶이 도탄에 빠져있는데도 국왕과 조정은 민심은 외면한 채 정권 다툼이나 하고…."

"그렇지 자네가 알고 있는 것이 맞는 말이긴 하네, 그러나 또 다른 원인이 있다는 것을 모르겠는가?"

정도전은 남은이 말하는 것은 듣고자 하는 답이 아니라는 듯 말을 끊으면서 자신이 답을 대신하고자 했다.

"……?"

"고려가 멸망한 원인은 자네가 설명하고자 하는 외에 달리 있네."

"그게 무엇이오?"

"그것은 고려가 불교를 국교로 삼아서 나랏일을 석가(釋迦)에 너무 의존하였다는 때문이라네. 나랏일은 석가나 하늘이 다스리는 것이 아니고 유교적 소양을 갖추어 수양이 되고, 경세에 관하여 성현의 가르침을 받은 사대부에 의해서 경영되어야 하는데, 고려는 그렇지 못했던 것이야. 나라에 중요한 일이 생기면 불력을 빌어야 된다는 망령된 말을 믿고서 불사를 일으키고, 왕가의 자손들이 큰 사찰을 차지하고서 백성 위에 군림하면서 국사에 관여하였으니, 어찌 나랏일이 바로 가겠는가? 나라 땅의 절반이 사찰의 소유이고, 병역을 피하거나 죄를 면하기 위하여 머리를 깎고 절로 들어가도 국법은 속수무책이네. 승려들이라는 것들이 여염집을 제집 드나들 듯하며 여인네들과 사통을 하고 절의 재물을 빼내서 노름하며 제 호주머니 불릴 궁리를 하였으니 이게 어디 국법이 살아있다고 할 수 있었겠나?"

"잘 지적하셨소이다. 그런데 그것을 어찌하실 요량이시오?"

"새 나라에서는 그러한 폐단을 정리하겠네. 사찰의 땅을 회수해서 백성들에게 나누어 주고 승려들은 사찰로 돌아가서 본연의 수양에 전념하도록 하며, 나랏일은 유교적 소양을 갖춘 사대부들이 경영하는 세상을 만들 것이네. 불씨(佛:석가)에 의한 폐단을 정리하여 「불씨잡변」이라 이름을 지어 이 또한 치국의 근간으로 삼을 것이네."

"형님은 참으로 원대한 포부를 품고 있소이다. 불씨의 이름을 팔아 쌓인 적폐가 삼한시대 이래로 있어 온 일인데, 그마저도 정리하겠다 하니 참으로 놀라운 일이요."

남은은 정도전과 대화를 나누면서 그의 열정과 능력이 어디까지인지 가늠을 할 수가 없어서 입이 다물어지지 않았다. 남은은 정도전의 일상에 대해서 누구보다도 잘 알고 있다고 자부하고 있었는데, 자신도 모르는 사이에 이렇게나 많은 일을 이루어 놓았다고 생각하니 참으로 놀라울 뿐이었다. 요 몇 년은 새 왕조를 세우는 데 목숨까지도 위협을 받는 고초를 겪으면서 진력을 다하던 때가 아니었던가? 정도전이 받은 고초는 자신보다 훨씬 더 했는데, 이 많은 일을 그사이에 해냈고, 또 쉼 없이 이어가고 있다 하니 가히 초인적이라는 생각이 들었다.

부인은 정도전의 이야기가 길어지자 자리를 비켰다.

"정말로 형님의 열정이 놀랍소이다. 이 나라의 권력이 형님의 손에서 나온다 해도 과언이 아닌 자리에 오르셨으니 이제 권력의 재미도 좀 보아야 할 것인데, 아직도 이렇게 일 속에만 파묻혀서 지내니 형수님의 불만이 없을 수 있겠소? 허허."

남은은 부인이 자리를 비운 틈에 노고를 치하하는 대신에 농을 걸었다.

"권력의 재미라고?"

"그렇소이다. 그동안의 고초를 생각해 보면 이제는 좀 재미를 보아야 할 때도 됐지 않습니까? 저는 형님과 떨어져 지내는 동안에 소실을 하나 얻었습니다. 실은 그 재미에 푹 빠져서 형님을 찾지 못했지요."

남은은 농을 던져놓고 멋쩍은 웃음을 히죽이 웃었다.

"허허, 그런 것인가? 내게는 그럴 여유가 없네. 나는 전하를 보위에 옹립하고 남들이 부러워하는 권좌에 앉았다고 해서 만족하지 않네. 내가 새 나라를 만들고자 한 것은 권력을 탐하여 부귀영화를 누리기 위해서가 아니라 나의 이상을 실현하기 위해서라네. 이제 천신만고 끝에 이 자리에 올랐는데, 어찌 지체할 수 있겠는가? 나는 이 나라를 내가 꿈꾸던 나라로 만들기 위해 혼신을 다할 것이네. 권력의 재미에 맛을 들이며 유유낙낙하기에는 너무나 시간이 없네."

말을 이어나가는 정도전의 눈망울은 먼 곳을 보고 있었다. 마치 자신이 꿈꾸는 나라를 눈에다 그려서 보고 있는 듯이….

남은은 그런 정도전의 모습이 참으로 크게 느껴졌다. 일시 권력의 재미에 맛 들여서 여자를 끼고 지내는 자신의 모습이 부끄럽기조차도 했다.

"허허, 자네의 말을 들으니 한동안 잊은 듯이 지냈던 여인이 생각나는구먼."

정도전은 남은이 소실을 얻어 지낸다는 말을 듣고 잠시 잊은 채 지내던 월하가 생각났다.

'어떻게 지내고 있는지?'

그러나 이내 고개를 가로저었다. 월하는 어려웠을 때 도움을 준 인연으로 가족과도 같이 지내는 사이지 결코 남녀 간에 애정으로 엮어질 사이는 아니라고 마음을 다잡았다. 월하가 개경으로 이사를 한 것은 정도전을 흠모하기 때문에 따라온 것인데, 정도전은 일부러 그 마음을 모른 척했다. 가끔씩 내자와는 왕래를 하는 모양인데 바쁘다는 핑계로 얼굴을 대한 지가 꽤 오래되었다. 왕대인을 따라 중국에 들어간 동생 덕이의 소식도 궁금했다. 어려웠을 때 대륙의 소식을 전해 주는 등 도움을 받았는데, 이렇듯 무심하게 듯 지내고 있으니…. 일간 짬을 내어 들러야겠다고 생각했다.

남은은 정도전의 여러 생각을 들으면서 저녁까지 대접을 받고 늦게서야 집으로 돌아왔다.

제27장

여의주를
쥐여드리리다

• I

어둠의 그림자가 드리울 무렵 남산골 이방원의 집으로 민무구 형제가 손님을 데리고 왔다.

"일전에 말씀을 드렸던 경기좌도관찰사 하륜 대감입니다."

민무구는 먼저 하륜을 민 씨 부인에게 데려와 인사를 시키고 나서 정안대군에게 데려갔다.

"소신 하륜, 정안대군을 뵙습니다."

하륜은 이방원에게 정중하게 인사를 올렸다.

"어서 오시오. 그렇지 않아도 말씀을 듣고서 한번 만나기를 고대했습니다."

이방원도 자리에서 일어나면서 예를 차려 손님을 맞았다.

"우리 오래전에 만났던 적이 있지요?"

"그런 것 같습니다. 십수 년이 지났습니다. 삼봉 대감이 이인임의 핍박을 받고 귀양을 갈 때 처음 뵈었습니다."

"그때는 사정이 있는지라 오래 인사를 나누지 못했는데, 이렇게 만나게 되다니 반갑습니다."

하륜은 이야기를 나누면서 이방원의 얼굴을 찬찬히 살폈다. 얼굴에서는 광채가 났다. 귀한 상임에 틀림이 없었다. 콧날이 우뚝하고 눈망울이 크고 깊었다. 마주 앉은 상대가 기가 죽어 똑바로 쳐다보기 어려울 정도로 얼굴 윤곽이 뚜렷했다. 치켜 올라간 눈꼬리는 용이 승천하는 형상이었다.

'용의 기상을 품은 얼굴이다!'

하륜은 이방원보다 한참 연장자였으나 마주하고 있자니 절로 고개가 숙여졌다.

"참으로 훌륭한 관상을 가지셨습니다."

"오래전에도 그런 말씀을 하셨습니다."

이방원은 칭찬이 멋쩍어 피식 웃었다.

"이렇듯 좋은 관상을 가지신 분이 이렇게 적적하게 지내셔서야…."

하륜의 이야기는 이방원의 관심사로 넘어갔다.

"그것이 어디 나 혼자만이겠소이까? 왕자들이 모두 개밥에 도토리 신세가 된 게지요."

"다른 왕자님들의 불만도 이만저만이 아니시겠습니다."

"삼봉 대감의 천하이니 모두가 자중하고 있는 것이지요."

하륜과 이방원의 대화에 곁이 있는 부인 민 씨도 같이 불만을 섞어 끼어들었다.

"은혜를 알아야 하는 것이 사람의 도리이거늘 거사가 성공하고 나니 대군께서 하신 일은 안중에도 없고 자기들끼리만 공신이네 뭐네 하면서 권세를 부리고 있으니 기가 찰 노릇입니다."

정도전에 대한 민 씨 부인의 원망도 이방원에 못지않았다.

하륜이 부인의 말을 이어받아서 말했다.

"막내를 세자로 세운 것부터가 문제가 있지요. 나라를 세운 공으로 치면 정안대군께서 세자가 되셔야 할 것인데 잘못된 일이지요."

"전하께서 중전마마의 꼬드김에 넘어가신 게지요."

"중전은 무슨? 중전마마의 자리는 화령부인으로 계셨던 우리 어머니인데, 그 자리를 꿰찬 것도 모자라서 세자의 자리까지도 자신의 자식을 앉힌 불여우 같은 여자지!"

이방원은 강비를 중전마마라고 부르는 민 씨에게 면박을 주었다. 그리고는,

"그게 다 개경댁과 삼봉이 짜고 하는 놀음 아니겠소!" 했다. 이방원은 강비를 개경댁이라 호칭하면서 주먹을 꽉 쥐고는 부르르 떨었다.

"나라를 신하가 다스려야 한다는 삼봉의 괴변과 세자를 자신의 자

식으로 세우고자 한 강비의 계산이 맞아떨어진 것이 아니겠습니까?"

하륜이 맞장구를 쳤다.

"삼봉이 꾀를 부린 것이지, 아버님은 개경댁에 넘어가서 어린 막내를 세자로 앉히기로 마음을 먹고 있었는데, 삼봉이 '신하가 다스리는 이상 정치 운운'하는 건의를 하니 아버님께서 그 청을 들어주면서 삼봉에게 세자를 후견하는 사부를 맡도록 한 것이지. 이는 개경댁과 삼봉이 야합하고 아버님은 이에 놀아난 것에 지나지 않소!"

"전하의 신뢰를 등에 업은 삼봉의 전횡이 어디까지 뻗칠지 두려울 지경입니다. 공신 책정에서 아예 왕자님들의 이름을 빼버린 것은 바로 조정 일에 참여하고자 하는 왕자님들을 견제하기 위한 것입니다. 이 또한 삼봉의 머리에서 나온 것입니다."

"내 삼봉이 한 일을 기억해두었다가 반드시 그에 따른 보답을 할 것이요."

"삼봉의 오만이 어디까지 갈지 걱정하지 않을 수가 없습니다."

"지금이 그렇게 돼가고 있는 형국이 아니겠소? 지금 역모를 빌미로 왕 씨를 도륙 내는 일이 어디 아버님의 뜻이겠소? 대간들의 입을 빌어 올리는 상소이지만 뒤에서는 삼봉이 조종하여 이루어지는 일이요. 이는 삼봉이 자신에 대한 조정 대신들의 불만을 다른 곳으로 돌리기 위하여 벌이는 일이 아니고 무엇이겠소?"

"왕 씨에 대한 참사는 이루 말로 할 수 없을 지경입니다. 결국 이는 전하에 대한 원망으로 돌아올 것입니다. 삼봉의 오만을 막을 분은 정안대군 나리밖에 없습니다."

하륜과 대화를 나누면서 정안대군의 분노는 불에 기름을 끼얹은 듯 활활 타올랐다.

"소신이 대군을 도울 것입니다. 이 나라의 창업에 대한 대군 나리의 공이 잠시 손으로 가린다 한들 어디 없어지는 일이겠사옵니까?"

"사람이 필요하오. 아버님을 통하여 대감을 이렇게 초치한 것도 대군께 힘을 보태주기를 바라는 뜻이었습니다."

이방원과 하륜 두 사람의 대화에 민 씨 부인도 같이 끼어들었다. 세 사람은 모두 정도전에 대해서 피해의식이 깊은 사람이었다.

"말씀을 드렸습니다. 대군의 관상은 용의 기상을 타고나신 분이시라고. 용은 여의주를 얻고 비를 만났을 때 승천을 하는 것입니다. 소신이 여의주를 구해 바치겠나이다. 부디 뜻을 굽히지 마시고 때를 기다리시옵소서."

하륜은 헤어지면서 이방원에게 넙죽 큰절을 올렸다. 신하가 군왕께 올리는 예였다. 하륜이 작별의 인사를 하고 정안대군의 집을 나섰을 때는 밤이 이슥했다. 비가 오려는가….

구름이 달과 별을 짙게 덮어 사방이 칠흑 속에 묻힌 듯 형체를 분간할 수 없었다.

• 2

개국 1등 공신 배극렴이 갑작스럽게 죽었다. 향년 67세로 이성계보다 10살이 많았다. 그는 삼남 지방에 왜구의 침략이 극성일 때 경상도 도순무사로서 울주, 진주, 하동, 욕지도 일대에 침략한 왜구를 물리치는 등 무인으로서 맹활약을 펼쳤다. 이성계와는 우왕 6년(1380년) 선박 500척을 동원한 대규모의 왜구가 군산 앞바다를 통하여 내륙으로 들어와 옥천과 영동, 상주, 서산, 금산 등지로 흩어져 약탈을 자행하다가 재침공을 하기 위하여 지리산 사근내역에 집결하였을 때 함께 전투에 참여한 것이 첫 인연이었다.

배극렴은 관군을 이끌고 왜구에 대항하였으나 장수가 죽는 등 피해를 입고 패하여 지리산으로 피해 있었는데, 지원을 온 이성계가 탁월한 지휘력을 발휘하여 대승을 거두었다.

이때부터 배극렴은 무인으로서 선배였지만 이성계를 흠모해 왔다. 이후 위화도 회군을 할 때 왕명을 따라야 할 조전원수로 참여하였음에도 이성계를 지지하였고, 이성계가 조정의 실권을 쥐고서 여러 가지 개혁조치를 취해나갈 때도 군권을 쥐고서 실제적으로 이성계의 힘이 되어주었다. 또한 이성계의 옹립에도 앞장을 서서 개국 1등 공신이 되어 새 왕조에서 높은 관직을 누렸던 것인데, 그 영화를 다 누리지 못한 채 아쉽게 죽음을 맞은 것이었다.

이성계는 피붙이와 같은 동지를 잃은 슬픔으로 배극렴의 장례를 성대히 치러주도록 지시하였고 어주도 하사했다. 벼슬아치와 공신들은 모두 문상을 했다. 정도전도 남은과 같이 문상을 왔다. 심효생과 황거정 등도 문상을 와서 정도전을 중심으로 둘러앉았다.

그때 또 다른 일행이 분향을 마치고 맞은편 자리에 앉았다. 정안대군과 그 일행들이었다.

"오랜만에 뵙는군요."

정도전이 자리를 잡는 정안대군에게 다가가 인사를 했다.

"참으로 오랜만이외다. 조정에 들락거릴 일이 없으니 대감을 뵙기도 어려웠습니다."

생각했던 대로 이방원의 인사에 가시가 돋쳐있었다.

'나에 대한 감정이 많았으리라.'

정도전은 정안대군 이방원이 세자책봉에서부터 공신책록, 그리고 조정 진출까지 줄 곳 반대를 해왔다. 그 앙금이 정안대군의 말투에 그대로 남아있는 듯 보였다. 정도전은 일부러 시선을 멀리했다. 쏘는 듯이 바라보는 정안대군의 시선이 부담스러웠다.

이때에 또 한 사람이 분향을 마치고 합석을 했다. 하륜이었다. 하륜은 정도전을 보자 잠시 머뭇거리더니 정안대군의 곁으로 가서 앉았다.

'하륜이 어느새 정안대군과 가까이 지내는 사이가 되었구나.'

정도전은 속으로 짐작했다.

"형님 오랜만입니다."

"오랜만일세. 그래 외직으로 나가 있다는 소식은 들었네만 만나지를 못하여 근황이 궁금했네."

인사를 받고 있지만, 하륜의 눈길이 고울 리가 없었다.

'자신의 이상에 맞지 않으면 무참하게 내치는 냉정한 사람!'

하륜의 눈에는 정도전이 그런 사람으로 보였다. 이색의 문하에서 세상일을 논하며 혈기를 뻗칠 때를 생각하면 자신과 정몽주, 이숭인, 그리고 정도전은 형제와 같았다. 스승 이색은 그들의 훌륭한 길잡이였다. 그런데도 그들 모두가 정도전의 정적이 되어 수난을 당하고 목숨까지 잃었다. 하륜 자신도 그 피해를 보아 오랫동안 낭인 생활을 해오지 않았든가, 얼마 전 이성계에게 천도(遷都) 문제에 대하여 건의를 올렸을 때에도 정도전이 나랏일을 잡학을 하는 무리에게 의존해서는 안 된다고 면전에서 반대하여 뜻을 이루지 못했다. 그러니 정도전을 원망하려면 이유야 한둘이 아니었다.

"높은 곳에 앉으신 분이 저 같은 사람 챙길 여유가 어디 있겠습니까?"

말투 역시 곱지 않았다.

"삼봉 대감의 권력이 큰 탓이 아니겠소이까? 전하의 마음을 움직이는 사람은 지금 삼봉 대감 말고 누가 있겠소이까?"

곁에 있는 정안대군도 하륜의 편을 들었다.

"이제 판의흥삼군부사를 겸하여 군권을 장악하고, 또 조정의 권한도 막강하니 전하만 빼고 가히 이 나라 최고의 권좌에 올라있다고 봐야지요."

"나는 새도 떨어뜨릴 만한 기세인데 누구라서 이를 제어하겠소."

"『조선경국전』을 서적포에서 인쇄하게 했다지요. 대신들에게 나누어 주어 읽게 한다고…."

정안대군과 하륜이 정도전을 사이에 두고 비아냥거리는 투로 말을 나누는 것을 정도전은 듣고만 있었다.

"권력이 한 사람에게 집중되고 나면 권력을 쥔 사람이 오만해지고 독선에 빠지게 된다는 것이지요. 지금 나라의 권력이 한 사람에게 너무 집중되어 있습니다. 그걸 아셔야 할 텐데…."

"……."

정도전은 두 사람의 대화를 듣고 있으면서 자신에 대한 이들의 원망이 얼마나 큰 것인지 짐작이 갔다. 그러나 한편으로는 그 비난은 그들의 입장에서 하는 말일 뿐, 실상은 자신들이 권력의 중심에서 배제되었기에 하는 불만에 지나지 않는다고 생각했다.

정도전은 대꾸는 하지 않으면서 정안대군의 얼굴을 정면으로 응시했다. 정안대군의 얼굴은 범상이었다. 하륜의 얼굴을 봤다. 여우의 상이었다. 재주가 넘치는 상이었다. 범의 위용에 여우의 재주가 합하면 큰일도 마다하지 않을 것이었다. 그 와중에서 남은이 정도전의 눈치를 살폈다. 표현은 하지 않고 있으나 분명 불쾌한 표정이었다.

"하 공, 이야기가 지나친 것이 아니오? 듣기에 거북하오이다."

남은이 대신 불쾌한 기분을 전하면서 더 이상 이야기의 비화를 막고 나섰다.

정도전은 판삼사사 정2품의 직에 올라있다. 이에 비해 하륜은 경기좌도관찰사, 정3품이다. 품계가 차이가 난다. 거기다가 하륜은 지금 외직에 있다. 아무리 옛정이 돈독했다 하지만 조정 대신을 면전에서 대놓고 비아냥거릴 처지는 되지 못한다. 정안대군을 가까이하여 저렇듯 버릇없이 나오는 것인가 하는 생각이 들었다.

“대감, 우리는 문상을 마쳤으니 이제 그만 일어납시다. 더 이상 여기에 있어서는 아니되겠소이다.”

남은이 서둘러서 대화를 매듭짓게 했다.

일어서는 정도전의 뒤에다 대고 정안대군의 목소리가 거칠게 들려왔다.

“권력은 오만해지면 독선에 빠지는 법이요. 누구나 권좌에 앉으면 춤을 추고 싶은 게지요. 그러나 그 춤은 칼날 위에서 추는 춤이라는 것을 알아야 할 것입니다. 자칫하다간 몸을 베일 수 있으니 조심하셔야 할 것입니다. 하하하.”

집으로 돌아오는 내내 정도전은 맹수와도 같았던 정안대군의 눈길을 떨쳐버릴 수가 없었다.

‘맹수는 배를 채울 때까지 먹이 사냥을 멈추지 않는 법이다.’

정안대군의 얼굴은 배가 고픈 호랑이의 얼굴이었다. 왕성한 그의 식욕이 어디까지 이를 것인지, 그와 어울리고 있는 하륜은 배고픈 호랑이에게 지혜를 주는 영악한 여우라는 생각이 들어 호랑이의 존재가 더 두려웠다.

‘경계를 늦추어서는 아니 될 인물들이야.’

제28장

고구려의 기상을 생각하소서

• I

동북면 도안무사로 나간 이지란으로부터 좋은 소식이 들려왔다. 이지란은 동북면 일대에서 천호(千戶)를 지냈던 여진족 장수 출신이기에 많은 여진 사람들이 이지란을 믿고 복속(服屬)[23]해 왔던 것이다. 조정에서는 복속하여 온 이들에게 조선과 자유롭게 무역을 할 수 있게 허락했고, 조선의 풍습 가르쳤으며, 조선 여인과 혼인을 할 수 있게 하는 등 유화 정책을 폈다.

여기서 잠시 당시의 동북면 일대가 처해 있는 상황을 살펴볼 필요가 있겠다.[24] 동북면 일대는 지금의 함경도 북쪽과 요동, 길림, 흑룡강 지역을 합쳐서 말한다. 이곳에서는 고구려 후예인 발해인, 고려 초 신라의 멸망으로 이주해 온 신라인, 그리고 토착민인 말갈족과 여진족 등이 각기 나뉘어 살았다. 그런데 이들은 민족적 기질이 강해서 서로 이해에 따라 싸움질을 하든가 때로는 연대하여 중앙의 일률적인 통제에 저항하며 각기 자신들의 전통과 개성을 지켜가며 생활해오고 있었다. 원나라 지배 시에는 이곳을 직할 통치 지역으로 만들어 다스렸으나, 원나라를 북으로 쫓아내고 중원을 차지한 명나라는 그러하지 못했다. 명나라는 요동 땅 일부 지역만 직접 통치하는 데 그치고 흑룡강 등의 동북면은 그들이 자치적으로 살아가도록 내버려 두었다. 동북면 지역은 그들로서는 별 쓸모도 없는 땅이었는데 그런 땅을 지배하기 위해서 국력을 소진한다는 것이 크나큰 부담이었다.

그렇다고 이들을 방치한 채 두고 볼 수도 없었다. 이들 부족들은 통합하여 한때 금나라를 세워서 송나라를 침공, 황제를 납치하는 등 중

23) 복속(服屬) : 복종하여 들어옴

24) 남의현, 「明 前期 遼東都司와 遼東八站占據」, 『명청사연구』, 명청사학회, pp.37~38.

원 땅을 위협한 적도 있었기에 명나라 황제로서는 불안한 불씨를 남겨 놓는 것이어서 신경을 쓰지 않을 수가 없었다.

더군다나 지금은 원나라가 북쪽으로 쫓겨 들어가서 100년 동안 중원을 지배하여 왔던 예전의 위세는 없어졌다 하지만, 그들은 아직도 중흥의 꿈을 버리지 못하고 수시로 명나라에 대항하고 있다. 만약 그들이 동북면의 세력과 연대를 하여 권토중래를 꿈꾼다면 큰 위협이 되지 않을 수가 없었다.

이러할 때 신흥국 조선이 국방 경계의 구실로 여진족을 집단으로 복속시키는 일을 벌인 것이다. 조선은 그전 고려 왕조 시대에도 이 지역을 통하여 북원과 연계하여 명나라에 대항할 조짐을 보였었다. 명 황제 주원장은 이를 차단하기 위하여 철령 이북 땅을 내놓으라고 고려를 압박했는데, 그러한 과정에서 고려의 뒤를 이은 조선이 건국되었다. 그런데 새로이 건국한 조선 또한 수상한 짓을 벌이고 있으니 두고 볼 수 없는 일이었다. 명 황제 주원장은 조선에 대해서 보다 강력한 주의를 주기 위해서 특사를 보냈다.

"내 일찍이 너희들의 의심스러운 행동에 대해서 질책을 한 바가 있다. 동북면의 족속들은 그들 나름으로 각기 평화로운 삶을 살아가고 있는데 조선이 그들 사이를 갈라놓으려 하고 있으니, 이는 용서할 수 없는 일이다. 조선과 같은 소국은 대국을 섬김으로써 평온을 찾아야 할 것인데도 그것을 멀리하고 기회만 있으며 불손한 짓을 저지르자 하고 있으니, 짐이 아무리 인내하려 해도 한계가 있다. 이 일은 중차대하니 조선 임금은 왕자 중에 사절을 보내서 이를 해명하기 바란다."

황제의 교서를 읽어 내려가는 승지의 얼굴이 참담하게 일그러졌다.

아무리 황제의 명이라 하지만 자국의 임금 앞에서 읽기가 여간 민망한 내용이 아니었다.

신하들 중에는 한숨을 내쉬는 자들도 있었다. 내용으로 보아 황제의 노여움이 커서 해결책을 찾기가 여간 어려운 일이 아니었다.

"속히 진사 사절단을 꾸려서 황제의 노여움을 풀어드려야 할 것이옵니다."

우정승 김사형이 아뢰었다.[25)]

"황제가 사절단을 왕자님 들 중에서 선발하여 보내라고 엄명을 하고 있으니……."

좌정승 조준이 난색을 표했다. 이성계는 표정이 굳은 채로 아무 말도 하지 않았다. 이 일은 이성계가 답을 주어야 할 것이나, 이성계도 결단을 내릴 수가 없었다. 황제가 왕자를 사절로 보내라는 것은 사절로 간 왕자를 인질로 잡아놓겠다는 뜻이다. 왕자를 볼모로 잡고서 조선 임금의 목줄을 직접 죄겠다는 것이다. 신하들은 조심스레 임금의 눈치만을 살폈다.

• 2

이성계는 다른 사람들의 눈을 피해서 옛정을 기리고 싶다며 술을 한잔하자는 핑계를 대고 정도전을 은밀히 내전으로 불러들였다.

"삼봉, 황제의 일로 대안을 들어보고자 이렇게 불렀소."

신하들 속에서 갑론을박을 해봐야 자리만 시끄럽고 머리만 복잡하

25) 이때에는 조정 편제가 개편되어서 이전까지 고려의 벼슬 명칭을 그대로 사용하던 것을 버리고 새로운 제도의 명칭을 사용하게 되었다. 이에 따라 최고 정책 결정기관인 문하부가 의정부로 개편되었고 수장인 문하시중, 수시중 등의 벼슬 명칭도 좌정승, 우정승으로 변경하였다.

지, 쉽게 결론이 나지 않을 일이기에 차라리 그중 믿을 만한 정도전을 불러서 시원히 의견을 들어보는 것이 낫겠다고 생각했다.

"삼봉의 생각은 어떠한가? 주원장이 왕자를 보내라고 하는데, 무슨 묘책이 없겠는가?"

"……."

"대신해서 누구를 보낼 수도 없는 일이고…. 보내면 누구를 보내야 할지…."

이성계는 슬하에는 강비 소생인 세자 방석과 무안대군 방번을 두었고 한 씨 소생으로 장성한 자식 여섯 명이 있지만, 열 손가락 깨물어 안 아픈 손가락이 없듯이 누구 한 명을 선뜻 지명할 수가 없었다. 명 황실에 입조시킬 그 자식은 앞으로 영영 보지 못하게 될 수도 있다. 이국땅에서 겪어야 할 고초 또한 이만저만하지 않을 것인데…. 참으로 가슴 아픈 결정을 해야 했다.

"…이 일은 전하께서 친히 결정하실 일이기에 신하들이 망설이는 것이옵고, 소신 또한 그러하기에 말씀을 드리기가 어렵사옵니다. 그러나 황제의 명을 거역하기는 더 어려운 일이기에…."

정도전은 조심스럽게 입을 열었다.

"흠~"

이성계는 길게 숨을 들이켰다가 뱉어냈다. 저만치 떨어져 있는 황촛불이 일렁였다.

"첫째 방우는 아비의 일에 관심이 없다고 술에 절어 폐인으로 살아가고 있으니 이야기할 필요가 없고, 둘째 방과는 비록 세자가 되지는 못했지만, 장남을 대신해서 집안을 두루 보살펴야 할 처지고, 나머지는 고만고만하니 그중에서 골라야 할 것인데……."

이성계는 쉽사리 결정할 수 없는 심경을 토로했다.

"…보내시게 되면 다섯째 정안대군을 보내는 것이 어떠하시온지요?"

"방원이를?"

"예, 왕자께서 입조를 하시게 되면 여러 가지 어려운 입장에 놓이시게 될 것입니다. 황제는 괴팍한 사람입니다. 자칫 눈에 거슬리기라도 한다면 생각지도 못한 봉변을 당하실 수도 있습니다."

"그러기에 선뜻 결정을 못 하는 것이 아닌가. 후~" 길게 한숨을 깃들였다.

"정안대군은 왕자님들 중에서 제일 영민하신 분이십니다. 황제가 묻고자 하는 뜻을 잘 해명할 수 있을 것으로 사료되옵니다."

"방원이를 보내면 황제의 오해를 풀 수가 있을까?"

"정안대군은 그러한 능력이 충분히 되십니다. 반드시 황제의 노여움을 풀고 귀국을 할 수 있을 것입니다."

"방원이라면 인질도 모면할 수가 있다는 말이지?"

이성계는 걱정이 되어서 다짐을 하듯 되물었다.

"그러하옵니다. 정안대군을 믿어 보시오소서."

정안대군이 정치에 대해서 큰 관심을 두고 있다는 사실을 조정 내 대신 중에 모르는 사람이 없었다. 정안대군은 품고 있는 야망 못지않게 능력 또한 출중한 사람이라는 것, 새 나라 조선을 건국하는 데 결정적인 공이 그에게 있었다는 것을 아버지인 이성계도 잘 알고 있었다.

• 3

그러나 명나라와의 관계에서 정안대군을 인질로 보낸다고 해서 모든 문제가 풀리는 것이 아니었다. 황제는 언제까지나 조선을 의심하고 마음에 들지 않을 때에는 계속해서 감내하기 어려운 요구를 해올 것이 뻔했다. 정도전은 이 자리를 빌려 그에 대해서도 건의를 함께 하고자 했다.

"하오나 전하께서 이번 일을 들어준다 해도 황제의 요구가 어디까지인지 짐작할 수 없는 일이 옵니다. 이번에 왕자님을 보내신다면 그에 그치겠사옵니까? 황제는 왕자님을 인질로 잡고서 더 한 요구를 할 것이옵니다."

"다른 무슨 방책이 없는 일이 아닌가."

"전조에서 한때 최영이 명나라의 요구가 부당하다고 요동 정벌을 계획한 일을 생각해 보시옵소서."

"그랬지. 그때는 요동 정벌이 부당하다고 내가 회군을 하였지. 쉽지 않은 결정이었지."

"하여서 그때로 돌아가셔서 다시 그 일을 도모해보시는 것이 어떠하실지?"

정도전은 뜻밖의 제안을 하였다.

"요동 땅을 공략하자고?"

이성계는 정도전의 얼굴을 빤히 쳐다보았다. 정도전도 말을 꺼내놓고 목이 타서 이성계가 부어놓은 술잔을 입으로 가져가서 단숨에 넘겼다.

"요동 땅을 공략해야 합니다. 명나라에 대해서 터무니없는 요구를 할 수 없도록 호락호락하지 않다는 단호한 모습을 보여주어야 합니다."

"…요동을 공략한다…. 어디 그게 쉬운 일인가?"

이성계는 생각에 잠겨서 대답했다.

"물론 어려운 일이옵니다. 하오나 황제가 조선을 손아귀에 쥐고서 흔들려는 욕심이 어디까지인지는 짐작을 할 수도 없습니다. 가만히 당하고만 있으면 황제는 또 무슨 트집이라도 잡아서 조선을 꼼짝 못 하게 할 것이 옵니다."

"그래도 요동 땅을 공략한다는 것은…. 황제가 대군을 동원하여 보복할 것인데 어찌 감당할 수가 있겠는가?"

"염려되지 않는 바가 아닙니다. 지난 고려조에서는 아무 준비 없이 추진했던 일이라 애초부터 무리였습니다. 그러나 지금 우리는 사전에 준비를 철저히 하여 감행을 한다면 승산이 없지는 않을 것이 옵니다."

"새 나라가 창업한 지 이제 겨우 3년인데, 나라의 기틀도 채 잡히지 않아 할 일이 많은 터에, 여기에 전쟁까지 치러야 한다면 그 부담을 어찌 감당한단 말인가?"

"요동 땅 저 벌판은 과거 고구려의 영토였습니다. 우리의 역사에서 북으로 진출했을 때는 나라가 흥하였습니다. 그러나 남진 정책을 폈을 때는 망했습니다. 고구려의 경우를 보면 남방 정책을 펼친 고국원왕은 백제와의 전쟁에서 패하여 왕이 죽는 등 수난을 겪었지만, 그 뒤 북진 정책을 펼친 광개토왕이나 장수왕 대에는 동북 일대 패권국으로 크게 성하였습니다. 신라 또한 그러하옵니다. 진흥왕은 함경도 일대까지 진출하여서 마운령, 황초령 등을 순시한 것을 기념하여 순수비를 남겼고, 그 힘이 신라가 삼한을 통일하는 바탕이 되어 천년의 세월을 누렸던 것입니다."

"고구려와 신라가 북진 정책을 펴서 번영을 누렸다는 말이지…."

"명나라 군대는 생각보다 강하지 않사옵니다. 명나라는 북쪽으로 쫓겨간 원나라의 잔재를 소탕하려 여러 차례 군사를 동원하였지만, 번번이 실패했습니다. 명나라의 힘이 아직은 요동 땅에 미약할 때 조선이 주도하여 그쪽에 흩어져 있는 여러 이족(異族)들을 복속시켜서 대항한다면 요동 땅을 정벌할 수가 있습니다."

이성계는 고개를 끄덕였다. 정도전의 말에 수긍이 간다는 표시였다. 그러나 전쟁을 실현한다는 것, 더군다나 대국 명나라와의 건곤일척[26)]

26) 건곤일척(乾坤一擲) : 운명(運命)과 흥망(興亡)을 걸고 단판으로 승부(勝負)나 성패를 겨룸

은 염려가 되지 않을 수가 없었다.

"북방의 민족들이 뭉친다면 큰 힘을 발휘할 수 있을 것입니다. 과거 금나라를 세운 아골타는 북방의 여러 부족을 통합하여 대륙으로 진출을 하였고, 송나라와의 전쟁에서 승리하여 대륙의 패자로 군림하였습니다. 조선에도 그러한 힘이 있다는 것을 보여주어야 명 황제가 깔보지 않을 것이옵니다."

정도전은 계속 설득하였다. 이성계는 정도전이 돌아간 뒤에도 이를 두고 깊이 생각했다.

• 4

"아니, 이것이, 이것이…. 진정 전하의 뜻이 옵니까?"

"조정의 공론으로 그리 정해졌다지 않느냐."

명나라로 보낼 특사로 정안대군이 정해졌다는 소식을 듣고 민무질과 무구 형제가 씩씩거리면서 누님댁을 찾아왔다. 마침 안방에서는 정안대군과 민씨 부인 그리고 한발 먼저 도착한 하륜이 그 문제에 대해서 깊이 이야기를 나누고 있었다.

큰 처남인 민무구가 자리에 앉자마자 거친 숨을 고르면서 민씨 부인에게 다그치듯 물었다. 대답하는 민씨 부인은 오히려 차분했다. 정안대군은 아무 말이 없었다. 방안에는 침묵이 흘렀다. 모두는 정안대군의 눈치를 살폈다.

"기왕에 이렇게 된 일 대군께서 기꺼이 가겠다고 전하께 진언을 하십시오."

하륜이 하는 말은 무거웠다.

"…삼봉이, 기어이 나를 쳐내고자 벌인 일이요."

정안대군이 하륜의 말에 에둘러서 답을 했다.

"삼봉 대감이요?"

영문을 모르겠다는 민무질이 하륜의 얼굴을 보며 물었다.

"삼봉이 아니면 정안대군을 특사로 보내자고 말할 사람이 없지."

하륜이 대신 대답했다.

"그럼 전하의 뜻이 아니라는 말씀입니까? 삼봉 대감이 왜 굳이 매형을 특사로 보내자고?"

"삼봉은 정안대군을 위험인물로 보고 있는 것이지. 대군께서 세자도 못되시고 공신 책봉에도 탈락하셨다고 불만하시는 것을 알고 명나라 사신을 핑계로 내치고자 하는 것이 아니고 무엇이겠는가?"

"명나라로 간다면 인질이 될 것이 뻔한데도 전하께서 허락하신 것이라는 말입니까?"

"지금은 삼봉의 천하가 아닌가? 전하께서 내리는 어명이 모두 삼봉의 머리에서 나오는 것임을 모르는 사람이 어디 있는가? 전하의 신임을 등에 업고 삼봉은 자신의 세상을 만들려고 하는 것을 알만한 사람은 다 아는 일이라네."

"흠…, 삼봉 대감이 매형을 정적으로 보시는 것이군요. 그런데 매형께서 자진하여 특사로 가겠다고 전하께 진언을 드리라는 것은 또 왜입니까?"

민무구가 한편은 이해가 가면서도 하륜의 속뜻이 어디에 있는지 더 알고 싶었다. 심각한 표정으로 다시 물었다.

"삼봉이 대군을 쳐내려고 하는 마당인데 전하께서는 비록 자식이라 하더라도 어쩔 수 없는 경우가 있을 것이야, 전하의 미움을 받게 되면 대군께서 나라 안에 계시더라도 위험하게 될 것이고…. 차라리 전하의 고민도 덜어드리고…. 명나라로 떠나겠다고 자진하여 진언을 드리는 것이 좋겠다는 말이지."

하륜으로서는 깊이 생각해 왔던 바를 말하는 것이었다. 하륜은 말이 없이 듣고만 있는 이방원과 민 씨 부인을 향하여 말을 계속 이어갔다.

"명나라로 가셔서 황제의 오해를 풀어드릴 수만 있다면 그때는 다시 전하의 신임을 얻으실 수가 있습니다. 그리되면 대군께 다시 기회가 올 수도 있는 것입니다."

"돌아올 기약도 없지만 돌아올 때쯤이면 이 나라는 이미 삼봉과 아버님을 손아귀에 넣고 흔드는 불여우 여인이 천하를 주무르고 있을 터인데 무슨 재주로…."

잠자코 듣고 있던 이방원이 입을 열었다.

"저들의 뜻대로 되지는 않을 것입니다. 명나라는 항상 조정의 근심거립니다. 명나라는 이번 문제가 해결되더라도 끊임없이 시비를 걸며 조선을 마음대로 휘두르려고 할 것입니다. 그러한 때에 대군께서 명나라와의 관계를 원만히 해결하고 또 황제의 신임을 얻고서 환국을 하게 되신다면 조정의 대신들 또한 대군을 신뢰하고 따르게 될 것이옵니다. 그리되면…."

"그리되면?"

이방원이 하륜의 말을 가로채서 물었다. 하륜의 속뜻을 알아들은 것이었다. 눈빛이 이글이글 타고 있었다. 결심을 굳힌 표정이었다.

"흠~"

방안의 다른 사람들도 호흡을 가다듬었다.

"대군의 세상을 펼치시옵소서…."

하륜도 호흡을 길게 하고 말을 했다. 정안대군의 얼굴은 바위처럼 굳어졌다, 대단한 결심을 하고 있다는 표정이었다.

이튿날로 정안대군은 임금을 알현하여 주청했다.

"소자 부족하나마 소임을 다하고 오겠습니다."

이성계는 차마 아들에게 사지로 떠나도록 직접 명을 할 수가 없었는데 이렇게 자청하다니…. 고마운 마음과 함께 앞일을 예측할 수 없으니 미안한 마음도 들었다.

"네가 아비를 위해서, 형제들을 위해서 큰일을 하려는구나. 아비는 그저 고마울 따름이다. 부디 몸 성히 다녀오너라."

이성계는 애틋한 마음에서 눈물까지도 흘렸다.

사신단이 떠나던 날 임금은 조정 대신을 거느리고 문루에까지 나와서 배웅을 해주었다.

제29장

경복궁

• I

정도전이 당면한 문제는 궁궐 공사를 서두는 일이었다. 이성계는 신도 공사가 진척을 보이자 서둘러서 한양으로 이어를 했다. 고려 500년의 혼이 서려 있고 집권 과정에서 겪은 참사를 하루빨리 잊고 싶었다. 한성부 객사는 전 왕조 시대 몇 차례 수도를 한양으로 옮기려고 거론하던 때에 임시 궁으로 지어진 것이었는데 잘 보존이 되어있었다. 이를 새 임금이 거처하는 임시 궁으로 삼았으나 이하 조정 대신들이 함께 사용하기는 여러모로 불편했던 것이다.

궁궐 정문 문루의 대들보가 세워지는 날 정도전은 이성계를 모시고 공사 현장을 둘러봤다. 7월 더위가 한창인데도 공사는 쉴 틈이 없었다.

"이놈들아, 전하께서 한데서 잠을 자고 계신지가 여러 날째인데, 쉴 틈이 어디 있느냐."

공사 감독자가 임금의 순행이 있다는 것을 눈치챘는지 잠시 그늘을 찾아 숨을 돌리고 있는 인부들을 채근했다. 임금은 익히 여러 차례 정도전으로부터 공사 진척 상황을 보고받아 왔던 터였다.

정문의 좌·우측에는 나라의 액운을 막기 위해서 세우는 석상도 다 들어지고 있었다. 남문 앞 넓은 대로 육조거리 좌·우측에 육조와 의정부 삼군부 등이 들어갈 관청 건물들도 쑥쑥 올라갔다. 임금은 운종가까지 행차했다. 운종가에는 이미 사람들이 모여 살고 있었다.

정도전은 신도(新都) 계획을 하면서 기존 한성에 살던 모든 사람들에게 땅을 나누어주었다. 그들은 비록 전에 살던 터는 신도 계획으로 징발당했지만, 새로이 남촌이나 운종가 주변에 땅을 받아서 집을 지을 수가 있었다.

운종가에는 벌써 장사꾼들이 모여들어서 거래하고 있었다. 궁궐뿐만 아니라 궁성 안의 거리도 하루가 다르게 변했다. 궁성 안만 변하고 있는 것은 아니었다. 도성을 둘러싸고 있는 외곽 성벽 공사도 차질이 없이 진행되고 있다는 보고를 받았다.

"언제쯤 과인이 새 궁에서 집무를 할 수 있겠는가?"

이성계는 하루가 다르게 변하고 있는 신시가지를 둘러볼 때마다 기대에 차서 정도전에게 되묻곤 했다.

"늦어도 올해 말까지는 새 궁궐에서 집무를 보실 수가 있을 것이옵니다."

허여차 여차

내려간다 발조심

허여차 여차

진데 있다 발조심

허여차 여차

조심 조심 또 조심

허여차 여차

공사장 곳곳에서는 두 사람 혹은 네 사람, 여덟 사람이 목도를 하여 석재와 나무를 나르면서 부르는 노동요 소리가 힘차게 울려퍼졌다. 동원된 인부들은 노동요의 운율에 맞춰서 고달픔을 달랬다. 임금 일행도 더위로 숨이 턱에 닿았다.

"조금 쉬도록 해주어라, 그리고 술이라도 한 사발씩 할 수 있게 하라."

임금은 자신의 행차로 백성들이 수고를 더 하는 것 같아 마음이 쓰였다. 임금의 명에 따라 인부들에게 휴식이 주어졌다. 그리고 술과 함께 약간의 고기도 주어졌다.

• 2

도성을 짓는 일 외에 정도전에게 부여된 또 다른 당면 과제는 군무에 관한 일이었다. 이성계는 정도전에게 군제 개편을 맡겼다. 최고군사기구인 삼군도총제부를 의흥삼군부로 고치고 정도전을 최고지휘관인 판의흥삼군부사로 임명했다. 삼군도총제부는 전 왕조 공양왕대에 이성계가 자신의 권력 강화를 위해 병권 장악 수단으로 개편한 조직이었다.

정도전은 '역대부병시위제'라는 군사조직 개편안을 지어 올렸다. 부병이란 중국 수·당 시대에 20세에서 55세까지 농민을 모집하여 도성이나 변방의 경계를 맡게 하고 중앙군은 동원체제로 만든 군사조직을 말한다.

정도전은 이 제도를 도입하여 궁성 수비와 지방군사의 동원체제를 개편하고자 하였다. 정도전은 지휘권을 받자마자 휘하 장수들을 집합시켜서 군기(軍旗)에 제사를 올렸다. 일종의 신고식을 한 셈이다. 또 절제사와 공신, 왕자에게 속한 군사를 훈련시키기 위하여 휘하 진무(鎭撫)[27]를 양주 땅에 소집하여 훈련을 시켰다.

정도전은 군사훈련을 위하여 직접 병서를 지었다. 이른바 진법(陳法)서다. 진법은 중국의 여러 병서를 참고하고 우리나라 실정에 맞춘 것으로서 적을 실제적으로 공격하는 데 유용하도록 지어진 훈련지침서인 것이다.

"형님이 군사훈련에 이렇듯 집착하시는 이유가 무엇이오?"

진법훈련서를 훑어본 남은이 물었다.

"의령군(남은)은 나라를 지탱하는 근본이 어디에 있다고 생각하는가?"

27) 진무(鎭撫) : 장수

"그야 뭐…, 신하들이 의견을 모아서 전하를 보필하고…, 중신들의 힘이 아니겠습니까?"

남은은 정도전의 뜬금없는 질문에 대답하지 못하고 우물거렸다.

"의령군의 말은 중신들이 전하를 잘 받들면 나라를 보전할 수 있다는 말이군."

"그렇지요. 중신들이 전하를 잘 받들어 모시고서…, 임금이 신하를 믿고서 정치를 한다면야 나라는 절로 잘될 것이 아닙니까?"

"그 말이 틀린 것은 아니네만, 맞다고도 할 수가 없지. 자신들의 입맛에 맞는 몇몇 권신이 모여서 임금의 비위나 맞춘다면 나랏일이 올바로 가겠는가? 그것은 붕당을 만들게 되어서 아무리 그들이 명분을 앞세우더라도 결국은 자신들의 이해에 맞추는 것밖에 되지 않을 것이네."

"그럼 대감이 생각하는 것은 어떤 것이요."

"내가 생각하는 바는 자네와는 다르이."

"어떻게요?"

"나라를 지탱하는 힘은 백성이네. 백성을 다스리는 임금과 벼슬아치는 백성의 살림살이가 곤궁하지 않게 정치를 펴야 하네. 그리고"

"…그리고요?"

"다음은 외적으로부터 강토와 백성을 지켜내는 일이지. 임금은 이를 지키고자 산하에 군대를 두는 것인데, 만약에 나라를 지키는 군대가 허약하다면 어찌 되겠는가? 힘이 센 대국은 약한 나라를 힘으로 다스리려 할 것일세."

"지난 조 고려가 겪었던 경우를 말하는 것이요?"

"그렇지 고려는 곤궁에 처한 백성을 구하지도 못했지만, 대국의 등쌀을 배겨내지 못한 것도 그 원인일세. 그리하여 요동 정벌을 계획했다가 결국엔 멸망한 것이 아닌가."

"그러면 대감은 명나라에 대항하고자 군대를 훈련시키는 것이오?"

"지금의 형편을 보면 황제는 지난 고려말에 우리에게 했던 것과 조금도 달리 대하지 않네. 걸핏하면 요동도사를 시켜서 사행길을 막지를 않나, 사신단을 억류하고, 심지어는 버릇이 없다고 매질을 하기도 하고…. 해마다 바치는 조공은 또 얼마인가. 참으로 감내하기가 어려운 지경에 이르고 있네. 내가 군무에 집중하는 것은 명나라의 침공에 대비하고자 하는 것에서 더 나아가서 요동을 공략하여 우리의 힘을 보여주고자 하는 것이네. 요동은 원래 우리의 고토 고구려 땅이라는 것을 자네도 잘 알지 않는가? 그 땅을 되찾고자 하네. 그래서 그 옛날 요동 땅을 호령하던 우리의 기상을 되살리고자 하네."

정도전의 목소리에는 힘이 들어가 있고 눈에는 빛이 났다.

"명나라가 아무리 대국이라 큰소리를 쳐도 변방의 이적(夷敵)에게 중원을 지배당한 적이 여러 번 있지 않았던가. 거란족 여진족 몽골족들은 각기 변방에서 거병하여 대륙을 지배했던 민족들이라네. 우리라고 그러지 못할 것은 없지 않은가!"

정도전은 이야기를 듣고 있는 남은이 자신의 구상에 동조해주기를 바랐다. 남은은 정도전의 이야기를 들으면서 표정이 점점 굳어져 갔다. 참으로 놀라운 구상이었다.

"음…. 형님의 생각은 참으로 원대하오."

남은은 굳은 얼굴을 하고서 마른침을 꼴깍 삼켰다.

"그러나 형님이 구상하는 것은 지난 고려조에 최영이 시도하려다 결국은 왕조까지도 멸망시켰던 것이 아니오? 우리는 당시 그 정책이 부당하다고 하였고, 전하께서는 출정하였다가 위화도에서 회군하여 오늘에까지 이르게 된 것 아니오. 과연 성공할 수 있을는지 의문이 가오."

정도전은 남은의 의문에 예상하고 있었다는 듯 곧바로 대답했다.

"지금과 고려말 그때와는 상황이 다르네. 당시 최영은 백성의 원망이 빗발치는데도 우리 전하를 곤경에 빠뜨리기 위하여 무리하게 전쟁을 치르려 하였네. 지금은 우리의 자존을 살리기 위하여 전쟁을 치르고자 하는 것이니 차이가 있지 않은가, 물론 지금 당장 전쟁을 치르고자 하는 것은 아니며, 차근차근 군사도 훈련시키고, 군량미도 준비하면서 3년이고 5년이고 때를 기다려서 준비한다면 그 뜻이 이루어질 수 있다고 믿네."

남은은 정도전의 이야기를 들으면서 그 깊이를 헤아릴 수가 없었다.

'이 사람의 생각은 도대체 어디까지인가?'

나라가 나라답지 못했다. 임금은 제 즐거움에 빠져 지내고, 벼슬아치들은 백성의 등골을 빼서 제 주머니 채우는 일에 혈안이 돼 있었다. 그 속에서 하루하루를 지옥같이 지내는 백성의 삶을 두고 볼 수 없어서 숱한 고난을 겪으며 기어이 새 나라를 창업하였다. 그래서 이제는 이 나라에서 누구도 우러러보는 자리, 말 한마디로 삼천리강산을 울릴 수 있을 만큼 막강한 자리에 올랐는데, 그 영화를 즐기기는커녕, 이제 대륙의 땅까지도 넘보겠다는 꿈을 꾸다니…. 실로 입이 벌어지지 않을 수가 없었다. 도대체 이 사람의 열정은 어디까지인가? 아니 그것은 열정이라 할 수 없었다. 그것은 야망이었다. 자신이 가슴 속에 품고 있는, 이제껏 누구도 실현해보지 못한 나라를 만들고자 하는 야망으로 그의 가슴은 부글부글 끓는 듯했다. 저 타오르는 불꽃을 누구라서 막겠는가?

남은은 정도전의 속으로 빨려 들어가면서 감동이 되었다. 여태껏 그리 살아왔지만, 앞으로도 그가 가는 길에 충실한 동반자가 되리라!

• 3

명나라에 입조한 정안대군과 관련된 소식이 전해져왔다. 의주 부사의 장계에 의하면 요동도사가 국경을 넘어 장사하러 다니다가 검거 억류하고 있던 조선 백성을 풀어주었다는 것이다. 뒤이어서 이견실, 강보정 등 인질로 붙잡혀있던 사신 일행도 풀려나서 귀국했다. 이들은 임금을 알현하고 그간의 사정을 고했다.

"소신, 이렇게 전하를 다시 뵙게 된 것이 꿈만 같사옵니다."

이견실은 눈물을 글썽이면서 말했다.

"전하 저희들이 살아 돌아와 다시 가족들과 함께할 수 있는 것은 모두 정안대군의 은혜이옵니다. 흐흑"

강보정은 눈물을 왈칵 쏟아내었다. 이를 듣고 있는 임금도 얼굴을 붉혔다.

조정 대신들 속에서도 코를 훌쩍이는 사람이 있었다.

"저런 저런, 얼마나 고생이 많았을꼬…."

어전은 잠시 눈물바다를 이루었다.

"그래 정안대군은 어떻게 지내더냐?"

잠시 숨을 고른 뒤에 임금이 물었다.

"정안대군께서는 황제의 신임을 돈독히 얻은 듯하옵니다."

"상세히 고해보라 너희들이 돌아온 것으로 봐서는 정안대군도 조만간 돌아올 것 같은데 어떠냐?"

"예, 저희들도 그리 생각하고 있사옵니다. 황제께서는 정안대군을 두 번씩이나 친견하시고 조선의 사정을 자세히 물었다고 합니다. 대접도 융숭하게 하시고 머무시는 데 불편함이 없도록 하라고 예부에다 지시하였다고 합니다."

"음, 그러하냐? 좋은 소식이구나."

이성계는 흡족했다. 자칫 볼모로 잡혀서 귀국하지 못할까, 만리타향 객지에서 고생하지 않을까 걱정을 해왔는데, 황제가 잘 대해주더라는 소식을 들으니 마음이 놓였다. 무엇보다도 황제가 오해를 푼듯하다 하니 다행이라는 생각이 들었다. 이로써 조정 대신들 사이에 정안군의 위상이 다시 한번 우뚝 서게 되었다.

"역시 정안대군이야!"

정안대군을 지지하는 인사들이 모였다. 변중량과 이회, 박포가 그들이었다.

"우리가 이대로 있어서는 아니 되지요."

"정안대군이 비록 지금은 국내에 자리를 비우고 있지만 머지않아 돌아올 것이 분명하오."

"정안대군이 자리를 비운 사이에 삼봉이 제 세상 만난 듯하고 있으니 정안대군이 돌아오면 뭐라 하겠소이까?"

"정안대군이 돌아오기 전에 우리가 삼봉을 탄핵합시다. 그래야 나중에 우리가 정안대군을 대할 면목이 있을 것이 아니요."

"삼봉을 탄핵할 명분이 있소이까?"

"전하께서 삼봉을 너무 편애하시고 있어요. 판의흥삼군부사를 맡기시어 군권까지 휘두르게 하고, 게다가 왕가의 군사들까지 동원하여 훈련을 시킨다고 하니 이는 아니 될 일이요"

"탄핵합시다."

"그럽시다."

탄핵 소는 변중량이 작성했다.

변중량은 전 왕조 공양왕대에 정도전이 우현보를 벌주고자 하는 내용을 알고서 이를 미리 임금에게 밀고하였고, 또 이방원이 정몽주를 척살하고자 의논한 사실을 탐지하고서 이를 정몽주에게 알렸던 사람이다. 그로 인하여 여러 번 새 나라 창업이 그르칠 뻔했었는데, 그런 그가 어느 틈엔가 이방원의 편에 서서 일을 보고 있는 것이었다.

'예로부터 병권과 정권은 한사람이 겸임치 못하게 하였사옵니다. 병권은 종친에게 있어야 하고 정권은 재상에게 있어야 하는데, 지금 조준, 정도전, 남은이 정권과 병권을 모두 장악하고 있으니 실로 좋은 일이 아니옵니다.'

그러나 탄핵 소는 오히려 임금의 진노를 사게 됐다.

"이들은 나의 수족과 같은 사람이다. 이들을 믿지 못한다면 누굴 믿겠는가? 필시 이렇게 소를 올리게 된 까닭이 있을 것이니 이들을 순군옥에 가두고 국문을 하라."

이들은 국문을 받고서 모두 삭직(削職)되어 변중량은 영해, 이회는 순천, 박포는 숙주로 유배되었다.

• 4

변중량 사건이 있고 나서 얼마 뒤에 명나라로 갔던 정안대군 일행이 환국하여 임금에게 인사를 올렸다.

"그래, 수고가 많았구나, 어디 몸은 아픈 데가 없느냐?"

이성계는 반가움에 목이 메었다.

"전하의 성은이 하해와 같사와 소자 몸 성히 잘 다녀왔습니다. 황제께서는 저희 일행에게 세 차례에 걸쳐서 잔치를 베풀어 주시는 등 융숭히 대해주셨습니다."

"그래, 황제의 하문에 답하기가 어려운 점이 많았을 터인데 대답은 어찌하였느냐?"

"황제는 조선의 사정에 대해서 잘 알고 있는 듯하였습니다. 신이 답을 하지 않은 일도 미루어 알고 있는 듯하여 요동에서 일어난 일을 위시해서 조선 내의 여러 사정을 소상히 아뢰고 이해를 구했습니다."

"그랬구나, 너의 노고로 인하여 황제께서 노여움이 풀리셨다 하니 다행이구나."

이성계는 밀직을 불러서 사신단의 노고를 위로하는 잔치를 베풀어 주라고 지시를 내렸다.

정안대군의 집에 연일 사람들이 몰려들었다. 조정의 모모한 대신들도 출입이 잦다는 소문이 파다했다. 웃음소리가 담 밖까지도 들렸다. 명나라로 가면 볼모 신세를 못 면할 것이라는 염려를 떨치고 황제의 신임까지 얻어서 귀국했다는 사실은 이방원의 위상을 그만큼 높여주었다.

남은은 사람을 보내서 정안대군의 주위를 정탐했다. 정탐꾼의 보고를 받아서 그대로 정도전에게 전했다.

"형님, 정안군의 주위로 사람들이 모여드는 것을 더 이상 두고 보아서는 아니 될 것 같습니다."

"어찌하겠는가, 대군의 위상이 그만큼 높아졌으니까 그에게 줄을 대보려는 얄팍한 세상인심인데…."

"정안대군은 욕심이 큰 사람입니다. 그렇지 않아도 세자가 되지 못한 데 대해서 불만이 큰데, 저렇게 세를 모은다면 장차 앞일을 걱정하지 않을 수가 없습니다."

"지금은 어쩔 수가 없다. 대군도 전하의 자식인데, 뚜렷한 잘못도 없는데 사람들이 모인다고 해서 임금의 아들을 탄핵할 수는 없는 일이지 않은가. 한데 출입을 하는 사람이 누구누구이던가?"

"하륜과 민무구, 무질 형제, 판한성부사 이거이, 충청도 절제사 조영무, 동지중추원사 이천우, 이밖에도 신극례, 마천목, 신구령, 서익 등이 자주 방문한답니다."

정안대군의 집을 드나드는 인사들은 주로 인척이거나 동북면의 가병 출신들로 개인적으로 친분이 가까운 사람들이었다.

"아무튼 저들의 동향이나 잘 살펴두게나."

• 5

정도전은 정안대군 문제를 잠시 뒤로한 채 궁궐과 도성을 쌓고 신도를 건설하는 일, 그리고 이성계로부터 새로이 부여받은 군무에 관한 일에 몰두했다.

드디어 새 궁궐이 완성됐다. 이성계는 문무백관을 대동하고 종묘에 나가 제사를 지내고 궁성을 둘러봤다. 궁성의 정문은 웅장하고 화려했다. 좌우를 지키는 석상은 어떠한 재난도 감히 범접을 용납지 않겠다는 듯 두 눈을 부릅뜬 위엄 있는 자태였다.

중층으로 지어진 문루는 치미(鴟尾)가 사방으로 힘차게 뻗쳐있는 것이 앞날의 기상을 화려하게 펼쳐 보이는 듯했다. 문루를 떠받친 석축 기단에는 궁궐로 통하는 다른 문들과는 달리 홍예를 3개 만들어서 중앙은 임금이 통행하고 좌우는 왕세자와 신하들이 출입하도록 하여 임금의 위엄을 더 높였다.

임금의 일행은 궁궐의 전각들을 둘러보고 궁성 정문과 연결된 육조거리로 나왔다. 널따랗게 쭉 뻗은 거리의 양옆으로 의정부와 사헌부, 육조 등의 관원들이 집무를 볼 건물들이 쑥쑥 올라가고 있었다. 이곳은 궁궐과는 달리 아직도 공사가 한창 진행 중이었다.

임금이 궁성 문을 나설 때를 기다렸다가 병사들의 대오가 취타를 불면서 행진을 했다. 뒤로는 공사에 동원된 인부들이 따랐다. 정도전은 궁궐의 낙성식에 맞춰서 「신도가」를 지었다.

옛날에는 양주고을이여
이 지역에 새 도읍의 뛰어난 경치로다
〈…중략…〉
앞은 한강수여 뒤로는 삼각산이여
덕이 많은 강산 속에서
만수무강을 누리소서

대오는 육조거리를 거쳐 남대문 거리까지 행진했다. 뒤를 따르는 인부들은 「신도가」를 소리 높여 불렀다.

저녁에는 새 궁궐에서 축하 잔치가 열렸다. 이성계는 주연을 베풀기 전에 정도전, 조준, 김사형 등 신도 건설에 공이 있는 신하들을 치하했다.

"과인이 오늘에 이르게 된 것은 그대들의 힘 때문이다. 서로 존경하고 삼가하여 자손만대까지 이르게 할지어다."

정도전에게는 '유종공종(儒宗功宗)[28]'이란 친필 휘호 액자를 하사했다. 정도전은 감읍하여 공신을 대표해서 답을 올렸다.

"전하께서는 말에서 떨어졌던 때를 잊지 않으시고 신 또한 목에 올가미를 썼던 때를 잊지 않는다면 자손만대에까지 길이 번성할 것이옵니다."

정도전은 임금에게, 또 이곳에 모인 여러 신하들에게 초심을 강조하

28) 유학으로도 으뜸이요, 나라를 세운 공도 으뜸이라는 뜻

였다. 정도전에게 초심이란 임금보다도, 사직보다도, '백성'을 우선하는 마음이었고, 불쌍한 자를 대하는 '측은지심'이었다. 이 말은 곧 정치를 하는 자의 말과 행동이 아무리 달콤하고 번지르르한들 그 속에 진정성이 담겨있지 않는다면 그것은 결국은 백성을 속이는 것밖에 되지 않는다는 경고이기도 한 것이었다.

"자, 그동안 노고들이 많았으니 한 잔씩을 쭉 드시오."

이성계가 먼저 술잔을 들어올렸다. 신하들도 따라서 술잔을 들어서 쭉 들이켰다.

술이 한 순배 돌아가자 이성계는 정도전에게 일렀다.

"궁궐 건물은 지어졌으나 아직은 그 이름이 지어지지 않았도다. 경은 속히 이 아름다운 건물에 맞게 이름을 짓도록 하라."

"예, 분부 받잡겠사옵니다."

정도전은 두 손을 공손히 모으고 말했다. 그리고는 "신은 오늘 같은 날을 위하여 미리 궁의 이름을 구상해둔 것이 있사옵니다."라고 했다.

"오, 그래. 그럼 어디 이 자리에서 발표해보라. 만고까지 가야 할 이름이어야 하는데…."

"『시경(詩經)』「주아(周雅)」 편에 '이미 술에 취하고 덕에 배가 불렀으니 임금님이시여 만년토록 큰 복을 누리소서(旣醉以酒 旣飽以德 君子萬年 介爾景福).'라는 글귀가 있습니다. 하여 전하와 자손들이 큰 복을 누리시도록 궁의 이름을 '경복궁'이라 하면 어떠하신지요."

"하하하, 그래 그래, 경복궁이라. 그 이름이 좋구나."

임금은 기분이 좋았다. 새 건물이 마음에 들고, 그곳에 살게 될 자신과 후대의 임금에게 만복이 들게 하라니 좋았다. 술에 취하여 들어보니 더욱 그 이름이 귀에 쏙 들어왔다.

연회의 자리가 무르익고 풍악이 울렸다.

"전하, 소신이 직접 지은 「문덕곡」을 연주해 올리겠나이다."

정도전은 오늘을 위하여 여러 가지를 준비해두었다. 어느새 낙성식에서 연주할 예악까지도 직접 지어서 악공들에게 연마를 시켰던 것이다. 「문덕곡」은 이성계의 덕을 노래한 내용이었다.

"그리하라. 이 노래는 경이 찬진한 것이니 노래에 맞추어 춤을 추면 어떠하겠는가?"

대궐이 엄숙하고 구중으로 깊으며/

하루에 만 가지 일이 숲처럼 쌓이누나/

왕정의 요체는 민정에 통하는 거라/

언로를 활짝 열어 만민의 소리를 듣네/

언로가 열렸어라/

신의 소견으로는/

우리 임금 성덕이 순임금과 같으시네.

–(『삼봉집』 중에서)–

음악에 맞추어 정도전은 노래를 흥얼거리면서 곱사춤을 추었다. 정도전은 술자리서 흥이 나면 곱사춤을 곧잘 추었다. 임금과 정도전으로 인하여 잔치의 분위기가 한결 고조되었다.

• 6

연회는 밤이 늦도록 계속되었다.

모두가 흥에 취해있는데 강비만은 그렇지가 못했다. 강비는 연회가 시작될 때부터 몸이 좋지 않았다. 쉬고 싶었으나 워낙 나라의 큰 행사이기에 어쩔 수 없이 참석했던 것인데 밤늦게까지 행사가 계속되니 더 이상 견디기가 어려웠다. 몸이 떨렸다. 피곤이 겹친 것이었다. 강비가 먼저 자리에서 일어난 뒤에도 연회는 계속되었고 새벽녘이 돼서야 끝이 났다.

연회에서 법궁[29]의 이름은 경복궁으로 정했으나 부속 건물의 이름은 정하지 못했다. 이틀 뒤 정도전은 궁궐 내의 전각과 궐내를 통하는 문의 이름을 지어서 올렸다.

"전하께서 궁궐의 정문을 들어서면 바로 큰 뜰을 지나서 정문과 전각을 마주하게 되는데, 그곳을 '근정전'이라 이름지었습니다."

"근정전에서 하는 일은 무엇인가?"

"근정전 앞뜰을 조정이라 하옵고 그곳에는 문무백관이 품계에 따라 저마다 설 자리를 정하여 놓았습니다. 근정전은 외국의 사신을 맞이하는 등 나라의 중요 행사를 하는 곳입니다. 또 전하께서 문무백관의 조하[30]를 받으시는 곳이기도 합니다."

"근정전의 이름은 무엇을 뜻하는가?"

"세상일이란 부지런해야 하는 것입니다. 나랏일도 마찬가지입니다. 보위에 오르신 후 오랫동안 편안히 지내시면 교만하거나 안일해지기가 쉽고, 또 아첨배들이 뒤쫓아 다니면서 '높은 자리에 앉으면 어떤 사람은 여자와 음악과 춤, 사냥과 놀이로 소일을 하고 또 어떤 사람은 큰 공사를 일으켜서 자신의 업적으로 꾸미고자 하는데 왜 구차스럽게 수고로운 일을 하는가?'라고 부추깁니다. 아첨배의 말을 들은 임금 또한 이것이 자기를 사랑하는 마음이라 여기고 저도 모르게 게으르고 황당한 일에 빠져듭니다. 그러한데 임금이 되시는 분은 어찌 하루라도 부지런하고 경계하는 일에 소홀할 수가 있겠습니까? 그러한 뜻에서 그리 이름 지었나이다."

29) 법궁(法宮) : 임금이 거처하는 궁궐
30) 조하(朝賀) : 국가의 경축일에 조정 신하가 임금께 하례하는 일

"오호, 그리 깊은 뜻이…. 또 다른 것에 대해서도 설명해보라."

"근정전 뒤의 전각은 사정전(思政殿)이라 지었습니다."

"용도를 말해보라."

"사정전은 임금이 신하와 같이 경연을 하고 일상적인 정무를 하는 곳입니다. 천하의 이치는 생각하면 얻고 생각하지 않으면 잃는 법입니다. 임금께서는 어떤 일을 하고자 하면 일에 대한 욕심보다는 먼저 백성에 대한 유불리(有不利)를 깊이 생각하시고 치밀히 살핀 후에 인재를 등용하시고, 함께 일을 도모하시라는 뜻에서 그리 이름을 지었나이다."

"또 다른 곳은?"

"사정전 뒤의 건물은 강녕전이라 하온데 임금님께서 일상 이후에 편히 쉬시는 곳이옵니다. '강녕(康寧)'이란 오복 중에 가장 큰 복으로서 『상서(尙書)』「홍범(洪範)」 편에 강녕은 모든 것을 갖출 수 있는 가장 중요한 복이라 하였습니다. 편히 쉰 연후라야 생각이 정화되어 올바르게 정무를 돌보실 수 있는 것입니다. 강녕전 뒤의 건물은 교태전이라 하옵고 중전마마의 처소입니다."

정도전은 궁궐 내에 있는 건물과 정자, 궐문까지도 일일이 경서(經書)의 내용에서 교훈이 될 만한 문구를 인용하여 이름을 붙였다. 대단한 정성이었다. 이성계는 그저 정도전의 설명에 고개를 끄덕일 뿐이었다.

제30장

왕비 중환을 앓다

• 1

연회 이후 자리보전을 한 강비의 병환은 몇 날이 지나도 차도가 보이지 않았다가 아예 몸져누워버렸다. 어의가 왕비의 경과에 대해서 보고를 하고 갔다.

"휴……."

이성계는 깊은 한숨을 내쉬었다. 병의 원인도 알 수 없다는 것이었다.

'오늘날이 있기까지 무수한 고비를 넘기면서 얼마나 가슴앓이를 많이 했을꼬….'

이성계는 건국 과정에서 일어난 이런저런 크고 작은 일들이 왕비의 병을 깊게 만들었을 것이라는 생각을 떨칠 수가 없었다.

'이제 영화를 누릴만하니까 저렇게 몸져눕는구나….'

왕비의 병을 걱정할 때마다 자신의 눈앞에 어른거리는 무수한 얼굴들…. 최영, 우와 창 부자, 공양왕 부자, 포은을 비롯한 전조의 중신들, 그 정확한 숫자조차도 헤아릴 수 없는 무수한 왕족들, 그들은 나라가 바뀌는 과정에서 억울하게 목숨을 잃은 사람들이었다. 그들에게는 죄가 없었다. 그들에게 죄를 묻는다면 힘없는 왕조를 지키고자 하는 의리였을 뿐이고 세상을 잘못 만난 죄일 뿐이었다. 이성계는 그들에게 속죄하고 싶었다. 그러면서 왕비의 쾌차를 빌고 싶었다.

"무학대사를 찾아서 들게 하라."

이성계는 오랜 지기인 무학대사의 불공으로 위안을 받고자 했다. 무학은 도성 인근 양주 땅 회암사에 주지로 있었다.

"얼굴이 많이 수척하시옵니다. 어디가 편찮으시옵니까?"

오랜만에 대하는 이성계의 얼굴은 기운이 많이 빠져있었다. 병색이 돌 정도였다.

"아픈 것은 내가 아니고 내자지요."

"나무관세음, 전하의 용안도 많이 수척해 보이십니다. 걱정을 많이 하신 듯하옵니다."

"자리를 보전하고 누웠는데 도무지 차도가 없으니…. 하여 위안을 받고자 이렇게 대사를 불렀소이다. 허허…."

헛웃음을 치며 대답을 하는 이성계의 음성이 허허로웠다. 목소리도 갈라져 나왔다.

"기운을 차리시옵소서. 중전마마의 쾌차를 빌어드리겠나이다. 나무관세음……."

"그리해주시겠소이까?"

이성계는 속 고민을 털어놓았다.

"내자가 저리 병이 들어 누워있는 것도 그렇고 과인 또한 지난날 나와의 악연으로 인하여 명을 달리한 여러 사람들이 눈에 밟혀서 편한 날을 보내지 못하고 있소이다."

"나무관세음보살, 성심을 굳건히 하시옵소서. 모두가 마음으로부터 오는 병이옵니다."

"나로서는 부득이하여 어쩔 수 없었다지만 당한 그들로서는 억울하기 짝이 없는 일이고, 당사자뿐만 아니라 족친들, 그들과 마음을 나누었던 사람까지도 억울하게 죽임을 당하였으니…. 그들 원혼이 승천을 못하고 구천을 떠돌면서 과인을 괴롭히는 듯하니 그들을 달래고자 천도제를 지내려 하오."

"나무관세음보살……."

이성계가 이야기하는 동안에 무학은 눈을 지그시 감고 염불을 거듭 외었다. 이윽고 눈을 뜨고는 말했다.

"사람에게 쌓은 업보를 어찌 부처님께만 빌어서 성사를 보려 하시옵니까? 인간은 자신이 할 수 있는 일을 다 한 연후에 부처님께 빌어야 하는데 자신이 할 수 있는 일은 제쳐두고 부처님께만 빈다면 어디 그 기도를 받아주시겠습니까? 소승은 전하의 뜻을 받들어 부처님께 기도할 것이오니 전하께서도 그들을 위하여 할 수 있는 일을 더 하시옵소서. 그리하면 부처님도 복을 주실 것이옵니다."

"…과인이 할 수 있는 일이라……. 내가 할 수 있는 일이 무엇인지, 처리를 하겠소이다. 대사는 이제부터 나의 왕사가 되어서 나에게 가르침을 주시오."

"나무관세음보살 나무아미타불……. 황공한 일이옵니다."

• 2

최영은 이성계가 고려의 장수였던 시절에 많은 은혜를 입었던 군의 대선배였다. 우왕 대에 당시 실권자였던 이인임이 이성계가 전장에서 공을 세워 백성들로부터 영웅으로 추앙받는 것을 시기하여 '역모죄'를 씌워 처단하려고 할 때 최영이 나서서 나라에 공이 있다고 반대를 하여 위기에서 구해주었다. 그리고 그 뒤 임견미 등 이인임 세력을 몰아내면서 정치적 동지 관계를 이루었는데, 이성계의 위화도 회군으로 둘 사이는 돌이킬 수 없는, 목숨까지도 겨누어야 하는 원수가 되어버렸다. 그러나 이성계에게 있어 최영은 여전히 참군인으로서 존경하는 대선배였다. 이성계는 도당에다 최영에 대한 복권을 지시했다. 최영에게 문민공(文愍公)이라는 시호도 내렸다.

이성계에게 마음의 빚으로 남아있는 또 한 사람의 무인 선배가 있었으니, 그는 바로 위화도 회군의 동지였던 조민수다. 조민수 역시 정치적 견해가 달라 적대적 관계가 되어 피해를 당한 사람었다.

조민수에 대해서도 복권을 단행했다. 몰수했던 재산도 돌려주었다.

이밖에 유배를 가 있던 우현보와 이색에 대해서도 해금 조치를 했다. 우현보는 광주로 유배를 가 있었고 이색은 종편[31]이 되어 오대산 등지 절에서 지내고 있었다. 이색은 누가 뭐래도 이 시대 백성으로부터 최고의 지성으로 존경받는 석학이었다. 지금 자신의 휘하에서 요직을 차지하고 있는 인사들 중에도 많은 이가 그의 가르침을 받았고 이성계 자신도 그를 흠모해왔다. 새 나라의 출범을 전후하여 그가 당한 시련은 비록 목숨은 부지하고 있다고 하더라도 가혹하리만큼 심했다. 가산을 적몰당하고 유배된 것 외에도 자식의 목숨까지 내놓아야 했다. 그에 대한 벌을 귀양에서 종편으로 변경하여주었다 하지만 늘그막에 홀로 외로이 떠돌이 신세로 지내야 하는 그 신세가 오죽이나 하겠는가…. 측은한 마음이 들었다.

이성계는 이색을 궁궐로 불러들여서 위로 잔치를 베풀어 주었다. 잔치 자리에서 한산공이란 시호와 함께 오고도제조[32] 벼슬을 내려주었다. 그리고 집을 마련해주고 쌀과 옷감 등 재물도 내려주었다.

그러나 이색에게 말년에 주어진 잠시 휴식과 같은 이 기회는 얼마 가지 않아서 곧 끝이 나버렸다. 이색은 어느 늦은 봄날 여주의 강가에 뱃놀이를 나갔다가 그만 강에 빠져서 불귀의 객이 돼버렸다. 관찰사에게서 비보를 보고받은 이성계는 몹시 화를 냈다.

"목은을 다시 복권시킨 데 대하여 본디 반대가 많았었다. 그 명성이 아직도 빛이 나는 것을 두려워하는 무리가 있는지 그 책임을 묻지 않을 수 없다."

이성계는 이색의 신변을 보살피지 못한 책임을 물어서 관찰사를 처

---

31) 종편(從便) : 형벌의 일종이나 죄인이 지내기 편한 곳으로 옮겨 지낼 수 있도록 한 조치

32) 오고도제조(五庫都堤調) : 왕실이나 조종에서 쓰는 물품을 조달하기 위하여 호조에서 의성고, 덕천고 등 지방의 다섯 곳에다 창고를 두었는데 오고도제조는 이곳을 관리하는 정1품의 관리

형해버렸다.

이색이 제자인 정도전에게 당했던 원망이 얼마나 사무쳤는지, 말년의 심정이 어떠했는지는 그가 남긴 다음의 시에서 짐작할 수가 있다.

송헌(松軒/이성계의 호)이 국정을 맡았는데 나는 유리되니

꿈엔들 어찌 이럴 줄을 알았으랴

이정(二鄭/정총과 정도전 두 사람)이 국가 대사에 참여했다 하니

우리 가족은 언제 다시 모일 수 있을꼬?

이성계는 이 밖에도 회암사에 쌀 백 석을 내려서 죽은 왕 씨들에 대한 명복을 빌게 했고 승려들을 위하여 쌀과 재물을 내려주었으며 절의 증축에도 많은 힘을 썼다.

• 3

중전의 병은 백방이 무효였다. 온갖 비방을 썼고 약을 먹어도 효과가 없이 병세는 점점 악화되어 갔다. 이성계는 틈만 나면 왕비의 처소를 방문했다.

'이대로 명을 마칠 것인가?'

이성계는 파리한 얼굴로 누워있는 중전의 얼굴을 보니 가슴이 찢어지는 듯했다. 뼈에 가죽을 발라놓은 듯 말라버린 팔목에 소나무 공이처럼 툭툭 불거져 나온 뼈마디는 산 사람의 그것이 아니었다. 이성계는 왕비의 손을 꼬옥 잡았다. 그래도 아직 체온은 남아있었다. 그 체온조차 느낄 수 없다면 살아있다고 말할 수가 없을 것이었다.

왕비는 그때까지 자고 있는 듯했다. 아니 혼수상태에 빠져있었다. 임

금이 온 것을 전혀 알지 못하고 있다가 손을 잡는 바람에 깨어났다.

"전……하"

겨우 입에서 새어 나오는 소리였다. 몸을 뒤척여봤지만 일어날 수가 없었다.

"그대로, 그대로 누워있으시오."

"……이렇게 누워서 맞게 되어……"

"괜찮소, 괜찮소."

부부는 말을 더 잇지 못했다. 손을 어루만지는 이성계의 눈에서는 눈물이 비쳤다. 왕비는 겨우겨우 숨을 이었다.

"……전하…… 소첩은, 소첩은 이제 명이 다한 것 같사옵니다."

말소리가 끊어질 듯 이어졌다.

"무슨 그런 말을 하오 비의 쾌유를 위해서 백방을 다하고 있으니 마음만 단단히 먹는다면 곧 나을 것이요."

"아니옵니다. 전하, 제 명은 제가 압니다."

"아니오, 아니오. 비는 반드시 나을 것이요. 내가 낫게 해줄 것이요."

이성계의 눈물이 왕비의 손등에 떨어졌다.

"……전하, 한가지 소원이 있사옵니다."

"말해보오. 내가 무슨 소원인들 못 들어줄까."

"명이 다하는 소첩에게 무슨 미련이 더 남아있겠습니까마는 그래도 눈에 밟혀서 쉽게 명줄을 놓지 못하는 것이 있사옵니다."

"그게 뭣이오?"

"바로 세자의 일이옵니다. 세자가 아직 어리니 어찌 장래를 걱정하지 않을 수 있겠사옵니까?"

세자의 이야기를 잇는 목소리에는 그래도 남은 혼신을 다하기라도 하듯 힘이 들어갔다.

세자 방석의 나이 13살. 세상 물정을 알기에는 아직도 먼 나이다. 요행히 자신이 남편을 잘 설득한 덕분으로 세자의 자리에 오르기는 했지만, 아직은 그 자리가 온전치 못하다. 남편의 곁에는 내로라하는 전실의 자식들이 여전히 버티고 있다. 그 자식들은 아버지를 도와서 전쟁터를 누볐고 또 새 나라를 창업하는데도 적지 않은 역할을 했다. 그중 다섯째 방원의 공은 나라의 공신 누구보다도 크다는 것을 모르는 사람이 없다. 방원이 자신의 공을 인정받지 못한 데 대해서 누구보다도 불만이 크다는 것도 알고 있다. 정치적인 영향력 또한 중책을 맡은 여느 중신들에 못지않았다.

그의 능력은 남편도 알아주고 있다. 그래서 많은 왕자들 중에 선택하여 명나라에 사신을 보냈던 것인데, 사실 이는 세자가 기반이 잡힐 때까지, 그래서 무난히 보위를 물려받을 수 있을 때까지 오래도록 명나라에 머물러 있도록 하기 위함이었다. 그런데 예상과는 달리 난제를 해결하고 빨리 돌아온 것이다.

명나라에서 돌아온 방원은 어느덧 차기의 실세로 주목을 받고 있다. 아첨하기 좋아하고 기회를 엿보는 인사들이 방원의 주변에 모여들고 있다는 말도 전해왔다. 그에 비하여 세자는 아직도 여리디여리다. 세자의 자리에 앉았다 하지만 여전히 보호를 받아야 하고 남편의 대통을 이어받을 때까지는 무슨 풍파를 견뎌야 할지를 모르는 일이다. 그래서 강비 자신이 아들의 주변을 든든히 지켜주어야 할 것인데 지금 이렇게 병석에 누워서 명이 다하기를 기다리고 있다고 생각하니 쉽게 눈을 감을 수가 없었다. 삼봉 같은 이가 세자의 후견인을 맡았으며, 세자의 장인 또한 든든한 역할을 해주리라 믿고 있지만, 어디 어미인 자신이 감싸주느니만 하겠는가…. 강비는 자신의 사후에 일어날 일에 대해서 남편에게 당부하는 것이었다.

“염려 마오, 염려 마오. 그런 일이랑 과인에게 맡겨두시오. 세자에게는 사부인 삼봉도 있고 장인도 있지 않소.”

이성계는 잡고 있는 아내의 손등을 토닥거리면 위로를 했다. 지금 두 사람에게서는 만인이 떠받드는 임금과 중전라는 고귀한 신분을 떠나서 여염집에서 보는 풍습처럼 남편이 병든 아낙을 위로하는 다감하고 애틋한 모습만이 비쳤다. 이를 곁에서 보고 있던 세자가 콧물을 훌쩍이며 울먹였다.

“어마마마, 어마마마, 흑흑”

지켜보던 시종들도 같이 울음을 터뜨렸다.

“마마, 중전마마”

이성계는 한 손으로는 왕비의 손을 잡고 다른 한 손으로는 세자의 손을 꼬-옥 쥐었다.

제31장

표전문 사건

• 1

잠시 잠잠하던 명나라와의 관계가 하정사[33]로 갔던 김을진 등이 돌아오면서 긴장 속으로 빠져들었다. 김을진은 명나라 예부로부터 황제의 지시 사항을 공문으로 받아왔는데, 그것은 조선의 국왕을 문책하는 내용이었다.

"너희 조선이라는 나라는 예의가 없다고 짐(朕)은 여러 차례 지적한 바가 있었다. 지난 홍무 정초에 보낸 표전문[34]에 경박한 문구를 사용하여 짐을 희롱하고 모욕하는 문구가 들어있었다. 짐은 군사를 동원하여 그 죄를 묻고자 하였으나, 언사에 예가 없다고 군사를 동원하는 것은 심한 처사라고 간하는 신하가 있어 다만 공문으로 조선의 왕 이가(李家)[35]에게 책임을 묻고자 한다. 공문을 보는 즉시 글을 지은 자를 붙잡아서 상국으로 압송하라."

황제의 공문에는 분노가 진하게 배어있었다. 공문을 접한 조정은 불안한 기운으로 술렁였다. 걱정이 되기는 임금도 마찬가지였다.

"아니 경박한 문구라니…. 황제께 보내는 축하 예문인데 어디에 결례가 있었다는 말인가?"

"전하, 이것은 황제가 괜스레 트집을 잡는 것이옵니다. 황제는 변덕이 심하여 전날에도 조선이 상국을 정탐하였다느니 예의가 없다느니 하면서 사신을 붙잡아놓고 보내지 않는가 하면 심지어는 매질까지 하지 않았사옵니까?"

정도전이 곁에서 위로의 말을 건넸다.

33) 하정사(賀正使) : 신년을 축하하기 위해서 중국으로 보낸 사절

34) 표전문(表箋文) : 상국에 올리는 공문 형식의 예문

35) 이가(李家) : 이성계를 지칭

그랬다. 황제의 공문 내용은 생트집이었다. 그것은 조선의 조정을 손아귀에 넣고서 쥐고 흔들고자 하는 황제의 술수였다. 정도전은 그렇게 생각했다.

"전조에서도 황제는 철령 이북을 내놓으라고 겁박을 하지 않았사옵니까?"

"아무리 황제가 트집을 잡아서 하는 겁박이라 해도 우선은 표전문을 갖고 시비를 하고 사람을 붙잡아 압송하라고 하니 어찌해야 한단 말인가?"

이성계는 난감한 표정으로 물었다.

"우선은 표전문을 작성한 사람에게 어디에 결례가 있었는지 경위를 알아봐야 할 것이옵니다. 그리하여 황제의 노여움을 풀어야 할 것이옵니다."

웅성이던 신하 중에서 우시중 김사형이 말했다.

"그리하라 경위를 알아보고서 사람을 보내야 하는지를 결정해야 할 것이다. 사헌부에서 조사를 해보라."

임금의 명에 따라 사헌부에서 경위를 조사해서 보고했다.

"표전문은 성균관 대사성 정탁과 정총이 짓고, 전문은 김약항이 수찬하였으며 권근과 노인도가 교정을 보았는데 최종적으로 정도전이 검토를 하였사옵니다."

"황제의 노여움을 산 것은 어떤 내용인가?"

"공문에 그에 대한 구체적인 언급이 없어서 자세한 내용은 알 수 없사옵니다. 허나, 명나라 예부에서 보낸 공문의 내용과 작성자들을 상대로 조사를 해본 바에 의하면 표전문의 내용 중에 '전하에 대한 국왕 승인을 얻고자 인장과 책봉문을 청하는 가운데 패덕한 은나라를 멸망시키고 임금의 자리를 차지한 주 임금의 예'를 들어놓았는데, 그것이 황제의 심기를 상하게 한 듯합니다."

"그런 까닭으로 표전문에 관여한 사람 모두를 보낼 수는 없지 않은가? 중신들이 의논하여 누구를 보내야 할지, 어떻게 할지를 정하라"

도평사에서 임금의 지시를 의논한 결과 표문[36]을 지은 정탁과 전문[37]을 지은 김약항에게 책임이 있다 하여 두 사람을 명나라로 보내고자 하였다. 그러나 정탁이 중풍으로 먼 길을 떠날 수가 없어서 김약항만 보내는 것으로 결론을 내렸다.

조정에서는 김약항을 계품사[38]로 지정하여 사절단을 꾸렸다. 황제의 노여움을 풀고자 공물도 바리바리 준비했다. 그리고 임금이 직접 황제에게 변명하는 글을 다음과 같이 써서 보냈다.

> "소방(小邦/작은 나라)은 변방에 위치하여 대륙과 언어가 같지 않아 반드시 통역에 의해서만 겨우 문자의 뜻을 익혔사옵니다. 배운 바가 얕고 조잡하여 표전문의 체제를 다 표현하지 못하여 언사(言詞)가 경박하게 된 것이온데, 어찌 황제께 감히 고의로 우롱하거나 모멸하는 잘못을 저질렀다 하시나이까? 홍무 29년의 정초 표문(表文)은 성균대사성(成均大司成) 정탁이 수찬하고, 전문(箋文)은 판전교시사(判典校寺事) 김약항이 수찬하였사온 바, 정탁은 현재 풍질병으로 기동을 할 수 없어서 보내기가 불가하옵고, 전문을 수찬한 김약항만 보내오니 폐하의 하량이 있으시기를 바라옵니다."

36) 표문(表文) : 윗사람에게 올리는 공문 형식의 글

37) 전문(箋文) : 덧붙인 글, 해설

38) 계품사(計稟使) : 황제에게 특별히 헤아려서 잘 조처해달라고 청원하는 일이 있을 때 보내는 사신

• 2

표전문 사건에 대한 황제의 노여움은 문서 작성의 책임자 김약항을 입조시켰음에도 풀리지 않았다. 힐책하는 내용을 담은 공문을 가지고 또다시 황제의 사신이 왔다.

"지난번에 표전문에 불손한 문구가 있다고 그 책임자를 짐의 나라로 보내라 하였는데 너희 나라 이모[39]는 표문을 작성한 정탁과 정도전은 빼고 전문을 지은 김약항만 보냈기에 다시 사신을 보내어 책임자를 보내기를 촉구한다. 천자의 명을 가벼이 하여 불행한 일을 당하지 않기를 바란다."

황제가 이번에는 표문에 대한 책임이 정탁과 정도전 두 사람에게 있다고 꼭 집은 것이었다. 그리하여 두 사람을 압송하라고 요구를 하는 것이었다.

'천자의 명을 가벼이 할 시는 불행한 일을 당할 것이다.'

문구는 공문이라 할 수 없는 아예 협박하는 내용이었다.

"이것은 누군가가 삼봉 대감을 붙잡아가도록 황제에게 고자질한 것이요."

"그렇소. 지난번 자문[40]에 대해 소명하였는데, 이번에는 삼봉 대감을 꼭 집어, 책임을 지워서 황제에게 보내라 하는 것은 분명 의도가 있음이요."

"사신으로 갔던 일행들을 붙잡아두고서 또다시 정탁과 삼봉 대감을 보내라고 하는 것은 두 사람을 붙잡아두고 벌을 주겠다는 뜻이 아니고서 무엇이겠소이까?"

39) 이모(李某) : 조선 국왕 이성계를 낮추어 부름

40) 자문(咨文) : 황제의 명을 받아 적은 외교문서

내용이 알려지자 삼봉의 측근들이 모여서 성토를 했다. 모인 사람은 정도전을 중심으로 남은과 세자의 장인 심효생, 그리고 황거정이었다. 정도전은 측근들의 이야기를 들으면서 말은 없었으나 불쾌한 표정이 역력했다. 입을 꽉 다물었다.

'이는 누가 봐도 나를 제거하고자 하는 모함이야. 누군가가 황제에게 은밀히 고자질을 하고 있는 것이 틀림이 없어!'

정도전은 이 일을 꾸민 것이 정안대군 측이라는 의심을 떨쳐버릴 수가 없었다. 그전에도 국경을 넘나들며 무역을 하는 것을 '염탐을 하고 다닌다고 트집을 잡고서 사신의 국경 출입을 금하거나 붙잡아놓고 매질을 하는 등 횡포를 부리면서 왕자가 입조하여 해명을 하라고 하지 않았던가. 그런데 정안대군이 입조했을 때 황제는 환대를 해주고 명나라 조정에서는 조선의 세자가 왔다고 추켜세웠다고 했다.

이후 한동안 조용했는데 새삼 새해 축하로 올린 표전문을 문제 삼다니……. 거기에 무엇이 문제가 되었더란 말인가? 거기에 자신이 연루돼있다고 꼭 집어서 지적하는 것을 보면 누군가가 명나라를 오가며 황제에게 조선의 사정을 낱낱이 고해바치는 자가 있는 것이 분명했다. 정도전은 일련의 사건들은 자신에게 불만이 있는 자들이 정안대군을 등에 업고 벌이는 일들이라는 의심을 떨쳐버릴 수가 없었다. 특히 하륜과 변중량 등의 인물들이 떠올랐다. 그들은 진작부터 정안대군의 편에 서서 일을 보는 자들이었다.

이대로 당하고 있을 수 없는 노릇이었다. 저들은 황제를 믿고 일을 벌이려 한다. 나를 찍어낸 다음 세자의 자리를 흔들고, 그 자리를 차지하려고….

• 3

임금을 모시고 도당에서 중신 회의가 열렸다.

"일이 어떻게 된 것인가? 지난번 답변서를 올릴 때는 삼봉은 표전문 작성에 관여치 않았다고 했는데, 어찌 황제가 과인보다 더 잘 알고 삼봉이 표문을 작성한 자라고 지목하여 입조를 하라 하는가?"

임금이 중신들 앞에서 사헌부의 수장인 대사헌에게 질책을 했다.

"…삼봉 대감이 표전문을 작성하지 않은 것은 사실이옵니다."

대사헌 민개가 임금의 질책을 받자 얼굴이 벌게져서 대답을 얼버무렸다.

"어찌 되었다는 것인가? 상세히 고해보라."

"표문을 작성한 사람은 정탁이 맞사옵니다. 그리고 전문의 작성자도 김약항이 맞사옵니다."

"그런데 어찌하여 삼봉이 연루가 되었다고 하는가?"

"조사한 바에 의하면 표문의 초고는 대사성 정탁이 지었고, 이를 예문관 직관으로 있는 노인도가 삼봉 대감에게 교정을 부탁하였나이다. 하온데…."

"하온데?"

"마침 삼봉 대감은 종묘를 옮기고 제사를 준비하는 중이라 경황이 없다고 거절을 하여서 문하부판서 정총과 예문관제학 권근이 교정을 봤다고 합니다."

"그렇다면 삼봉과는 아무 상관이 없는 것이 아니냐?"

"일의 본말은 그러하나 황제의 뜻이 두 사람을 보내라 하는지라……."

"황제가 두 사람을 찍어서 입조하라는 것은 그 두 사람에게 벌을 주겠다는 뜻이 아니겠는가? 아무리 황제의 명이라 해도 죄도 없는 사람을 이국만리로 보내서 벌을 받게 해서야 되겠는가? 표문을 작성한 정탁과 교정에 관여한 노인도, 정총, 권근을 보내는 것이 옳은 일이고, 계품사를 함께 보내서 황제께 전후 사정을 잘 설명하는 것이 좋겠다."

임금과 대사헌 사이에 이야기를 주고받던 중에 좌정승 조준이 참견하고 나섰다.

"전하 아뢰옵기 황송하오나 사람을 보내기 전에 황제가 왜 표문을 가지고 생트집을 잡는 것인지 그 원인에 대해서 먼저 생각해봐야 할 것입니다."

"황제가 생트집을 잡는 원인이라…. 그래 경은 그 원인이 무엇이라고 생각하는가?"

"황제는 이번 표전문뿐만 아니라 그전에도 조선에 대해서 트집을 잡고 사신을 억류하던가 말의 숫자를 늘려 조공을 바치라 하고 지난번에는 왕자님을 보내서 해명하라는 등 여러 가지로 조선을 곤경에 처하도록 만들었습니다."

"그랬지, 그래서 정안대군이 황제에게 가서 해명하였고, 한동안은 잠잠했는데 이번에 또 억지를 부리는 듯하니 참으로 기가 찰 노릇이 아닌가?"

"소신이 볼 때에 황제는 조선에서 벌어지고 있는 일을 못마땅히 여기는 것이 아닌가 생각되옵니다. 황제는 조선이 요동을 침공할 것이라고 의심을 하는 듯하옵니다. 요동벌에 산재해있는 여러 부족과 조선이 힘을 합하면 명나라에 커다란 위협이 될 것이라는 생각에서 자꾸 트집을 잡는 것이라 사료되옵니다."

조준이 이야기하는 내용은 정도전이 전에 요동을 공략하고자 건의한 바를 지적하는 것이었다. 이성계는 그에 동의한 바가 있다. 그리하여 정도전에게 병권을 주어 군사훈련에 진력하도록 한 것이었다.

"공의 의견이 그러하다면 이 일은 어찌 처리하는 게 좋을지 말해보라."

"황제의 의심을 푸는 일부터 먼저 해야 할 것이옵니다. 우선은 진법훈련을 중지하시오소서."

"진법훈련을 중지하라고?"

이성계는 정도전을 바라보면서 물었다. 진법훈련은 명나라의 요구가 점점 거세지는 것에 대비해서 한 번쯤은 본때를 보일 필요가 있기에 나라의 자존심을 지키는 차원에서 정도전과 함께 은밀히 요동 공략을 준비하는 일환으로 벌이고 있는 일이다. 그런데 조준은 이를 중지하라고 하는 것이다. 정도전과는 대립되는 의견이라 아니할 수 없었다.

"그것은 부당한 일이옵니다. 전하."

예상한 대로 정도전이 반대를 하였다.

"역사상 수많은 나라가 성쇠를 거듭했는데 군사력이 강한 나라가 세상을 지배하였습니다. 나라를 유지하는 기반 중에 제일 중요한 것을 꼽으라면 하나는 백성의 배를 채워주는 것이고, 다른 하나는 강한 군사력을 키워서 국토와 백성을 보존하는 일이 옵니다. 조선이 대국에 사대하며 약소국가로 취급받는 것도 군사적으로 힘이 약해서입니다. 지금 진법훈련에 집중하는 것은 국초에 나라의 방비를 튼튼히 해놓고자 하는 것인데, 이를 중단한다는 것은 말이 되지 않는 일이옵니다."

"하오나, 전하"

곧바로 조준의 반론이 이어졌다.

"지금 나라의 형편을 보면 백성의 고달픔이 그냥 지나칠 수 없는 지경이옵니다. 정권이 바뀌면 백성들은 살아가는 형편이 나아질 것이라고 기대를 하는데 실상은 그렇지가 못하옵니다. 도성 축성공사 등 대규모 공사를 하면서 각처에서 백성을 동원하여 그들은 벌써 몇 년째 가족들과 떨어져 지내고 있습니다. 그로 인하여 농사철에 장정이 없어서 가족들이 겪는 고통이 이만저만이 아니고, 공사에 소요되는 막대한 재원 마련을 위하여 세금을 올리니 백성의 원성이 없을 수가 없습니다. 또한 남해와 동·서해에는 여전히 왜구들이 수시로 출몰하여 백성은 이를 피해 다니느라 정착하여 생활하지 못하니 이 또한 고통이 아닐 수 없사옵니다. 이러한 때에 군사훈련을 하여 황제의 눈에 난다는 것은 나라에 큰 화를 끼칠 일이옵니다. 통촉하여 주시옵소서."

두 사람 간의 설전이 임금을 사이에 두고 오갔다. 조준과 정도전, 두 사람은 다 이성계를 옹립하여 새 나라를 창업하는 데 큰 공을 세운 사람이었다. 두 사람의 공과 능력에 대한 이성계의 믿음은 대단했다. 좌 송당(조준) 우 삼봉(정도전)이라 할 만큼 중히 여기며 국사를 함께하는 사람이었다. 이성계는 두 사람의 이야기를 한참 경청했다.

이성계는 조준이 말하는 의도가 어디에 있는지도 짐작했다. 조준이 말하는 의도에는 정도전이 군사훈련을 주관하여 황제의 미움을 받고 있으니 그를 보내면 일이 해결될 것이라는 의미가 내포되어있다. 그러나 정도전이 하는 일은 직접 이성계의 지시를 받은 것이기에 중단이 있을 수가 없었다. 이성계는 조준의 속뜻은 접어둔 채 표면적으로 두 사람의 의견을 모두 수렴하는 편에서 지시를 내렸다.

"두 중신의 건의가 모두 일리가 있다. 어느 한쪽도 과인이 소홀할 일이 아니다. 군사훈련과 도성 축성은 그대로 진행하되, 송당(조준)의 건의가 그러하니 도성 공사는 농번기에는 일시 중지하고, 또 공사에 동원된 자의 가족들에 대해서는 조세를 면해주는 조치를 해서 고통을 덜어주라."

이날 어전회의에서는 황제가 지목한 대로 정도전을 보내야 할지에 대해서는 결론을 짓지 않았다.

• 4

임금은 어전회의를 마치고 정도전을 내전에 별도로 불렀다.

은밀한 얘기를 나누려고 주위를 물리치고 단둘이 마주했다. 단출히 술상도 차려져 있었다. 이성계는 손수 술병을 들어서 정도전의 앞에 놓인 잔에다 술을 따랐다. 신하와 임금 사이를 떠나서 속 깊은 이야기를 나누고 싶었다.

정도전은 황급히 잔을 받았으나, 먼저 술을 마시지 못했다. 이성계가 먼저 술을 단숨에 벌컥 들이켰다. 몹시 속이 상해있는 모습이었다. 이성계도 정도전도 얼굴이 굳어있었다.

"내, 더 이상 황제에게 굴욕을 당할 수가 없다."

"결심하셨나이까?"

두 사람은 전에 나누었던 요동 정벌에 대해서 이야기를 나누는 것이었다.

"그렇다. 황제가 하는 짓을 보니 점점 가관이고, 이를 다 받아 주다가는 앞으로 무슨 요구를 더 할지 예측이 되지 않는다. 과인은 삼봉을 명나라로 보내지 않기로 했다. 그 이유를 알겠는가?"

"전하께서 그리 결정을 하셨사옵니까? 소신이 어찌 전하의 뜻을 모르겠나이까, 황공무지로소이다."

"공이 아니면 과인의 결심을 이행할 사람이 없다. 나는 공을 끝까지 지켜줄 것이다. 공은 지금부터 요동 정벌의 준비를 차질 없이 준비하라. 단 지금은 삼봉이 황제의 미움을 받고 있는 만큼 황제의 명에 따르지 않는다면 황제는 또 트집을 잡을 것이니 무슨 방편이 없겠는가?"

"소신은 칭병[41]하고 모든 벼슬에서 물러나서 일이 드러나지 않게 은밀히 추진하겠사옵니다."

41) 칭병(稱病) : 병이 있다고 핑계함

"공이 벼슬에서 물러나면 지금 맡은 군사의 일은 누가 대신할꼬?"

"판의흥삼군부사는 송당(조준)에게 맡기시옵소서."

"송당은 군사훈련을 반대하는 사람인데 어찌 그에게 일을 맡긴단 말인가?"

"송당이 군사훈련을 반대하는 것은 우리가 하는 군사훈련이 명나라를 자극하지 않을까 염려에서 하는 것이오니 그에게 명분을 주시오소서."

"어떤 명분을 주란 말인가? 황제는 군사훈련을 하는 것 자체를 의심하고 있는 마당인데…."

"우리는 지금 장차 명나라에 대비하여 군사훈련을 하는 것이지만 당면한 문제는 삼남 땅에 수시로 출현하는 왜구에 대처해야 하는 문제도 있사옵니다. 송당에게 군사훈련을 맡기면서 왜구 토벌을 위하여 군사훈련을 하는 것이라고 명을 내리소서, 송당 또한 소신 못지않게 전하를 충성으로 보필하는 사람이니 전하께서 명을 하시면 소홀히 할 사람이 아니옵니다. 이는 또한 명나라에도 전해질 것이니 황제의 오해를 풀 수 있는 방편이기도 하나이다.

"…과연 그리하면……?"

이성계는 한참을 생각했다. 믿음이 가지 않았지만 어쩔 수 없는 방책으로 받아들이기로 했다. 이성계는 앞에 놓인 술잔을 단숨에 비웠다. 정도전이 얼른 술병을 들어서 빈 잔을 채우려 했다.

"아니, 내 잔을 받으시오."

이성계는 마신 술잔을 정도전에게 내밀었다.

"어찌 감히……."

정도전은 감읍하여 어찌할 바를 몰라했다.

이성계는 지금 정도전에게 군신 간에는 있을 수 없는 예법으로 대하고 있었다. 자신이 마시던 술잔을 상대에게 건네는 것은 민가에서 친한 사람끼리 정을 나누기 위하여 하는 주법이다. 그런데 지금 군왕이 신하에게 사가의 주법으로 막역한 친분과 정을 드러내고 있었다. 이는 정도전에게 모든 일을 맡기겠다는 전폭적인 신뢰의 표시이기도 했다.

이성계는 정도전과 깊은 이야기를 나누면서 병석의 강비가 유언처럼 한 이야기를 떠올렸다. '어린 세자의 뒤를 보살펴주시옵소서.'

이성계의 나이는 이미 환갑이 지났다. 세자의 나이 아직도 어린데 장차를 보장하려면 든든한 후견인이 필요했다. 이성계는 자신의 얼마 남지 않은 생, 사후에도 세자를 돌볼 사람은 정도전밖에 없다고 생각한 것이었다.

• 5

조정에서 황제에게 표전문 문제를 해명하러 가는 계품사를 정해야 하는데, 쉬운 일이 아니었다. 앞서 계품사로 간 일행이 황제의 노여움을 풀지 못한 마당인데 또다시 계품사로 간다는 것은 모험이었다. 더군다나 황제로부터 미운털이 단단히 박힌 정도전을 데려가지도 못하면서 황제가 오해를 풀기를 바란다는 것은 불가능에 가까운 일이었다. 누가 생각해도 결과를 낙관할 수 있는 일이었다.

이때 경기좌도관찰사에서 한성판윤으로 옮겨와 있는 하륜이 이 일을 자원하고 나섰다.

"소신에게 그 일을 맡겨주소서 성심껏 처리해보겠나이다."

"소신 또한 표전문 문안 작성에 책임이 없다 할 수 없으므로 동행을 하겠나이다. 윤허해 주시오소서."

하륜이 자원하고 나서자 권근도 자원을 했다. 권근은 표전문의 작성에 정도전을 대신하여 교정에 참여하였기에 실제 책임을 져야 하는 당사자였다. 그러함에도 황제는 그를 언급하지는 않았는데, 자진하여 해명하러 가겠다고 하니 황제의 추궁을 피할 수 있는 훌륭한 구실이 마련된 셈이었다. 또한 권근은 문장 실력이 탁월하여 그 명성이 왕래하는 사신들을 통하여 명나라에서도 익히 알려져 있었다. 그 인맥을 활용한다면 황제의 오해를 푸는 데 도움을 받을 수도 있을 것이라는 기대에서 이성계는 이를 허락하였다.

"기특한 일이로고, 나라가 어려울 때 일신에 닥치는 위험을 감수하고 기꺼이 나서는 그대들이야말로 진정한 충신이로다."

임금의 마음은 막혔든 체증이 내려간 듯했다. 즉시 사절단을 꾸리고 황제에게 올리는 해명서도 작성하였다.

> "…황제 폐하께서 표전문의 작성자로 직접 지목하신 정탁과 정도전에 대해서 신이 자세히 조사하였는 바 정탁과 노인도, 권근, 정총만이 표전문을 작성하는 일에 관여하였고, 정도전은 일에 관여한 사실이 없는 것으로 밝혀졌습니다. 정도전 본인이 삼가 황제께 직접 해명해야 마땅하나, 나이가 55세에 배가 부어오르고 각기병을 앓고 있어 입조하기가 어려운지라 당사자의 공술서로서 해명을 하오니 황제께서는 정탁 등을 접견하시어 공술을 들어보시고 오해를 풀어주시기를 바라옵니다."

글에는 정도전이 입조하지 못한다는 변명이 핵심이었다. 하륜이 계품사가 되어 정탁과 노인도, 권근, 정총을 대동하여 명나라로 출발했다.

한편 하륜은 계품사를 자원하기 전에 정안대군을 찾았었다.

"조정에서 계품사를 선발하는 일에 골머리를 앓고 있는 듯한데 소신이 자원을 해야겠습니다."

"황제가 분노하는 일인데 하 공께서 가셔서 화를 당하지 않을는지요?"

"소신은 표전문 작성에 관여하지 않았는데, 황제께서 저에게 벌을 주시기야 하겠습니까?"

"명나라에 가서는 어찌하실 요량이시오?"

"지금 이 나라는 삼봉 한 사람으로 인하여 두 나라의 관계가 악화되고 황제의 분노를 사고 있습니다. 소신은 명나라로 가서 여러 사람들을 만나서 우리가 처해 있는 사정을 설명하겠습니다. 그리고 황제의 속뜻이 어디 있는지도 알아보겠습니다. 지난번 대군께서 명나라에 진사 사절로 가셨을 때 황제께서는 매우 우호적으로 대해주셨습니다. 대군께서 앞날을 도모하시려면 명나라와의 관계를 돈독히 해놓아야 할 것입니다. 소신은 대군의 앞날을 위하여 계품사를 자원하고자 하는 것입니다."

"딴은 일리가 있는 말이요."

"소신은 오히려 이번이 대군과 명나라와의 관계를 돈독히 할 수 있는 기회라고 생각합니다."

정안대군은 하륜의 이야기를 들으면서 잠시 생각했다.

'이 사람은 나의 장자방이 되고자 하는가? 과거 삼봉이 아버지의 장자방을 자처하며 여러 가지 일을 도모하여 마침내 그 뜻을 이루게 한 것처럼…….'

"하 공 고맙소이다. 부디 원행 길에 몸조심해서 다녀오시오."

정안대군은 하륜에게 깊은 신뢰의 눈길을 담아서 작별 인사를 했다.

사신단 일행이 명나라로 출발하기 직전에 정도전은 일체의 공직에서 사퇴했다. 정도전이 사퇴한 판의흥삼군부사와 판삼사사 자리는 조준과 설장수로 교체가 되었다. 이성계는 정도전에게 동북면도순무사 직함을 주어서 잠시 명나라 황제의 시선을 피해 있게 했다. 동북면 일대 경계를 돌아보면서 국방태세를 점검하고 지방의 행정을 정비하는 것이 임무였다. 여기에는 변방 여진족과 관계가 돈독한 이성계의 의제 이지란이 부사로 동행했다.

제32장

정도전이 화의 근원이다

• I

자리 보전을 하고 지내던 강비가 끝내 숨을 거두었다. 조회[42]가 정지되고 저잣(市)거리는 10일간 문을 닫았다. 임금은 슬픔에 잠겨서 식음을 전폐했다. 때로는 한밤중에도 내전에서 통곡 소리가 들리어 듣는 이로 하여금 가슴을 저미게 했다. 꽃다운 10대에 아버지뻘 나이의 사람을 남편으로 맞았으니 오죽 눈치를 보며 살았겠는가…. 또한 이성계 자신은 이미 결혼한 몸이 아니었던가, 슬하에 전실 부인 한 씨와의 사이에 아들 여섯에 딸 둘, 장성한 자식들이 8명이나 있었다.

이성계의 슬픔은 강비에 대한 회한과 동정으로 가득했다. 이성계는 중앙에 자리잡기까지 전쟁터를 돌아다니는 것이 일상이었다. 남편의 삶은 생사를 장담할 수가 없었다. 가까이에 없으니 늘 걱정으로 애간장을 태웠다.

조정의 실권자가 돼서도 평탄하지 못했다. 암살의 위기를 넘기는 등 아슬아슬한 순간을 넘기면서 가슴을 졸인 일이 한두 번이 아니었다. 우여곡절 끝에 이성계가 임금의 자리를 차지하게 되었고, 그 덕에 왕비가 되었지만, 그 과정에서 부인의 역할 또한 적었다고 할 수 없었다. 위화도 회군 당시를 생각해보더라도 가족의 안위가 지켜지지 않았더라면 성공을 장담할 수 없는 일이었다.

포은과의 대립이 극으로 치달을 즈음에 자신이 말에서 떨어져 목숨조차도 위험한 지경에 이르렀을 때, 다섯째 방원이로 하여금 아버지에게 달려가서 주변을 지키도록 한 것도 부인의 공이었다. 방원이가 후에 포은을 격살하자 앞뒤의 일은 제쳐두고 화만 내고 있을 때, "방원이에 대한 노여움은 뒤로 미루시고 우선은 차분히 뒷수습하시라."라고

42) 조회(朝會) : 벼슬아치가 정전에 함께 모여서 임금에게 문안을 드리고 정사를 의논하는 일

주선을 한 사람도 부인이었다. 개국공신 누구에게도 뒤지지 않을 만큼 공이 있고 영민한 여인이었다. 왕비의 죽음을 대하는 이성계의 마음은 이처럼 애틋한 연민이었고 못다 한 정이었다.

그러나 강비의 죽음을 다른 마음으로 바라보는 편도 있었다. 바로 강비의 그늘에 가려서 기를 펴지 못하고 지내던 전실 부인의 자식들이었다. 그중에서도 다섯째 방원의 생각은 더 특별했다. 방원은 새 나라 조선의 창업에 누구보다도 공이 크다고 자부하여 아버지의 뒷자리를 이을 재목으로 기대를 하고 있었는데, 계모인 강 씨 때문에 그 자리를 빼앗겼다고 생각하니 억울하기 짝이 없었다. 이를 갈고 있었는데 그토록 자신의 앞길을 가로막고 있던 강비가 의외로 젊은 나이에 유명을 달리하게 되었으니, 이것은 하늘이 자신에게 다시 한번 기회를 준 것이라 생각이 들었다.

'아버지의 나이 이미 환갑을 넘겼고 세자로 책봉된 막내의 나이는 아직도 약관에도 이르지 못하고 있으니 세자를 둘러싸고 있는 정도전과 세자의 장인 등 몇몇만 제거해버린다면 그 자리는 내 차지가 될 수 있다.'

그들만 제거한다면…?

명나라에 계품사로 갔던 하륜 일행이 돌아와서 귀국보고회가 열렸다.

"그래 원행 길에 얼마나 노고가 컸소? 걱정을 많이 했는데 이렇게 무사한 모습을 보니 다행이구려…"

이성계는 중신들 앞에서 일행들을 치하했다. 중신들도 사절단 일행의 안부가 궁금했다. 그보다도 황제가 어떤 생각을 가졌는지가 더 궁금했다. 또 다른 무슨 트집이라도 잡혀서 온 것은 아닌지?

"황제께서는 우리가 예상했던 것과는 달리 먼 길을 온 사절단을 위로해주었습니다. 그리고 표전문에 관련된 여러 대감들에 대해서도 가

두지 않고 객관에서 지내도록 허락을 해주었습니다."

예상 밖의 보고였다. 혹 황제가 죄인 다루듯 하지나 않았는지 염려를 하였는데 황제는 뜻밖에 호의를 베풀었다는 것이다. 황제는 지난날 조선의 사신이 태도가 불손하다고 매질을 하여서 쫓아내듯 돌려보내는 흉포한 짓도 서슴없이 하지 않았든가….

"그래요?"

보고를 듣는 모두는 적이 안심하는 표정을 지었다.

"그런데……."

하륜은 말을 마치지 않고 무슨 말인가를 더하려고 눈치를 보았다. 그리고는 어렵게 말을 이었다.

"황제의 의중은 따로 있는 것 같았습니다."

"황제의 의중이 따로 있다니?"

걱정하던 바대로 황제가 또 다른 트집을 잡았다는 말인가?

"황제의 의중이 어떠하든가요? 궁금하오이다."

우시중 김사형이 물었다.

"황제께서는 다른 사람에 대하여는 상관하지 않는 듯하고 오직 봉화백이 오지 않은 것에 대하여 추궁을 하였습니다."

"봉화백을?"

봉화백 정도전은 이 자리에 없었다. 벼슬을 내려놓고 몇 달째 동북면순무사로 나가 있었다.

"아니 봉화백은 표전문에 관여하지 않았다고 밝히지를 않았소이까?"

남은이 흥분하여 항의하듯 물었다.

"비록 우리가 조사는 그렇게 하였다고 하지만 황제는 이를 믿지 않고 있는 눈치였소이다."

"황제가 아무리 의심을 한다 해도 봉화백은 이미 조사한 대로 표전문에 관여하지 않았다는 것은 우리 모두가 아는 사실이요."

"황제가 그렇게 생각지 않는다는 말이오."

"그것은 황제의 억지이오이다. 받아들일 수 없는 일이오이다."

"봉화백을 보내지 않고서는 이 일을 그냥 넘어가지 않을 것이요."

남은은 변방에서 고생하는 정도전이 지금 이 이야기를 전해 듣는다면 어찌 대처할까 생각하면서 하륜을 쏘아붙였다.

'저자가 정안대군을 가까이한다더니 기고만장해졌구나!'

"두고 보시오. 조만간 황제의 사신이 올 것이요. 거기에 황제의 의중이 담겨있을 것이니 기다려봅시다."

하륜은 더 이상의 설전을 피했다.

• 2

하륜의 말대로 얼마 지나지 않아 황제의 사신이 왔다. 사신이 전하는 내용은 정도전을 붙잡아 보내지 않은 데 대한 황제의 분노와 경고였다. 벌써 세 번째 보내는 힐책이었는데, 분노의 정도가 한결 세졌다.

> "지금 두 나라 사이에 선비라는 것들이 줄곧 희롱질을 하고 정직하지 못한 짓을 하고 있는데도 조선의 왕은 이를 그냥 지나치려 한다. 조선 국왕이 등용하고 있는 문인 정도전이라는 자는 임금을 돕는다고 하면서 무슨 일을 꾸미고 있는지 임금이 잘 깨달아야 할 것이다. 이자는 반드시 두 나라 사이에 재난을 가져오는 장본인이 될 것이다. 정총, 노인도, 김약항 또한 조선에 있었다면 반드시 정도전의 팔다리가 되었을 것이다. 만약 이를 정밀하게 살피지 않고 그 장단에 춤을 추다가는 앞날에 큰 재앙이 닥칠 것이다."

황제가 큰 재앙이라 한 것은 군대를 동원하여 징벌하겠다는 뜻이리라…. 이 밖에도 황제는 공물로 말 2천 필을 보내라 했다.

"전쟁은 안 되는데……."

"휴…, 큰일이구먼."

"이를 어쩐다?"

"말을 2천 필이나 보내라는 것은, 그것으로 우리를 공격하겠다는 것인가?"

대신들 사이에서 탄식하는 소리가 흘러나왔다.

대신들이 한숨짓는 소리가 용상에 앉은 임금의 귀에까지 들렸다.

"그 보시오. 내 말이 틀린 것이 아니지 않소? 황제께서 원하는 것은 봉화백의 입조입니다. 그러면 황제의 노여움은 풀릴 것이고 군사를 동원할 일도 없을 것입니다."

대신들 중에 큰 소리를 내는 사람이 있었으니, 바로 얼마 전에 명나라에 계품사로 다녀왔던 하륜이었다.

"전하, 봉화백을 황제께 보내시옵소서. 삼봉 대감으로 하여금 직접 황제께 해명하게 하여 노여움을 풀도록 하여야 할 것이옵니다. 더 이상 명을 거역하다가 황제가 군대를 동원한다면 그때 오는 환란을 어찌 감당하시겠사옵니까?"

하륜이 작정하고 직언을 하는 것이었다.

'과연 어떤 일이 벌어질 것인가?'

대신들은 앞으로의 추이를 걱정하면서 하륜에게 시선을 주었다. 하륜은 시선을 의식하지 않는다는 듯 당당한 표정을 지었다.

'저 당당함이란 어디서 나오는 것일까…. 뒷배경에 정안대군이 있어서일까?'

하륜이 정안대군과 잘 어울리고 있다는 사실은 조정 대신들 사이에서도 널리 알려진 사실이었다. 정도전이 동북면으로 가서 조정을 비운 사이에 하륜은 드러내 놓고 정안대군과 교우를 가지고 있었다.

모두는 임금이 무슨 말을 할 것인가? 과연 허락할 것인가? 임금을 향하여 주목했다. 그러나 정도전의 측근들은 가만있지 않았다.

부성군 심효생이 나섰다. 심효생은 세자의 장인으로서 이성계를 왕위로 추대한 개국공신 3등급의 공신이고 벼슬은 중추원학사에 올라있었다. 정도전이 심효생의 딸을 세자빈으로 천거함으로써 두 사람은 세자의 최측근 보호자로서 동지적 우애를 나누는 사이였다.

"봉화백은 이미 표전문의 작성에 관여치 않았다는 사실이 밝혀졌는데, 호정(하륜) 대감은 어찌 죄도 없는 사람을 황제에게 보내자 하는 것이오. 심히 부당하오이다."

남은 또한 정도전의 일에 나서지 않을 사람이 아니었다.

"황제가 봉화백을 꼬집어서 입조시키라 명한 것은 봉화백을 벌을 주기 위함이오. 황제에게 끌려간다면 이는 조선 땅에 돌아오기를 기약할 수가 없고 자칫하면 목숨을 잃을 수도 있거늘. 이는 불을 보듯 뻔한 일인데 나라의 일등공신을 어찌 그런 사지로 보낼 수가 있단 말이요."

남은의 말에 하륜도 물러서지 않았다.

"그것은 나도 예측할 수 있소이다. 그러나 지금 황제가 명을 따르지 않는다면 큰 벌을 내리겠다 하지 않소, 자칫 전쟁의 소용돌이에 말려들 수도 있는 일이기에 드리는 말씀이오."

"아니되오. 황제의 의도는 신흥국 조선의 기를 꺾어놓으려고 이 나라의 최고 대신을 불러서 벌을 주고자 하는 것이오. 이는 아무리 약소국이지만 나라의 체통에 관한 문제요."

"그러하오이다. 봉화백은 이미 몸이 아파서 집을 떠나 먼 곳으로 갈 수가 없다고 공술서(供述書)로서 대신한 바가 있고, 지금 나라의 형편으로 봐서도 봉화백은 여러 가지로 중요한 일을 하고 있어서 자리를 비울 수가 없습니다."

심효생과 남은이 번갈아 가면서 정도전에 대하여 변명을 했다. 임금은 말이 없이 듣고만 있었지만, 이미 마음속으로는 정도전을 명나라에 보내지 않기로 결심하고 있었다. 정도전과는 황제의 요구가 거세질 것에 대비하여 이야기해둔 바가 있던 터였다. 정도전을 동북면순무사로 보낸 것은 일시 황제의 시선을 피하기 위해서 한 일이었지만, 한편으로는 명나라의 무리한 요구를 더 이상 용납하지 않겠다는 자신의 의지를 실현하기 위해서였다. 명나라에 더 이상의 수모를 당하지 않으려면 무력 충돌을 각오해야 한다고, 앉아서 당하기보다는 선제로 요동 땅을 공략한다면 황제도 함부로 대하지 못할 것이라고….

정도전에게 북방의 방비 태세를 점검하고 변방 이민족의 협조를 얻어내기 위한 임무를 맡겨놓은 터였기에 황제의 요구를 들어줄 수 없다고 생각하고 있었다.

"과인의 생각을 말하겠노라."

마침내 임금은 결론을 내렸다.

"봉화백이 표전문에 관여하지 않았다고 하는 것은 이미 밝혀졌다. 이러한 사실은 그가 직접 황제를 알현 해명을 해야 할 것이나 몸이 아파서 입조치 못하고 대신 공술서를 작성하여 이미 명나라 예부에 올렸으니, 황제께서도 잘 알고 계실 것이다. 봉화백은 이미 여러 공직에서 물러나 있다. 나라의 일등공신에 대해서는 임금도 예로 대하고 함부로 하지 않는 법이다. 황제의 사신에게는 중신들이 잔치를 베풀어 위로하고 사정 이야기를 하여 잘 설득하라."

임금은 단호한 표정으로 말했다. 임금의 한 마디에 누구도 달리 의견을 낼 수가 없었다. 그에 대해서 하륜도 더 이상 토를 달지 못했다.

• 3

임금의 명에 따라 좌정승 조준을 비롯한 대신들이 돌아가면서 사신으로 온 우우(牛牛)를 대접했다. 그는 성질이 고약하여 접대하기가 여간 까탈스럽지 않았다. 자신의 마음에 조금만 들지 않으면 임금에게 달려가 트집을 해대니 대신들이 재물을 가져다 바치면서까지 그의 기분을 맞춰주려 했다. 그와 잠자리를 한 기생도 툭하면 쫓겨나거나 바꿔치기가 일쑤였다. 그는 황제의 명을 빙자하여 재물을 갈퀴처럼 긁어모았다.

그가 데리고 온 종사관 중에 황실 내관 양첨목아란 자가 있었다. 그는 조선 출생이었는데 일찍이 거세가 되어서 명나라 왕실에 바쳐진 내시였다. 대신들은 어려움을 당하든가 또 황실에 청을 넣으려고 할 때는 조선말을 할 줄 아는 그를 먼저 찾았다. 공조(工曹)의 벼슬아치 양첨식이 양첨목아에게 재물을 싸 와서 사신 우우를 만날 수 있도록 부탁을 했다.

"나를 만나게 해달라고 했다는데 무슨 일인고?"

우우는 양첨목아를 통역으로 세워놓고 거만스럽게 물었다. 대신들도 자신의 말 한마디에 꼼짝을 못 하는데 대단치도 않은 벼슬아치가 만나보자고 하다니 가소롭다는 태도였다. 하지만 재물을 한 보따리 싸 왔으니 싫은 기색도 아니었다.

"그게 저…."

양첨식은 머뭇거리며 눈치를 보았다. 눈치 빠른 우우가 주위를 물리쳤다.

"대인께 이번 사행길에 꼭 삼봉을 데려가 달라고 부탁을 하러 이렇게 찾아뵌 것입니다."

"그것은 황제의 명이 아닌가? 조선의 국왕이 황제의 명을 거역할 것이 아니라면 당연히 정도전이란 자를 보낼 것이 아닌가?"

"그렇지가 않사옵니다. 지금 저희 임금께서 정도전을 싸고도시는 것으로 봐서 정도전을 보내지 않을 것 같아 옵니다."

"그래…? 그대는 어찌하여 그러한 부탁을 내게 하는 것인가?"

"그자로 인하여 조선의 조정은 많이 불안해하고 있습니다. 대신들 중에도 그자를 명나라에 보내야 한다고 말하는 사람들이 많이 있습니다."

우우는 양첨식의 말을 심각하게 받아들였다. 그리고는 잠시 생각하더니,

"잘 알겠네, 그런데 그대는 별것도 아닌 벼슬아치인데 내게 직접 와서 이런 말을 하는 것을 보면 이유가 있을 법한즉, 누가 시켜서 하는 일인가?"

"소신은 황제의 명을 거역하면 장차 이 나라에 큰 화가 미칠 것이라고 걱정을 하는 사람 중의 하나입니다. 이 나라에는 소신과 같은 생각을 지닌 사람이 많사옵니다."

"음, 그렇다면 그 사람들 중에 믿을 수 있는 사람을 소개할 수 있겠는가? 자네의 말보다는 그 사람을 만나보면 더 믿을 수가 있겠지."

"정안대군을 만나보시옵소서. 그분의 말씀이라면 믿을 수 있지 않겠사옵니까?"

"그렇지, 정안대군, 임금의 다섯째 아들이고 다음의 보위를 이을 재목이라고 황제께서도 말씀이 있으셨네. 내 은밀히 만나보겠네."

"이 일은 대감과 소신 사이에서 은밀히 나눈 이야기이므로 부디 비밀이 지켜져야 할 것입니다. 신은 빠른 시일 내에 정안대군과 다리를 놓겠나이다."

"염려 말게. 내 기다리고 있겠네."

• 4

이성계는 황제의 사신에 관한 일은 모른 채 덮어두고 왕후의 장례에 몰두했다. 왕후의 장지는 도성 안 취현방으로 정해졌다. 봉상시[43]에서 강비의 능호를 정릉이라 하고 시호를 신덕왕후로 지어 올렸다.

이성계는 부인의 넋을 위로하기 위하여 정릉 옆에 흥천사라는 절을 지어서 거의 매일 찾아가서 예불을 올렸다. 궁 안에 머무를 때는 절에서 예불을 알리는 종소리를 듣고서야 잠자리에 들었다. 보는 이로 하여금 참으로 애틋함을 느끼게 하는 부부의 정이었다.

어느덧 동지에 접어들었다. 문밖을 나서면 매서운 바람이 살 속을 파고들었다. 바람에 섞여 휘날리는 눈발은 몇 날 며칠 동안을 그치지 않았다. 사박사박 내전 침실 밖에서 눈 쌓이는 소리가 들렸다. 눈 내리는 소리는 혼자서 밤을 지새워야 하는 사람에게 쓸쓸함을 더 하게 만들었다.

이성계는 흥천사 예불 올리는 종소리가 들린 지 한참이 지났는데도 잠을 이루지 못했다. 강비가 그리웠다. 강비뿐이 아니다. 자신과 인연을 맺었다가 떠나간 사람들, 자신이 어려웠을 때 위험을 마다하지 않고 따랐던 사람들, 그들 중에는 영화를 채 누려보기도 전에 운명을 마친 사람도 있었다. 조인옥, 윤소종, 조영규, 이 사람들은 충성으로 자신을 보필했는데, 그들이 바라던 좋은 시절이 왔는데도 그 보람을 보지도 못하고 자신의 곁을 떠나갔다. 얼마 전 타계한 배극렴도 또한 위화도 회군을 비롯해서 어려울 때마다 선봉에서 자신을 도왔지만, 영화를 같이 누리지 못하고 먼저 떠나갔다.

자신의 곁을 떠난 사람은 유명을 달리한 사람만이 아니었다. 황제의

43) 봉상시(奉常寺) : 국가의 종묘 제사를 관장하는 관서

미움을 받고서 뜻하지 않게 동북면 벽지로 가서 고생을 하고 있는 정도전도 그리운 사람이었다.

오늘 같은 밤에 그와 같이 술이라도 나눌 수 있으면 한결 쓸쓸함이 덜할 터인데……. 이성계는 정도전을 위하여 뭐라도 해줘야겠다고 생각했다.

• 5

정도전이 동북면으로 나가서 일을 본지가 벌써 석 달이 넘었다. 정도전은 국경의 수비 상태를 점검하고 여진족과의 경계를 확실하게 정하여 분쟁이 없도록 하는 일에 주력했다. 또 변방에 흩어져 있는 민가를 백호, 천호 등으로 묶어서 주·부·현 등 행정 명칭을 부여하고 규모에 따라 장수와 부장, 사령을 배치하여 비상시를 대비한 동원체제를 확립하였다.

급한 일을 마무리 짓고 나니 어느덧 겨울이 닥쳤다. 산악지방이라 10월 초입에 들면서부터 아침저녁으로 매서워지던 날씨가 동짓달에 들어서니 폭설이 내려 쌓였다. 폭설에 묻힌 동북면 산악에는 살아있는 기척이라곤 찾아볼 수 없는 듯 고요했다. 겨울은 경계를 하는 군사들도 나태하게 만들었다. 그러나 군사를 게으르게 놔두는 것은 곧 국방력이 떨어지는 것과 직결되는 것이다.

정도전은 겨울철 산악에서 군사를 움직이게 하는 방법을 고안해냈다. 사냥하는 방법을 군사훈련에 적용한 훈련법이었다. 수수도(蒐狩圖)라 이름을 지어서 겨울철 사냥을 겸하여 군사들을 산악훈련에 동원했다. 추운 요동지방에서 벌일 전투를 생각한다면 수수도 훈련이 제격이었다. 한차례의 훈련을 마치고 나면 아무리 겨울철이라 해도 속옷까지 땀에 흠뻑 절었다. 훈련의 성과로 멧돼지와 노루 몇 마리는 부수확물이다.

정도전은 장수들을 모아놓고 구운 멧돼지 고기를 가운데 놓고서 훈련의 성과를 토론하던 중인데 궁중으로부터 사자가 도착했다. 중추원 부사 신극공이 이성계의 서찰을 가져온 것이었다.

> "공이 북방에서 하고 있는 일에 대하여 보고를 받으니 한결 마음이 놓이오. 서로 떨어져 지낸 지 오래라 옛정을 생각하면 당장 입궐하라 하고 싶지만, 그곳에서 할 일이 있는지라 이렇게 사람을 보내어 위로를 하오. 속옷 한 벌을 보내니 바람과 눈발을 막는 데 도움이 된다면 다행이겠소. 이지란 의제에게도 같은 마음으로 보내는 것이니 대신 위로해주오. 추위에 스스로 몸을 보전하여 변방의 공을 이루도록 해주시오.
>
> – 송헌거사(松軒居士) 씀."

"전하…."

정도전은 서찰을 읽고서 미어지는 가슴을 주체하지 못하고 울음을 터뜨렸다. 편지에는 보내는 이성계의 정이 진하게 묻어있었다. 그것은 군신 간에 나누는 사무적인 것이 아니었다. 육친의 정이었다. 어버이 같기도 하고 형님 같기도 하고……. 말미에는 송헌거사라고 썼다. 이는 이성계가 임금에 오르기 전에 사용했던 호였다. 이성계는 정도전과 옛 시절 우국충정의 결의를 다지며 우정을 나누던 때를 생각하며 위로를 보낸 것이었다.

"전하…. 소신이 너무 큰 은혜를 받고 있사옵니다. 이 은혜를 어찌 갚아야 할지, 흑흑"

정도전은 엎드려서 울고 또 울었다. 곁에서 그 모습을 지켜보고 있는 사람들도 감격하여 같이 눈시울을 적셨다.

제33장

요동 정벌을 결심하다

• 1

황제의 사신 일행이 돌아간다고 했다. 황제의 분부라 하며 '정도전을 내주지 않으면 황제께서 큰 벌을 내릴 것'이라고 엄포와 고집을 부려서 조정을 불안하게 만들었는데, 갑자기 돌아가기로 태도를 바꾼 것이었다.

정도전이 조정 벼슬살이를 그만두고 변방으로 쫓겨가서 더 이상 황제의 눈에 거슬리는 짓을 하지 못할 것이라고 판단해서일까?

조정의 대신들은 갑자기 변해버린 사신의 태도를 두고 의견이 분분했다.

"사신이 돌아간 것은 정안대군과 무슨 일들을 나누었기 때문일 것이요."

사신 우우(牛牛)가 귀국하기 전에 정안대군과의 만남은 은밀하게 진행되었으나, 조정 대신 중에 정안대군을 지지하는 몇몇 사람에게조차 숨겨진 것은 아니었다. 정안대군의 측근에서 흘러나온 이야기가 조정 대신들 사이에서 회자되고 있었다.

사신 일행이 귀국한 뒤 얼마 지나지 않아 명나라에 표전문 사건으로 붙들려 갔던 일행 중에 권근과 정탁 두 사람이 돌아왔다. 두 사람은 저간에 명나라에 머물면서 겪었던 이야기를 조정에서 보고를 하였다. 그런데 보고한 내용이 충격적이었다. 같이 갔던 정총과 김약항, 노인도는 황제의 노여움을 사서 맞아 죽었다는 것이었다.

"아니 어찌 그런 일이 있을 수 있다는 말이요?"

권근의 보고를 듣는 조정 대신들은 경악을 금치 못했다. 놀랍기는 이성계도 마찬가지였다.

"어찌 된 일이지 자세히 고해보라."

"저희들은 예부로부터 귀국할 것이라는 연락을 받았습니다. 그리고 황제를 배알하게 될 것이라고 예를 갖추라며 의복도 내려주었습니다.

하온데….”

“하온데 어찌 됐는가?”

임금이 재촉하자 권근은 긴장하여 입이 말랐다. 마른입으로 말을 하려니 목도 메었다.

“크윽……. 하온데, 황제께 나아갈 때 다른 사람들은 나라에서 내려준 옷을 입었는데, 정총 대감만은 중전마마의 국상 소식을 들었던지라 소복을 입었습니다.”

“……?”

“황제가 정총 대감에게 그 연유를 물었습니다. 이에 정총은 고국의 중전마마 국상 중이어서 흰옷을 입었다고 답을 했습니다.”

“맞는 말이구먼. 정총은 타국에 붙잡혀있으면서도 나라의 은혜를 알고서 할 일을 다했구먼.”

신하들 중에는 정총의 행동을 두둔하는 사람도 있었다.

“정총의 말을 들은 황제께서 갑자기 화를 벌컥 냈습니다. 그리고는 '너희 조선의 신하들이라는 것들은 짐의 은혜를 입고도 고마워한 적이 없고 항상 다른 짓을 해왔다. 내가 표전문에 문제가 있다고 하여 정도전이라는 자를 지목하여 붙잡아 들이라고 재촉을 하였는데도 문서 작성에 관여하지 않았다느니 몸이 아프다느니 하면서 명을 거부하고 있다. 이 일도 그렇다. 짐이 의복을 내려주었으면 그것을 입을 일이지 소복을 입고 나오다니. 이것은 짐을 업신여기는 처사다.'라고 하시면서 붙잡아다 국문을 하라고 지시를 하였습니다.”

이야기는 계속되었다. 정총은 혹독한 심문을 견디지 못하고 죽었다. 이에 김약항과 노인도가 겁을 먹고 도망을 하였는데, 이들이 도망했다는 보고를 받은 황제는 즉시 금의위[44]를 동원하여 이들을 잡아들여서

44) 금의위(錦衣衛) : 황제의 친위 군사조직. 일종의 비밀경찰임무를 수행하는 조직. 황제는 이들을 활용하여 의심스러운 신하의 뒷조사를 하게 했다.

죽여버렸다는 것이다.

"저런 저런……. 쯧쯧"

신하들은 얼굴을 찡그리며 혀를 찼다. 이성계는 이야기를 들으면서 분함이 북받쳐서 주먹을 불끈불끈 쥐었다. 이런 수모가 없었다. 황제가 제나라 신하를 어떻게 하는 것에 대해서 시비를 할 수는 없는 일이다. 그러나 삼한의 역사는 요나라와 시기를 같이 해 온 것으로 서로 풍습과 문화를 달리해오면서 살아왔다. 비록 힘이 약하여 어쩔 수 없이 사대의 예로써 황제를 모신다고 하나, 황제가 직접 통치하는 제후국들과는 사정이 다른 독립한 나라이다. 그런데 어찌하여 제 나라 신하도 아닌데 붙잡아가서 마음에 들지 않는 행동을 했다고 패서 죽인단 말인가! 정총이 제나라 왕비의 상 소식을 듣고 소복을 한 것은 당연한 일이지 않은가!

조선의 사신이 황제에게 죽임을 당한 것은 이번이 처음이 아니다. 지난번에도 사신으로 갔던 일행이 황제에게 불손하다고 맞아 죽지 않았는가!

'주원장, 비렁뱅이 탁발승을 하던 자가 감히….'

이성계는 더 이상 참기가 어려웠다. 삼봉이 건의했던 말이 떠올랐다.

'이대로 당하고 있다면 앞으로 더한 무슨 일도 겪을지도 모릅니다.'

이성계는 요동을 공략하기로 마음을 굳혔다. 이성계는 죽은 사람들에 대한 예우를 논하라고 도당에 지시를 내렸다. 정총에게는 문민(文愍)이라는 시호를 내리고, 김약항에게는 광성군(光城君)에 봉작하여 두 사람의 충정을 기렸다. 그리고 그 가족들에게 쌀과 베를 내주어 위로하였다.

• 2

이성계는 동북면에 나가 있는 정도전을 불러올려서 조정에 복귀시키고 그동안의 노고에 대하여 치하하며 잔치를 베풀어 주었다.

"공의 공은 전조에 국방의 경계를 든든히 한 윤관(尹瓘)보다도 크다. 윤관은 구성(九城)을 구축하고 비를 세운 것뿐인데, 공은 주군(州郡)의 명칭을 확정하고 참로[45]를 개척하였을 뿐 아니라 주둔하는 관리의 명분까지 제도를 정하지 않은 것이 없다. 또한 삭방도[46]를 다른 도와 같게 하였으니 어찌 그 공이 크다 아니할 수 있겠는가."

조정의 신하들은 이성계가 정도전을 칭찬하는 것으로 보아 그에 대한 신뢰는 종전과 조금도 변함이 없다고 생각했다. 그러나 한편으로는 정도전이 벼슬에 복귀한 데 대하여 불편을 느끼는 사람들이 있었으니, 바로 정안대군의 편에 선 사람들이었다.

하륜은 권근이 무사히 돌아온 것을 위로하기 위하여 찾아갔다.

"양촌, 그동안에 얼마나 고생이 많았소이까?"

"참으로 오랜만이외다. 호정"

"자칫 하였으면 다시는 대면을 못 할 수도 있다고 생각을 했는데 다행입니다."

"그러게 말입니다. 하늘이 도왔다고 생각합니다."

"내 듣기로는 황제께서 양촌의 학식이 높음을 전해 듣고 문연각(文淵閣)에 머물면서 여러 학자들과 함께 경연을 하고 시를 짓게 하였다 하던데…."

"도움이 되었지요. 황제께서 시제(詩題)를 내려주시어 그에 대해 글

45) 참로(站路) : 중앙과 지방간의 기별을 위하여 설치한 역참(驛站)길

46) 삭방도(朔方道) : 고려조에서 정한 10도 중의 하나로 강원도 북부와 함경도 일부 지방이 해당

을 지어 올렸지요."

"그렇군요, 어떤 내용인지 들어봅시다."

"허허, 보잘것없는 글을 보자 하시니…. 황제께서 먼저 「압록강」이라는 시를 지어서 내려주었고 이어서 '압록강을 건너면서(渡鴨綠江)'라는 시제를 주면서 글을 지어 바치라 하였습니다."

"호, 그래요. 황제가 내린 시에 대한 답글을 요구한 셈이군요. 황제가 내린 시의 내용은 어떤 것이요. 그리고 양촌이 지어 올린 답글은 또 어떤 것이고? 한번 들어봅시다."

권근은 명나라 학사를 통해서 어제시[47] 「압록강」을 받았다.

'조선은 압록강을 경계로 하고 있으니
이를 넘으려 괜한 힘과 속임수를 쓰지 말라,
한나라가 요동을 정벌한 역사는 책에 실려있다.
이를 인정한다면 파란이 없고 군사의 공격도 없을 것이다.'

황제가 내린 어제시의 내용이었다.

황제는 자신이 지은 시와 함께 「도압록강」이라는 제목으로 권근이 지어 올릴 응제시제도 함께 정하여주었다. 자신의 견해에 대해서 조선의 사신이 어떻게 생각을 하고 있는지 떠보려는 의도로 그리한 것이었다.

권근은 답시를 써서 바쳤다.

변방 고을 쓸쓸하고 나무만이 늙고 푸르러　　塞邑蕭條樹老蒼

47) 어제시(御製詩) : 임금이 신하에게 시를 지어 내리고 신하는 이에 대한 답글을 지어 올렸다. 이때 임금이 신하에게 내린 시를 어제시라 하고 신하가 답하여 올리는 답시를 응제시(應製詩)라 하였음.

긴 강 한줄기로 요양과 격해 있네　長江一帶隔遼陽
황풍은 중화와 동이를 제한하지 않는데　皇風(황풍)不限華夷界
땅 이치 어찌하여 이 경계를 나누었는가　地理何分彼此疆
파도에 작은 배 되는대로 흔드는데　任見波濤掀小艇
천일이 멀고 거친 땅 비추는 것 기쁘게 바라봅니다.　欣瞻天日(천일)照遐荒
바쁘게 가는 걸음 뉘라서 알으리까　誰知此去悤總意
황제의 은혜로운 말씀 우리 임금께 알리려 원합니다.　願奉恩綸報我王

권근은 황제의 의도를 알아차리고 그 마음에 들게 최선의 글귀를 짜내어 글을 써서 바쳤다. 여기서 황풍(皇風)과 천일(天日)은 황제의 힘과 은혜를 말하는 것이다.

"황제의 영향이 중화(中華)와 동이(東夷/조선)에 제한되지 않는데 어찌 땅으로만 경계를 나누겠습니까? 황제의 은혜가 멀고 거친 땅에도 비추는 것을 기쁜 마음으로 바라봅니다. 은혜로운 말씀 우리 임금께 전하겠습니다." (『양촌집』 중에서)

권근은 황제의 뜻에 맞추기 위하여 이외에도 23수의 시를 더 지어 올렸다.[48)]

"정말 명문이로소이다. 내 일찍이 양촌의 학문이 깊이가 있고 글솜씨가 대단하다는 것은 알고는 있었지만, 이렇게 직접 대하고 보니 참으로 훌륭하오이다."

"뭘요 부끄럽소이다. 그렇게 칭찬하시니…, 저는 다만 황제의 진노가

48) 권근의 글을 모은 『양촌집』은 세조 때 그 손자 권람이 주석을 달아 발간하였다. 현재 대한민국의 보물로 지정되어있는데, 이를 진양 하씨(河) 문중에서 가보로 보관해 전해지고 있다. 이를 보아 하륜, 권근 두 사람의 친교 관계를 미루어 짐작할 수 있을 것이다.

크기에, 황제가 어제시를 내려준 의도를 알아차리고 그에 맞추려 한 것일 뿐인데요."

"아니오, 아니오. 황제께서는 양촌의 시를 읽고서 사신을 돌려보내기로 생각을 바꾸었을 것이요. 황제는 양촌의 응제시에서 자신이 생각하는 바를 읽었을 것이고, 또 압록강를 경계로 인정하면서도 변함없이 중국을 상국으로 받들어 황제의 명을 거역하는 일이 없도록 하겠다 하니 사신을 붙잡아둘 필요가 없다고 생각했겠지요. 응제시를 올린 양촌이 직접 조선의 임금에게 황제의 뜻을 전하라고 귀국을 허락한 것이라고 보오."

"하나, 정총 등이 같이 귀국하지 못하고 죽임을 당한 것이 종래 마음이 아픈 일이오이다."

"그것은 황제의 생각을 조선의 임금께 전할 사람으로 글을 지어 올린 양촌만 귀국시키면 되는 것이고, 불행을 당한 정총 등은 돌아가서 황제의 명에 고분고분하지 않을 것을 예상하고 위엄을 보이고자 그리한 것이 아닌가 생각이 되오. 아무튼, 양촌과 정탁 대감만이라도 귀국하게 되어 다행스러운 일입니다."

"호정께서 그리 생각을 해주니 고마울 따름입니다."

"그런데 양촌…."

하륜은 하던 말을 멈추고 말머리를 돌렸다.

"지금 조선에는 양촌과는 달리 황제의 뜻을 거스르며 요동 공략을 준비하는 사람들이 있어 걱정이오"

"삼봉 대감과 같은 사람을 말하는 것이요?"

"그렇소이다. 삼봉을 위시해서 남은이나 심효생 같은 사람들이 서로 뜻을 같이하고 있지요. 그들은 전하의 측근에서 요동 공략을 부추기고 있어 나라가 정말 전쟁의 소용돌이에 휩싸이지 않을까 걱정이오."

"……."

"지금도 저들은 위험한 일을 벌이고 있지만 장차의 일이 더 걱정이오."

"장차의 일이라니요?"

"삼봉은 세자의 사부이고 심효생은 세자의 장인이니 장차 세자께서 보위를 이어받으시면 나랏일이 어떻게 되겠소이까? 양촌의 생각과 달리 명나라와의 관계가 전쟁으로 이어질 것은 너무나 뻔하지 않겠소?"

"전쟁이라……. 조선이 명나라를 상대로 싸움을 벌인다고?"

"그렇소이다. 이를 막아야 하오. 조선은 명나라의 상대가 되지 못하오."

"딴은 지금 그들이 전하의 곁에서 전하의 마음을 움직이고 있으니 걱정을 아니 할 수가 없구려."

"지금 삼봉이 하는 대로, 이대로 놔두어서는 아니되오. 그래서 하는 말인데 장차의 일에 대비해서 양촌이 정안대군을 한번 만나보시오."

하륜은 누가 들을세라 목소리를 낮췄다.

"정안대군을 만나요?"

"그렇소. 정안대군을 만나보면 장차의 일에 대비를 할 수가 있을 것이오."

"정안대군을 만난다. 장차의 일을 위해서…."

이야기를 들으면서 권근의 눈에 빛이 났다.

• 3

한편 권근이 지어 바친 응제시는 정도전 측에서는 이를 문제로 삼는 계기가 되었다.

"정총과 같은 충신은 죽고 권근이 홀로 돌아온 것은 분명 무슨 이유가 있소이다."

정도전이 남은과 심효생을 만난 자리에서 문제를 걸고 나왔다.

"그렇지요, 다른 사람은 죽이면서도 권근과 정탁을 돌려보낸 것은 분명 황제의 속셈이 있어서 일 겁니다."

심효생이 정도전의 말을 받았다. 남은이 뭔가를 생각하더니 말했다.

"양촌이 황제에게 지어 올렸다는 그 응제시 말입니다. 그것에 문제가 있지 않소이까?"

"「도압록강(渡鴨綠江)」을 말하는군."

정도전도 그렇다는 뜻으로 대답했다.

"양촌은 황제의 비위를 맞추려고 압록강을 경계로 하라는 황제의 요구에 제 마음대로 동의한 것이오. 이는 양촌이 제 목숨을 구걸하기 위하여 스스로 사대를 하겠다고 머리를 수그린 것이고 전하의 허락도 없이 요동 땅을 포기한 것이니 역적질을 한 것이나 무엇이 다르겠는가!"

정도전의 말속에는 일말의 분노조차 서려 있었다.

"이대로 두면 황제의 요구는 끝없이 이어질 것이고, 그리되면 앞으로 그 수모를 어찌 다 감당해야 할지 걱정이 되지 않을 수가 없네."

"양촌을 탄핵해야 합니다."

"양촌 뿐만이 아니요. 근래 정안대군의 측근으로 행세하면서 삼봉 대감을 황제에게 보내라고 주청을 하였던 하륜, 그리고 또 양첨식이라는 자가 황제의 사절을 은밀히 만나서 삼봉 대감을 데려가도록 권하였답니다. 이들은 우리와 같이 조정 일을 도모할 수 없는 자들이니 함께 탄핵해야 할 것이오."

심효생이 탄핵할 사람을 추가하여 꼭 집어서 말했다.

"그럽시다. 이미 전하께서는 요동 공략을 내락하신 것이니 지금부터는 그 일에 진력을 기울여야 할 것이요."

세 사람은 의견을 같이했다.

다음날 남은은 권근, 하륜, 양첨식 세 사람을 탄핵하는 소를 올렸다.

"황제에 부름을 받고 간 사람이 여럿이온데, 세 사람은 죽고 권근과 정탁만이 돌아왔습니다. 권근이 돌아온 것은 그가 황제께 지어 올린 응제시 때문이옵니다. 권근은 제 목숨을 구걸하기 위하여 전하의 허락 없이 「도압록강(渡鴨綠江)」을 지어 올렸던 것입니다. 요동은 고구려 땅으로 우리가 언젠가는 되찾아야 할 곳입니다. 더군다나 지금은 명나라의 요구가 지나치고 조선 사신을 참형하는 등 잔혹한 짓을 하고 있어, 자존심을 지켜서 나라를 보존해야 하는 때인데 권근이 제 마음대로 조선의 경계를 압록강으로 한다고 지어 올린 것은 역적질에 해당하는 일입니다. 하륜과 양첨식 또한 표전문 작성에 봉화백이 연루가 되었다고 하여 황제에게 보내기를 주청하였는바, 이는 나라의 일등공신을 모함한 것이므로 그 죄가 작지 않기에 함께 탄핵하옵니다."

도당에서는 임금이 참석한 가운데 탄핵 내용에 대해서 격론이 벌어졌다. 여러 대신 중에서 죄 주기를 반대한 사람은 좌정승 조준이었다.

"권근이 황제의 시에 답글을 올린 것은 황제의 의도를 알고서 그에 맞는 글을 올리려고 한 것 때문이지 전하의 뜻을 저버리려고 한 것은 아닐 겁니다. 또 그로 인해서 황제의 노여움이 누그러진 듯하니 다행한 일 아니옵니까? 권근을 벌줄 일은 아니라고 봅니다. 오히려 이 기회에 군사훈련을 중지하여 황제로 하여금 요동 공략에 대한 오해가 없도록 해야 할 것입니다."

이에 대해 남은이 반박을 했다.

"그리한다고 황제의 노여움이 풀어지겠소이까? 여기서 군사훈련을 중단한다면 황제는 더욱 우리를 하찮게 여겨서 더 무슨 요구를 할지 모릅니다. 예정대로 군사훈련은 계속되어야 합니다. 권근을 벌을 주고 나라의 일등공신을 모함한 하륜과 양첨식에게도 벌을 내려야 합니다."

두 사람 간의 입씨름을 지켜보고 있던 이성계가 답을 내려주었다.

"권근이 시를 지어 올린 것은 어쩔 수 없는 사정이 있어서였을 것이다. 권근은 황제가 지목하지 않았는데도 자청해서 명나라에 해명을 하겠다고 입조를 하였다. 사정이 그러하니 벌을 줄 수는 없다. 하륜과 양첨식에 대해서는 나라의 일등공신을 모함한 죄가 크다 하나 하륜은 자청하여 계품사로 가서 명나라에서 보고들은 바를 그대로 전한 것이고, 양첨식은 일부러 명의 사신을 만나서 공신을 데려가도록 모함을 하였으니 그 죄가 같지 않다. 이들에 대해서는 차등을 두어 그에 상응한 벌을 내려라."

임금의 명에 따라 권근은 불문에 부쳤고, 하륜은 한성윤에서 계림윤으로 좌천이 되었으며, 양첨식에게는 중죄가 내려졌다. 양첨식은 섬으로 유배를 가게 되었고, 가산은 적몰되었다.

• 4

정도전이 복귀함으로써 군사훈련이 본격적으로 강화되었다. 정도전은 보다 새롭고 세밀히 다듬은 진법인 오행진출도, 강무도, 수수도를 선보이고 장수들을 몰아쳤다. 훈련에는 누구도 예외가 없었다. 왕자들과 공신들이라 하여 예외를 두지 않았다. 각 지방에 주둔해 있는 군사에 대해서도 장수를 불러올려서 훈련에 참여시켰다. 또 감찰을 보내어 절제사가 주관하는 훈련 실태를 점검하게 했다.

정도전은 진법훈련에 집중하는 한편 명나라와 일전에 대비하여 또 다른 군사적 조치도 함께 취해나갔다. 자신이 둘러보고서 행정구역을 정리한 삭방도 북부지역 경원부에 신익만호부를 설치하여 두만강으로 연하는 지역의 경계를 맡도록 하고 원활한 경계를 위하여 두만강에 열척의 배를 띄웠다. 군량미도 대량으로 지원했다. 단주 이북의 각 고을 수장에게 명하여 비축미 1,000섬을 경원부로 지원하게 했다. 자신이 돌아보지 못한 서북면 선주와 평양에는 성을 견실히 쌓도록 독려했다. 임금에게 건의하여 군량미 비축을 위한 유비고[49] 설치도 건의했다.

임금은 교지를 내려주었다.

"송나라 태조(宋太祖)는 유비고를 설치하면서 '군량과 기근에는 모름지기 미리 준비하여야 하는 것이 상책이다. 일에 다다라 조세를 과중하게 징수하는 것은 좋은 계책이 아니다.'라고 하였다. 과인이 유비고를 설치하고자 하는 것은 오로지 장차 군수(軍需)에 대비하기 위함이다. 거두어들이는 전곡(田穀)과 포화(布貨)[50]를 삼사(三司)로 하여금 수입을 헤아려 지출하게 하라, 만약에 변고가 발생하는 일이 있으면 윗전에게 알리고서 적당히 조절하도록 하라."

유비고 설치를 지시하고 이성계가 정도전에게 물었다.

"군량비의 비축은 얼마로 하는 것이 좋겠는가?"

"처음에 비축하는 것은 3년 치 식용으로 하고, 3년 치를 모은 후에는 일 년에 한 달분을 모으는 것이 좋습니다."

요동 정벌은 단기간 내에 끝낼 일이 아니었다. 장기적인 관점에서 추진하면서 기회를 엿보아 쳐들어가겠다는 의도였다. 그것이 이성계 재임 시절이어도 좋고, 이후 세자가 보위에 오른 후, 또는 그 이후에라도 대업이 이어지기를 바라면서 준비를 해두고자 하는 것이었다. 이성계는 유비고 제조[51]에 정도전이 겸직하도록 발령을 내렸다.

"봉화백, 나 좀 봅시다."

도평사 회의을 마치고 남은과 이야기를 주고받으며 앞서가는 정도전을 조준이 불러세웠다. 조준의 안색이 좋지 않았다. 불만이 가득하여 시비를 걸려는 표정이었다.

49) 유비고(有備庫) : 군량미를 비축 관리하는 관서

50) 포화(布貨) : 화폐로 쓰이는 포목

51) 제조(提調) : 기관의 우두머리.

"……?"

"봉화백은 기어이 요동 공략을 할 것이오?"

"평양백(조준의 작호)은 어찌 그것을 나에게 물으시오? 모든 일이 전하의 주관으로 치르는 일인데?"

"전하께서 주관하시지마는 봉화백의 머리에서 나온 것이라는 것을 모르는 사람이 어디 있겠소? 전하께서 봉화백을 훈련도감으로 임명한 것도 그렇고…."

"그럼 평양백께서는 지금 황제가 터무니없는 트집을 잡고 조선을 하찮게 여기는 것을 받아들이고만 있으라는 말이요? 조선을 건국한 지가 7년이 되는데도 황제는 책인[52]도 내려주지 않고 있어요. 저들은 조선을 독립한 나라로 인정하지 않고 있어요. 그러하니 사신으로 간 사람을 패서 죽이는 무도한 짓을 하는 것이지요. 이를 언제까지나 참고 있어야 할 것이요?"

"하나 지금은 아니되오. 개국한 지가 7년이 되었다지만 우리에게는 아직도 할 일이 많이 있소이다. 백성들 또한 살기가 어렵소이다. 도성 공사로 인하여 장정들이 공역에 동원되니 고향에서는 농사를 지을 손이 부족하고, 이런저런 명목으로 개국에 필요한 부담으로 지는 조세 또한 만만치 않소. 그런데 또 전쟁을 치르겠다고 부담을 지우려 하니 어찌 감당할 것이요?"

"다소의 어려움은 있으나 국방은 민생에 우선하는 것이요. 나라가 보존되고 나서 임금이 있고 신하가 있고 백성이 있는 것이 아니겠소이까? 황제는 툭하면 나라의 땅을 내놓아라, 공물을 더 바쳐라, 요구를 듣지 않으면 군사를 동원하여 벌을 주겠다고 하니, 이를 언제까지나 받아들여야 하겠소? 전하나 소신의 생각은 차제에 황제에 당당히 맞서서 우리의 자존을 지키고자 하는 것이오. 요동은 옛 고구려 땅이

52) 책인(冊印) : 황제가 조선의 국왕을 인정한다는 서류와 인장

었소 고구려의 후예를 자부하는 우리가 지금 그 땅을 회복해놓는다면 훗날 후손들도 선조들의 기개를 자랑할 것이고, 그렇지 않고서 이대로 지난다면 후손들 또한 언제까지나 대륙의 등쌀에 곤욕을 치르며 살아가는 수모를 당해야 하지 않겠소이까?"

"아무튼 아니되오. 명나라는 우리가 섣불리 대적할 수 없는 대국이요. 려말(麗末)을 생각해보시오. 최영이 대국을 상대로 전쟁을 치르겠다는 허황된 마음으로 무리하게 요동 정벌에 나섰다가 결국은 나라까지 망하지 않았소?"

"그때와 지금은 상황이 다르지요."

"무엇이 어떻게 다르다는 말이오? 소국이 대국을 상대한다는 것, 도성공사에 장정이 동원되어 농사짓기가 어렵다는 것, 백성의 삶을 고달프게 하는것, 전쟁으로 입는 피해가 막대한데…. 더군다나 이길 수도 없는 전쟁을 일으켜서 훗날 그에 대한 보복은 어찌 감당하려고 그러시오."

"그때는 최영이 우리 전하를 곤경에 빠뜨리려고 질 것이 뻔한데도 요동 정벌을 감행한 것이오. 그러나 지금은 다르오. 우리가 충분히 훈련하고 또 동북면의 부족들을 규합하여 군량미와 무기를 넉넉히 준비한다면 승산이 있다고 보오."

"그 과정에서 백성들이 겪는 고충과 원성은 어찌하고요?"

"조정의 중신들이 문제오이다. 평양백과 같은 사람이 나서서 조정의 반대 의견을 설득하여야 하는데, 오히려 앞장을 서서 전하의 뜻을 지지하는 우리와 맞서려고 하니 답답하오."

"봉화백이 전하를 바른길로 모신다면 내 어찌 반대하겠소? 봉화백은 고려를 무너뜨리고 전하를 옹립하여 조선을 건국할 때를 생각하여야 할 것이오. 그때와 지금의 봉화백은 변했소이다. 봉화백은 지금 자기 뜻대로 국사를 운영하고자 하오. 국사는 한두 사람의 독단으로 흘러가서는 아니되오."

두 사람은 한참이나 길가에 서서 설전을 벌이다가 헤어졌다. 조준은 뒤도 돌아보지 않고 성난 걸음으로 성큼성큼 앞서갔다. 조준이 저만큼 멀어졌을 즈음, 두 사람의 설전에 가까운 이야기를 참견하지 않고 듣고만 있던 남은이 한마디를 했다.

"조 정승은 몇 되(升), 몇 말(斗)의 곡식을 출납하는 데 쓰일 인물이지 우리와 함께 큰일을 도모하는 데는 필요치 않은 인물이니 너무 괘념치 마시오."

남은이 조준에 대해서 곡식이나 출납하는 데 쓰일 인물이라 한 것은 조준이 경제에는 밝으나 그 외에 국사를 주도할 수 있을 정도의 큰 인물이 아니라고, 폄훼해서 하는 말이었다.

'평양백, 권세를 쥐고 부귀영화를 누리니 마음이 변했구료. 평양백에게서 나라를 구하겠다고 다짐을 하던 옛날의 그 열정은 이제 찾아볼 수가 없소이다. 그대와 내가 함께 가는 길은 여기까지만인 것 같소. 우리는 나라를 함께 세우는 데는 뜻을 같이했지만, 그 나라를 어떤 나라로 만들어야 하는지에는 뜻을 함께하지 못하는구려. 내가 가야 할 길은 이미 정해져 있소 그 길을 평양백이 막지 못할 것이요.'

정도전은 휘휘 저어가는 조준의 뒷모습을 향하여 소리치듯 독백을 했다.

제34장

왜구 토벌로 황제의 눈길을 피하다

• I

한동안 잠잠하던 왜구들의 노략질이 동·서·남해안 일대에서 다시 심해졌다. 고려말 때처럼 대규모로 떼로 지어 오는 일은 없어졌지만, 수 척에서 십수 척을 동원하여 하룻밤 사이에 털어서 달아나는 일은 해안지방 곳곳에서 빈번하게 일어났다. 어느 때는 한 마을을 며칠씩 점거하였다가 토벌군이 오면 도주하는 일도 있었다.

가끔씩 왜구를 물리쳤다는 장계가 올라왔으나 이는 절제사가 자신의 공로를 보고할 때에 있는 일이고 실제 그로 인한 피해가 얼마인지는 파악조차도 되지 않았다.

사헌부에서 실태를 조사해서 보고했다.

"왜구들은 야음을 틈타서 습격하고 토벌군이 도착할 기미를 알면 잽싸게 배를 타고 달아나버려서 소탕이 쉽지 않사옵니다."

조사하여 온 사헌부 감찰이 아뢰었다.

"그러면 이대로 당하고만 있어야 하는가? 무슨 대책을 세워야 할 것이 아닌가?"

요동 공략을 계획하고 있는 마당인데 왜구들이 내 집 마당처럼 들락거리며 노략질하고 있는 것을 막지 못하다니…. 이성계는 심각하게 지시를 내렸다.

정도전이 그에 대한 대책을 지어 올렸다.

"왜구들은 경계가 허술한 틈을 타서 약탈한 후 곧바로 배를 타고 도주해 버려, 육지에 주둔해 있는 군사로서 이를 대적하기가 한계가 있사옵니다. 수군을 양성하여야 하옵니다. 왜구가 침입하거나 도주가 예상되는 지점을 택하여 우리 수군의 배가 매복해있다가 적들의 진로를 차단하여 공격하면 효과가 있을 것이옵니다. 그러나 왜구의 침입을 방

어에만 치중한다면 약탈이 그치지 않을 것이니, 그들의 본거지를 공략하여 근원을 없애버려야 할 것입니다. 왜구는 대마도를 근거지로 하고 있습니다. 과거 왜구의 노략질이 극심한 때에 경상도 원수 박위가 명을 받아 대마도를 공략하여서 한동안 잠잠하였는데, 또다시 기승을 부리니 전하의 결단으로 대마도와 일기도(이키섬)를 공략하게 하소서."

"적절한 건의로구나, 조정회의에서 논해보라."

이성계의 지시로 건의 안건이 조정회의에서 논해졌다.

"누구를 병마사로 하여 대마도를 공략해야 하겠는가?"

"과거에 대마도 정벌에 실패한 예도 있사옵니다. 적의 본거지를 단숨에 초토화할 대규모의 병단이 필요할 것이니 조정의 정승급이 병마사가 되어 지휘를 하게 해야 할 것입니다."

이성계의 물음에 정도전이 답을 했다.

여기서 정승급이란 좌정승 조준과 우정승 김사형을 염두에 두고 하는 말이었다. 정도전이 조준과 김사형을 병마사로 추천한 이유가 있었다. 두 사람은 임금과 정도전이 계획하고 있는 요동 공략을 반대하고 있는 인물이었다. 정도전은 이들 두 사람에게 왜구 토벌에 대한 총지휘를 맡기고서 이를 빌미로 군세를 확장한다면 반대할 명분이 없을 것이기에 두 사람을 추천한 것이었다. 이는 이미 이성계와 의논이 된 일이었다.

• 2

정도전은 조정회의에 안건을 올리기 전에 이성계를 별도로 알현했다.

"요동 공략에 대해서 조정 내의 반발이 심상치가 않사옵니다."

"조정에서부터 중론을 모아야 하는데, 대신들이 반대하고 있다면 심각한 일이 아닌가?"

"제일 반대를 하고 있는 이는 좌정승 조준과 우정승 김사형이 옵니다."

"과인도 듣고 있는 바다."

"지금 왜구들이 기승을 부리고 있으니 두 정승을 이 일에 앞장을 세우소서"

"어떻게 한단 말인가?"

"좌정승이나 우정승을 왜구 대책에 대해 책임지게 하면 되옵니다."

정도전의 말은 왜구 토벌에 두 정승을 앞장세워놓고 그들의 입을 빌려서 군비를 강화하자는 것이었다.

"황제는 지금 우리나라가 요동을 치기 위하여 군비를 강화하지 않을까 의심을 하고 있는데, 그런 황제의 눈속임을 하자는 것입니다."

"황제의 눈속임을 하자고?"

"그러하옵니다. 우리가 군사훈련을 하고 군량미를 비축한다면 황제는 의심을 하다가도 사정을 알아본다면 안심을 하게 될 것이옵니다."

"아하, 그렇겠구나, 우리가 군사훈련을 강화하고 성을 방축하는 일을 요동 정벌을 위한 것으로 의심하는 명나라에 왜구 정벌 때문이라고 변명할 수도 있으니 말이야."

"그것을 소신이 맡아서 하는 것보다 명나라와 전쟁을 반대하는 두 정승이 맡아 한다면 더욱 황제의 의심에서 벗어날 수가 있습니다. 명나라 또한 왜구의 노략질에 골치를 앓고 있으니 우리가 나서서 왜구의 근거지를 토벌한다면 황제는 오히려 기뻐할 것입니다."

“그러면 삼봉은 어찌하려고?”

“소신은 두 정승 중에 토벌군 대장이 임명된다면 일단은 뒤로 물러나 있겠나이다. 그러나 정승의 자리는 나랏일 전체를 소관하는 것이어서 군사의 일에 전념할 수가 없으므로 소신은 훈련제조가 되어서 뒤에서 일을 맡아서 하도록 하겠습니다.”

“나쁘지 않은 생각이로고, 좋은 생각이다.”

왜구 토벌의 총책임자로 우정승 김사형이 정해졌다. 우정승 김사형에게 오도병마도통처치사(五道兵馬都統處置使)라는 겸직 발령을 내렸다. 하삼도(충청, 경상, 전라)와 경기, 강원, 오도의 군사를 지휘하여 왜구 토벌을 하라는 것이었다. 군사훈련은 대마도, 일기도 정벌을 위한 것이었으나, 이는 구실일 뿐 실제로는 요동 공략을 위한 전략의 일환이었다.

요동을 공략하기 위해서는 수군의 양성도 필요했다. 수로를 따라 요동반도를 공략하기 위해서도 필요하고, 만약 명나라가 바다를 통해서 공격을 해온다면 이를 맞아 싸우기 위해서도 수군의 강화가 필요했다.

육병은 양주로 모아 훈련을 하고 수군은 인주[53]에서 훈련을 했다. 하삼도에서 군선을 제작하여 인주로 모았다. 이러한 군사 계획은 왜구 토벌 총사령관 격인 우정승 김사형의 명에 의해서 진행되고 있었다. 그러니 정도전은 뒤로 물러나 있는 모양새를 갖추었으나, 실제적으로는 훈련제조로서 군사훈련을 전담하고 있었다.

전국에 비상군사체제가 선포되었다. 군사 비상체제였으므로 공신들과 종친들도 가별초(가병)를 이끌고 훈련에 참가하지 않을 수 없었다. 드디어 태조 5년(1396년) 12월 3일 임금은 우정승 김사형에게 군사 지

53) 인주(仁州) : 지금의 인천

휘권을 맡긴다는 뜻으로 부월[54]을 내려주고 대마도, 일지섬 정벌 출정식을 거행했다. 그러나 토벌대는 아무런 성과도 내지 못하고 두 달 만에 돌아와 버렸다.[55]

왜구 토벌 부대가 돌아왔는데도 겨울을 지나 여름에도 훈련은 계속되었다. 5월의 뙤약볕 아래 병사들은 북소리와 깃발에 맞춰서 방향을 바꿔가며 이리 뛰고 저리 뛰었다. 병사들의 얼굴은 땀과 먼지 범벅이었다. 병사와 군마가 움직일 때마다 흙바람이 일었다. 훈련의 고달픔은 병사들만 느끼는 것이 아니었다. 이를 참견하는 공신과 종친들도 마찬가지였다. 그들 사이 여기저기에서 불만 섞인 소리가 터져 나왔다.

"이거, 이거 공신 체면이 말이 아니구먼, 이 더운 날에 병사들 훈련하는 것이나 보고 있자니….

정안대군 곁에 자리 잡고 있는 이천우가 투덜거렸다.

"이게 다 봉화백이 만든 일이지 않소, 명분은 왜구의 침입에 대비한다는 것이지만, 실상은 요동 공략을 염두에 두고서 벌이는 일이지 않고 무엇이겠소."

곁에 있던 한성판윤 이거이가 거들었다.

"나 이거 참, 전하를 옹위하여 나라를 세운 것은 여기 계신 종친들과 공신들의 공이거늘, 봉화백은 마치 혼자의 공인 것처럼 저렇게 설치고 있으니…."

"그러게 말이외다. 전하와 가깝기로서는 여기 있는 종친들보다 더한 사람들이 어디 있다고…."

54) 부월(斧鉞) : 임금이 출정하는 장수에게 휘하 군사의 통솔권을 준다는 상징으로 내려주는 도끼

55) 실록에는 출정한 부대의 규모나 전투 상황, 피해 규모나 전과 등에 대해서 아무런 기록이 없이 단순히 임금이 흥인문으로 나가서 5도 통제사 김사형을 맞고, 돌아온 부대를 위로했다고만 기록하고 있다. 이로 보아서 왜구 토벌은 실제적으로 요동 정벌을 위한 군비강화 내지 동원체제 점검을 위한 방편이었을 것이라고 추측된다. (한영우 저, 『왕조의 설계자 정도전』, 지식산업사, 1999, 80쪽. ※참조)

이성계의 이복동생 이화도 대화에 끼어들어 불평을 해댔다.

"아, 새 나라를 세운 공으로 치면 여기 계신 정안대군 만한 분이 어디 있다고?"

조영무의 목소리는 근처에 있는 사람들에게 다 들릴 정도로 높았다. 그들의 대화를 듣고 있는 정안군의 표정에도 불만이 가득했다.

제35장

하륜

• I

며칠째 정안대군의 집은 조용했다. 정안대군이 사냥을 위해서 집을 비운 탓이었다. 정안대군이 집에 머물 때나 출타 중일 때는 정안대군의 향방에 따라 사람들이 그를 추종했다. 비록 정도전이 주관하는 진법훈련에 가병까지 동원하여 참관하는 신세가 되었지만, 결코 뒷전으로 물러난 것은 아니었다. 임금이 총애하는 왕자이며 개국의 과정에서 최고의 공을 세웠다는 것은 세상이 인정하는 사실이었기에 그의 위상은 여전히 빛이 나고 있었다.

더군다나 지금은 정안대군에게 최대의 장애물이었던 신덕왕후가 사망함으로 어린 세자의 앞날을 장담할 수 없는 마당이기에 사람들은 더욱 정안대군의 눈치를 보았다. 정안대군과 연을 맺기 위해서 집으로 혹은 술자리로, 사냥터로 갖가지 핑곗거리를 가져와서 만나주기를 청하였다.

호방한 성격의 정안대군은 사냥터에서도 일화를 남겼다. 이태 전 이성계의 의붓동생인 의안군 이화[56]의 초대로 사냥을 하러 갔을 때였는데 사냥 중에 갑자기 표범을 만난 것이었다. 표범은 주위의 여러 사람을 제쳐두고 개중에서 정안대군을 향하여 갑자기 달려들었다.

"쉬익, 와~앙!"

정안대군은 미처 몸을 피할 여유가 없었다. 꼼짝없이 표범에게 물어뜯길 위기를 당하게 되었는데, 이때 다른 사람들은 몸을 피하는 와중인데도 곁에서 짐승몰이로 동원되었던 낭장 송거신이 벼락같이 말을 몰아 달려들었다. 송거신이 범의 기세로 잽싸게 달려들자 정안대군을 노리고 달려들던 표범은 갑자기 달려오는 말을 공격했다. 그리고는 말

56) 이화(李和) : 태조 이성계의 이복동생이니 정안대군에게는 작은아버지뻘 됨

위에 올라탄 송거신을 공격하였다. 다행히 송거신이 말 위에서 드러누워 몸을 피하였고 정안대군도 화를 면할 수가 있게 되었다. 송거신은 그러한 공로로 정안대군으로부터 말 한 필을 상으로 받고 임금으로부터도 말 한 필을 제수받았다. 이 일은 정안대군의 인물됨을 한결 귀하게 떠받드는 소문을 낳았다.

'역시 귀하게 될 분은 짐승도 알아보는구나!'

이후에도 정안대군의 사냥은 멈추지 않았다.

오늘 정안대군은 황해도 쪽으로 사냥을 나갔다가 며칠 만에 집으로 돌아오는 중이었다. 어스름한 저녁 정안대군의 저택 주변을 낮부터 서성이는 사내가 있었다. 그는 며칠째 정안대군의 귀가 여부를 확인하고 있었는데 드디어 정안대군을 만나게 된 것이다.

왁자지껄하는 수졸들의 떠드는 소리가 들리더니 이내 말을 탄 당당한 모습의 정안대군이 나타났다. 정안대군이 집 앞에 다다라 말에서 내리자 그는 앞으로 잽싸게 달려나갔다.

"대감마님!"

갑자기 튀어나온 사내로, 정안대군을 호위하던 사병들이 놀라서 막아섰다.

"웬 놈이냐? 어느 분의 행차신데 감히!"

사내는 군사들에 붙잡혀서 정안대군 앞에 꿇려졌다.

"저는 대군마마를 뵙고자 며칠째 이곳에서 머물렀습니다."

사내는 가련한 얼굴로 호소를 했다.

"무슨 사연이 있느냐?"

정안대군의 집으로 가끔 억울함을 호소하러 찾아오는 백성들이 있었다.

"소인의 이름은 박실이라 하옵니다. 전라도 수군절제사로 가 있는 박자안의 자식이옵니다."

박실의 아비 박자안은 무장으로 이름을 떨치고 있는 사람이었다. 그는 전조 창왕 대에 박위 장군과 함께 대마도 정벌에 나서서 적선 300여 척을 불사르고 포로로 끌려갔던 100여 명의 자국민 포로를 데려오는 데 혁혁한 공을 세운 인물이었다. 그러한 박자안이 대마도 일지도 왜구 토벌을 명분으로 군사훈련을 독려하고 군기를 다잡기 위해 벌이는 사헌부의 대대적인 감찰에 걸려들어 군영에서 참수를 당해야 하는 위기에 처해 있다고 사내는 땅바닥에 엎드려 하소연했다.

"아비의 지은 죄가 얼마나 중하기에 명색이 장수인데, 군영에서 참수를 당해야 한다는 것이냐?"

"군영에 왜인 몇 명을 머물게 하였는데, 어느 날 갑자기 그놈들이 도주를 해버렸습니다."

"왜인을 군영에 머무르게 했다고?"

도망을 친 왜인은 위장으로 항복하였던 왜구들인데, 박자안의 수군 진영에 머물면서 전라도 해안지방의 경계 상태를 염탐하여서 도망을 쳐버린 것이다. 그러한 사실이 군영 내에서 쉬쉬하고 있었는데, 사헌부의 감찰에서 들통이 나버린 것이다. 이는 중요한 군기 위반죄에 해당되어서 책임자인 절제사 박자안을 참수해야 한다고 지금 조정에서 논죄가 되고 있었다.

"시국의 사태가 비상한지라 소인 아비의 책임이 중하지 않다고 할 수는 없으나 아비가 죽음의 경지에 이르게 생겼는데 어찌 아들로서 가만히 있을 수가 있겠습니까? 소인이 하소연이라도 해보고자 이렇듯 대군 마님을 찾아뵙게 된 것입니다. 부디 아비가 참수를 당하는 형만이라도 면하게 하여 주시옵소서. 살펴주시옵소서."

박실은 눈물이 범벅인 채로 애걸을 했다.

"흠, 듣고 보니 딱하기는 하다. 그 공로를 보아서도 그렇고 극형에까지 처할 이유가 되는지 전하께 재고를 하시도록 건의를 해보겠다."

정안대군은 박실의 호소를 받아들여서 바로 아버지 이성계를 찾아가서 박자안의 딱한 사정을 고했다.

"박자안이 위장한 왜인을 받아들이고 또 감시를 소홀히 하여 도주케 한 것은 군기 위반죄로 처벌받아야 하나 그에 대한 벌이 군영에서 참수할 만큼 크지는 않사옵니다. 부디 박자안이 지난날 박위와 함께 대마도 정벌에 참여하여 세운 공을 참작해주소서."

이성계는 아들의 청을 흔쾌히 받아들였다. 이성계는 조정에다 명을 내렸다.

"인재를 소중히 하는 것도 인재를 키우는 일 못지않게 중요한 일이다. 박자안의 지난날 공을 생각하면 그의 죄가 중하다고 하나 목숨을 바쳐야 할 정도는 아니다. 조정에서 다시 이를 논하여 죄인에게 합당한 죄를 주라."

이성계의 지시를 받고 박자안에 대한 죄가 다시 논해졌다.

결과 박자안은 감형이 되어서 장 80대를 맞고 삼척 땅으로 유배되는 것으로 그쳤다.

그런데 이 사건은 엉뚱한 쪽으로 불똥이 튀게 되었다. 엉뚱하게 정도전을 황제의 명에 따라 명나라로 입조시키라고 건의를 올렸다는 이유로 탄핵을 받아 계림윤으로 좌천당한 하륜과 연루가 돼 있다는 것으로 비화가 된 것이다.

• 2

순군부의 군졸들이 계림부로 들이닥쳐서 하륜을 붙잡아갔던 것이다. 하륜은 졸지에 죄인의 신세가 되어서 국문을 받기 위해 수원부로 압송이 되었다. 갑작스러운 봉변을 당하게 된 하륜은 자신을 이렇게 만든 것이 정도전 측이 자신에 대하여 벌이는 보복이라고 생각했다. 하륜은 정도전 측의 탄핵을 받아서 이미 한성판윤의 자리에서 경주부 계림윤으로 좌천되었는데, 그것도 모자라서 또 다시 이렇듯 죄인을 만들고자 모함을 하고 있다고 생각을 했다.

'형님, 이것은 아니오, 형님의 마음에 들지 않는다고 해서 없는 죄를 씌워서까지 벌을 주려 해서야 되겠소이까?'

하륜은 심문을 받으면서 절절히 정도전에 대한 원망을 속에다 새겼다. 하륜이 아무리 아니라고 부인을 해도 국문은 이미 짜인 대로 진행이 되었다. 형틀에 묶어놓고 주리를 틀면서 자백을 하라고 강요를 받았다. 똑같은 질문이 반복되었다.

"박자안과 언제부터 연통을 하였느냐? 무슨 모의를 하였는가? 왜구를 놓아주기로 사전에 내통하지 않았느냐?"

하륜의 대답은 한결같았다.

"나는 박자안과는 모르는 사이요. 내가 경상도 땅 계림윤으로 재직을 하고 있는데 어찌 전라도 땅에 절제사로 가 있는 박자안과 연락이 닿겠소. 이는 누군가가 나를 모함하려고 일부러 꾸민 일이거나 잘못 알려진 일일 것이요."

하륜에 대한 국문은 며칠간 계속되었으나 진전이 없었다. 초지일관 부인을 하자 더 이상의 심문이 없는 채로 하륜은 옥에 갇혀 지냈다.

하륜이 수원부로 압송되어 조사를 받고 있다는 소식을 권근도 전해 들었다. 권근이 수원부로 면회를 왔다.

"사형, 엄혹한 심문에 얼마나 고생이 많으시오."

"허허, 그래도 이렇게 양촌도 면회를 와주시니 고독하지만은 않소이다."

하륜은 헛웃음을 치면서 여유를 보였다. 그러나 그사이 몸은 많이 쇠약해져 있었다. 하륜의 나이도 이제는 50줄에 접어들었다. 심문관의 혹독한 고문과 추궁에 무탈하게 지낼 나이는 아니었다. 통증이 저려오는 듯 자리에서 일어나면서 오만상을 찌푸렸다. 그 모습을 권근은 측은한 눈길로 바라보았다.

"몸이 많이 상했소이다."

"몸보다 마음이 더 아프다오. 삼봉이 내게 이렇게까지 대하다니…."

"삼봉 대감 쪽에서 꾸민 일이라고 생각하시는구려."

"삼봉 쪽에서 만들어낸 것이 아니면 누가 나를 모함하겠소, 내가 전하께 삼봉을 명나라로 보내서 표전문 사건에 대하여 해명을 하여 황제의 진노를 풀어드리라고 진언한 것이 삼봉의 비위에 많이 거슬렸던 것이지요."

"사형을 천 리 길이나 떨어진 계림윤으로 보낼 때 다들 그렇게 생각했지요."

"그런데 그것도 모자라서 박자안의 죄가 감형된 것에 내가 연루되었다고 모함을 하여 이렇듯 고초를 주고 있으니…."

"그 일은 전하께서 인재를 아끼는 마음에서 죄는 묻되 목숨을 살려주라고, 조정회의에서 다시 논죄하라고 명을 내리셔서 정해진 일이 아니오?"

"그러게나 말이요. 박자안이 감형된 것은 그 아들 박실이 아비의 억울함을 정안대군에게 호소하여 이루어진 일이라고 밝혀졌는데, 이 하륜이 정안대군과 가깝다 하여 사사로이 청을 넣어 국법을 무시하면서까지 죄인의 죄를 가볍게 해주었다고 터무니없는 모략을 하고 있으니 참으로 억울하기 짝이 없는 노릇이지 않고 무엇이겠소."

"삼봉은 재주는 총명하여 전하를 도와서 나라에 많은 공업을 세우긴 했으나 도량이 좁고 시기가 많은 사람이요. 스승 이색을 관직에서 쫓아내고 출신이 미천하다고 괄시를 해온 우현보와 그 아들을 무함[57]하여 유배를 보내어 끝내는 장살을 하지 않았소."

"스승님의 아들 종학이도 유배지에서 죽였고 동문수학한 이숭인도 죽였지요"

"그 사람을 대할 때는 조심을 해야 하오. 사원을 품으면 언젠가는 해코지를 하고 마는 사람인데, 그를 궁지인 명나라로 보내라고 하였으니 호정(하륜의 호)에게 어찌 감정이 없겠소이까?"

"내 짐작은 하였지만 이렇게 당하고 보니 참으로 분하고 원통하오. 이번으로, 내가 유배를 가고 파직당한 것이 네 번째요. 죽은 포은 사형이나 숭인이와 나는 삼봉과 함께 나라를 걱정하며 친하게 지냈소. 그러한데 삼봉은 자신이 커지면서 정치적 견해를 달리하자 다른 이들과 패당을 지어서 그들을 멀리했고 모두 다 죽여버렸소. 나도 마찬가지로 이런 신세가 되어버렸지 않소."

"어디 모두가 삼봉만을 탓할 일이겠소이까? 우리가 사는 세상이 풍파가 많은 탓이 아니오이까? 풍랑이 치면 흔들리는 배 위에서 중심을 잡고 지내는 것이 차라리 안전하오."

"그것은 무슨 소리요?"

권근은 갑자기 말머리를 바꾸었다. 하륜은 뜻을 모르겠다는 듯 되물었다. 권근은 피식 웃으면서 설명을 덧붙였다.

"나도 사형에게는 못 미치나 유배당하고 명나라로 가서 죽을 뻔한 위기를 벗어나 이렇게 지내다 보니 내 나름으로 세상을 살아가는 교훈을 얻은 것이지요."

57) 무함(誣陷) : 없는 사실을 그럴듯하게 꾸며서 남을 어려운 지경에 빠지게 함

"……?"

"땅에서 중심을 잡고 사는 사람에게는 흔들리는 배 위에서 지내는 것이 불안하게 보일지 모르나 배를 젓는 사공으로서는 비록 흔들리는 배 위에 있지만 조심하면서 중심을 잡고 노를 잘 저으면 그 나름 안전한 항해가 되는 것이 아니겠소, 땅을 딛고 산다고 어디 모두 안전하다고 하겠소이까?"[58]

"양촌의 말은 풍파가 많은 세상에서 수난을 당하지 않으려면 조심하고 또 조심하면서 변화하는 세상에 잘 적응하며 지내라는 뜻인데, 아무리 조심한들 배가 난파를 당하는 지경에 이르면 어쩔 수 없는 일이 아니오. 때로는 풍랑이 모질어도 이를 헤쳐서 위기를 벗어나야지."

"사형의 말은 무슨 다른 뜻에서 하는 것처럼 들리오?"

하륜은 풍파를 많이 겪은 사람이다. 때로는 그에게서 세상 사는 방식에 대한 조언도 들었다. 자신에게 닥친 풍파를 헤쳐서 위기를 벗어나겠다 하니…. 권근은 하륜에게 무슨 생각이 있는지를 물은 것이다.

"신하가 임금의 총애를 받는다면 방자해지기가 십상이오. 아무리 유능하고 성실한 사람이라도 임금의 총애를 믿고 방자한 자세로 국사를 처리한다면 이는 나라와 백성에 해가 되는 것이오."

"지금의 삼봉을 두고 하는 말이군요."

"삼봉은 지금 전하의 신임을 등에 업고 전횡을 하고 있어요. 삼봉은 지금 전하를 부추겨서 명나라와 전쟁을 도모하고 있소. 명나라와 전쟁을 일으켜 승산이 있겠소이까? 전쟁을 준비하는 동안에, 또 패했을 때 백성이 입게 될 피해는 어찌 될지…. 도무지 상상하기가 두려운 일이요."

"삼봉 자신이 명나라로 불려가는 것이 두려운 나머지 전하를 부추겨

58)『양촌집』「舟翁說」 – 권근은 변화무쌍한 세상사를 살아가는 처신술을 객(客)과 주옹(舟翁)이 대담하는 형식을 빌려 글을 썼다.

명나라에 맞서 전쟁을 하려는 게 아니겠소?"

"삼봉의 잘못은 그뿐이 아니오, 나라의 공을 논하는 데에 정작 일등 공신은 제쳐두고 자신의 입맛에 맞는 사람만 골라서 공신록을 나눠주는가 하면, 국본을 세우는 데에도 적자나 공이 있는 왕자는 제쳐두고 어린 막내를 내세웠던 일 또한 잘못된 것이오이다."

"쉿! 국본의 일은 거론하는 것은 좀…."

권근은 누가 들을세라 손으로 입을 가리는 시늉을 하며 주위의 눈치를 살폈다. 하륜은 자신의 말이 지나쳤는가 싶어 머쓱했다. 그리고는 고문의 후유증으로 저려오는 무릎을 만지작거렸다.

"내 무슨 뜻으로 사형이 그리 말하는지 알아들었소이다."

권근은 하륜의 감정을 달래려 말했다.

하륜은 잠시 멈췄던 말을 계속 이었다.

"사람은 나아갈 때와 물러설 때를 판별할 줄 알아야 하오. 삼봉은 자기 일에 도취하여 그것을 모르는 듯하오. 삼봉은 전하를 보위에 올리는 것으로 그 역할을 그쳐야 하는데, 그 이후의 일까지를 도모하려 하오. 세자를 후계로 삼아서 어린 세자의 후견인이 되어서 대를 이어가며 나랏일을 주무르려고 하고 있어요. 『조선경국전』을 편찬하면서 재상이 나라를 다스려야 한다고 주장을 하는 것은 그러한 의도가 아니고 무엇이겠소?"

"『조선경국전』은 나도 읽어보았지요. 대단히 심혈을 기울여 저술한 것이던데요."

"나도 그에는 동조하오만 그 속에 담긴 삼봉의 욕심에는 경계를 하오. 삼봉은 국구인 심효생과 한편을 먹고 세자의 앞날에 가장 장애가 되는 정안대군을 경계하고 있어요. 정안대군의 앞날도 걱정이요. 삼봉이 하는 일에 걸리적거리는 사람은 누구든지 조심을 해야 할 것이요."

"삼봉은 자신이 하는 일에 걸리적거리는 장애물이면 누구든 가리지 않는다….”

권근은 목소리를 낮추어 곱씹었다.

“그렇소, 내가 그런 꼴이 되지 않았소. 내가 정안대군과 가까이 지낸다고 이런 모함까지 해가면서….”

“……그렇다면 사형은 앞으로는 어찌할 요량이요?”

“글쎄요……. 궁금하면 지켜보시든지, 아니면 내가 하는 일을 지지해 주든지…….”

하륜의 표정은 뭔가 복안을 만들어 놓고 기다리는 것 같았다. 표정에는 음흉한 웃음기조차도 감돌았다.

권근이 면회를 마치고 수원부를 나선 때는 어느덧 서산으로 해가 기울어져 가고 있었다.

“어서 가자 이놈아, 늦기 전에 한양에 도착해야 한다.”

종자는 밤을 새워 가야 할 길을 생각하여 손에 쥔 말고삐를 낚아챘다. 말이 걸음을 빨리했다. 권근은 종자의 재촉을 말렸다.

“어차피 늦은 길, 단숨에야 가겠느냐 지치지 않게, 가든 대로 가자꾸나.”

서산으로 기우는 노을빛이 강렬했다. 그러나 입추를 지난 지 여러 날 이어서인지 찌는 듯한 무더위는 사라졌다. 더운 기운만 맴돌 뿐이지 벌써 가을 냄새가 났다.

‘저 해가 지면 내일 아침 또 다른 해가 뜨려나….’

권근의 마음은 벌써 겨울로 접어든 느낌이었다.

제36장

늙은 호랑이 몸져눕다

• 1

"여보게나!"

내전에서 물러 나오는 어의를 정도전이 불렀다. 의원은 종종걸음을 멈추었다.

"전하의 차도가 어떠신가?"

"중병은 아니신지라 차츰 차도가 있으시긴 합니다만 자주 병치레하시는 것이 문제이옵니다.

"너무 과로하셔서 그런 것이 아닌가? 신덕왕후 마마 일로 충격을 받아서 더 그러한 것이 아닌가?"

"그런 듯도 하옵니다. 연로하셔서 조금만 과로해도 병이 나고 또 중전마마께서 승하하신 후에 심적으로 충격을 받으셨으니 더 심해지신 것도 있고…."

어의는 가슴에 품고 있는 의술 기구를 싼 보퉁이를 만지작거리며 말했다.

"아무튼 정성을 다해주게나 빨리 쾌차하셔야지…."

근래에 들어서 임금은 자주 앓아누웠다. 새 나라 창업으로 눈코 뜰 새 없이 바쁜 나날을 보낸 데에 따른 피로가 누적되었기 때문이었다. 아무리 망해가는 왕조지만 개성은 500년 고려의 도읍지였다. 하루아침에 왕조가 바뀐 마당인데 인심이 고울 리가 없었다. 부랴부랴 한성부를 새 도읍지로 정하여 이어(移御)했지만, 임금이 거처하며 정사를 보기에는 여러 가지로 부족한 점이 많았다. 궁궐을 중수하고 도성을 축성하고 새로이 시가지를 만들고…. 신도의 건설은 나라의 창업과 같은 정도의 수고가 드는 일이었다.

여전히 남아있는 고려의 잔재를 지우는 일도 큰일이었다. 그중에서도 전 왕조의 피를 물려받은 왕가의 씨를 청산하는 일은 인간적으로 너무나 가혹했다. 이성계 자신도 전 왕조의 신하였기에 그에 대한 부담은 잠자리에서 가위에 눌릴 정도로 고통이었다. 중국과의 갈등도 즉위 초부터 여전히 심기를 어지럽히는 일이었다.

그 와중에도 언제나 곁에서 꼼꼼히 챙기며 위안을 주던 반려자가 세상을 떠난 것은 더할 수 없는 충격이었다. 왕비뿐만 아니라 창업의 공신들, 배극렴, 심덕부, 조인옥, 윤소종…, 비록 정치적 견해를 달리하여 적으로 맞서오긴 했으나 마음으로 존경을 해왔던 목은도 마찬가지로 하나둘 모두 떠나버렸다.

이성계의 나이도 이제 육순으로 접어들었다. 젊어서 한때 산야를 누비던 함경도의 호랑이, 전장에서는 이름만 들어도 적의 간담을 서늘하게 만들었던 늠름한 면모는 어느새 사라져버렸다. 몸은 굳어서 뜻대로 움직이지 않았고 마음도 약해졌다. 생각이 잡다해 잠을 편히 이루지 못하는 밤이 많아졌다. 마음의 병이라 했던가……. 마음이 노쇠하니 조금만 과로해도 병으로 옮아왔다. 임금의 병치레가 잦아지니 조정의 분위기도 따라서 무거웠다. 경연도 중단되었고 임금이 빠진 도당의 조정회의는 활기가 없었다. 임금의 안부만 걱정하다가 헤어졌다.

정도전과 남은, 심효생이 정도전의 방에서 별도로 만났다.

"전하의 잦은 병환이 걱정입니다."

세 사람의 만남도 임금에 대한 걱정이었다.

"그러게 말입니다. 연로하셔서 그런지 회복도 더디시고 중병이 아니어야 할 텐데, 휴…."

세자의 장인 심효생은 한숨까지 내쉬었다.

"전하께서 잦은 병치레를 하시니 장차 세자마마의 일이 걱정입니다."

"그렇지요, 전하께서 옥체를 보존하시는 것이 바로 세자마마의 자리를 지켜주는 일인데 큰일입니다."

"그래도 차츰 나아지고 있다 하니 다행 아닙니까?"

심효생과 남은이 주거니 받거니 임금이 몸져눕는 일이 어린 세자의 앞날에 영향을 줄 것이라고 염려를 했다.

"전하께 무슨 불길한 일이라도 닥치게 된다면 세자마마의 앞날을 장담할 수가 없지요."

그들의 이야기를 심각한 표정으로 듣고 있던 정도전이 참견을 했다.

"그렇지요. 장성한 왕자들이 전하의 병환을 틈타 무슨 일을 벌일 수도 있고……."

심효생이 정도전의 말을 받아 말했다. 세 사람은 생각이 깊었다. 머리를 맞대고 묘안을 짜냈다.

"정안대군이 제일 문제요. 정안대군에게로 사람들이 모이고 있어요. 대신들도 정안대군의 눈치를 보고…."

"정안대군은 전하의 다음 보위를 노리고 있어요."

"그것은 역모죄가 아니오니까?"

"역적모의를 한다고 전하께 소를 올려서 죄로 다스려야 할 것이요."

제일 흥분하는 사람은 세자의 장인인 심효생이었다.

"주변에 사람이 모인다고 역모죄로 고변을 할 수는 없지 않소."

정도전은 신중히 하고자 했다.

"그렇다고 이대로 내버려 둘 수는 없지 않소?"

남은이 말했다.

"좀 더 추이를 지켜봅시다. 만약 저들이 진정 역모의 의도가 있다면 무언가 움직임이 나타날 것이요. 그때를 기다려야 하오. 그리고 지금 왕자들은 수하에 많은 사병을 거느리고 있고 이들이 규합하여 대항한다면 자칫 혼란에 빠질 우려가 있소."

"아무튼, 가만히 있어서는 안 되고 이에 대한 대비를 철저히 해놓아야 할 것이오."

"지금은 전하의 병환 중으로 국가의 비상시국이오. 군사의 훈련과 병권에 누수가 생기지 않도록 대책을 강화할 때이외다."

이들의 논의는 국가비상시국 대책을 마련하는 것으로 결론을 내렸다.

• 2

의흥삼군부에서 임금의 병환에 따른 비상시국 대책이 내려졌다.

"군사를 동원하는 것은 임금의 명에 의해서만 가능하다. 병사가 움직일 때 왕지(王旨)를 받는 삼군부가 발행한 호부(虎符)가 있어야 한다."

삼군부의 명은 어명으로 즉시 각도 절제사에게 하달되었고, 중앙에서는 가병을 소유한 종친과 공신들에게도 해당되었다. 이와 함께 군사훈련의 고삐를 더욱 죄었다. 사헌부에서는 훈련 실태를 점검하고 왕자와 공신들의 동향을 파악하였다.

정안대군의 집으로 의안군 이화가 찾아왔다.

"내가 어렵게 남의 눈을 피해서 이렇게 찾아왔네."

의안군은 집안에 들어서서도 안심이 안 되는지 목소리를 낮췄다.

"숙부께도 감시를 붙여놓은 모양이네요."

"나뿐만 아니고 종친들 모두를 감시하는 것 같으니…. 도대체 내가 명색이 전하의 아우이고, 우리 왕자님들이 모두가 전하의 아드님인데, 어찌하여 이렇듯 감시를 받고 살아야 하는가? 이 나라가 도대체 누구의 나라인데 삼봉이 저렇듯 설치는가?"

두 사람이 이야기를 나누는 사이에 민 씨 부인의 목소리가 문밖에서 들렸다.

"잠시 들어가서 뵈어도 될까요?"

"어, 질부님이 아닌가?"

"숙부님이 오신 것을 알고 인사 여쭈려는 모양입니다."

방문이 살며시 열리고 정안대군의 부인 민 씨가 안으로 들어섰다. 어린 사내아이 하나가 곁에 붙은 듯 따라 들어왔고 품에는 또 다른 젖먹이를 안고 있었다.

"그간 잘 계셨사옵니까?"

민 씨는 몸이 거북한 듯 선 채로 인사를 했다.

"이거 불시에 찾아와서 귀찮게 하는구먼."

이화는 엉거주춤 인사를 받았다.

"이 사람이 지금 셋째를 뱃속에 잉태 중이라서…."

정안대군이 부인의 불편한 사정을 대신 전하면서 겸연쩍은 표정을 지었다.

"제(禔)[59]는 이리 와서 인사드려라. 집안 어른이시니라."

아비의 말에 어미의 치마폭을 잡고 있던 아이가 앞으로 나와 넙죽 절을 했다.

"허허, 하는 모양이 벌써 어른일세, 왕가에는 그저 자식들이 많고 무탈하게 쑥쑥 잘 자라는 것이 큰 복일세."

인사를 나누는 사이 부인의 뒤를 따라서 소반에 찻상 차림이 들어왔다. 민 씨는 차를 따르고 두 사람은 하던 이야기를 이어갔다.

"삼봉이 남은, 심효생과 같이 패당을 지어서 전하의 병환을 틈타 전횡을 일삼네. 종친들을 목표로 하는 것 같으이. 군사훈련을 핑계로 가병을 통제하고 감시를 하고 있으니 말일세."

"다른 사람에게도 그렇습니다만, 나와 형님들에 대한 감시가 특히 더 심하겠지요."

59) 이제(李禔) : 훗날 양녕대군

"요즘 무구, 무질 동생들의 발걸음도 뜸해진 것이 그 탓인 겐가요?"

민 씨 부인이 사이에 끼어들었다.

"그런 탓일 수도 있을게요. 나를 감시하는 것이라면 처남들도 분명 감시의 대상이 될 것인즉."

정안대군이 찻잔을 입으로 가져가다 말고 말했다.

"이대로 두고 볼 수는 없는 것이네. 전하께서 자주 병치레를 하시는데 전하께서 오래 병석에 누워계시든가 만약에, 만약에 말이야. 전하께 무슨 큰일이 닥치신다면 바로 삼봉과 그 패당들의 세상이 될 것인데, 이를 어찌 두고 본단 말인가?"

"저들의 눈에 어긋나기라도 하면 저들은 우리를 역모로 몰아붙일지도 모르는데, 어찌할 방도가 있겠습니까?"

"그러니 큰일 아닌가? 이러지도 저러지도 못하고 꼼짝없이 당하고만 있어야 하는 신세이니…."

"사람들을 모아서 대책을 의논해보시지요. 친정에 연락하여 두 동생도 오라고 하고."

민 씨가 안타까운 표정을 지으며 말했다.

"내 집에 사람들이 모이기가 쉽지 않소. 감시를 받는 마당인데 누가 오겠소. 이참에 주목을 받으면 끝장이 나는 판인데."

정안대군의 신세도 우리에 갇힌 것이나 다름없었다. 안타깝고 분이 차오르는 것은 누구보다도 더한 마음이었다.

"큰일일세, 큰일이야, 지금도 이러한데 정작 방석이 보위에 오르기라도 한다면 우리는 살아있어도 산목숨이 아니고 온통 삼봉 패당의 세상이 될 것이니…."

대책이 없는 의논은 온통 걱정뿐이다. 의안군은 말끝마다 큰일이라고 토를 달면서 '휴, 휴…' 한숨만 내뿜다가 밖이 어둑하여 사람의 분간이 어려울 때에 정안대군의 집을 나왔다.

• 3

의안대군이 돌아간 뒤.

집안이 조용한 가운데에 정안대군의 내실에는 밤늦게까지 불이 켜져 있었다. 미동도 않고 깊은 생각에 잠겨있던 정안대군이 밖에다 대고 불렀다.

"소군이를 불러오너라."

정안대군은 자신을 측근에서 호위하는 가병을 불렀다. 소군은 행동이 민첩하고 똑똑하며 과묵하여 신뢰하는 인물이었다.

"불렀사옵니까. 대군마님" 이내 소군이 대령했다.

"들어오너라." 안에서 카랑한 목소리가 들려왔다.

소군은 조심히 들어와서 꿇어앉았다. 주인이 뭔가 은밀한 명을 내릴 것이라는 짐작을 하면서 눈치를 살폈다. 어둠 속에서도 정안대군의 눈은 빛이 났다.

"이리 가까이 오라."

소군이 무릎걸음으로 다가갔다.

"너는 지금부터 내가 하는 말을 명심해 들어야 한다."

중요한 명을 내리기 전에 먼저 일침부터 놓았다.

"……?"

소군은 긴장을 하여 눈초리가 초롱초롱해졌다. 혓바닥을 내밀어 마른 입술을 적셨다.

"나는 삼봉을 죽이기로 마음을 먹었다. 해낼 수가 있겠느냐?"

"대군마님의 분부신데 무슨 일인들 못 하오리까, 명을 내려주십시오."

"지금부터 너는 삼봉을 감시하다가 기회를 봐서 죽여라. 죽이지 못하면 은밀히 감시해라, 어디서 무엇을 하는지 누구를 만나는지 알아보는 것이 모두 네가 할 일이다."

"기회를 봐서 죽이라는 말씀이시지요?"

소군은 되물으면서 주인의 명을 확인했다. 눈에서는 벌써부터 살기가 번쩍 돌았다.

"그렇다. 퇴청할 때 길목을 기다렸다가 죽여도 좋고, 기회를 봐서 가택을 습격해도 좋다. 경계가 삼엄하니 조심해야 할 것이다."

"목숨을 바쳐서 명을 받들겠나이다."

"혼자서는 어려울 테니까 믿을 수 있는 자 몇 명과 더불어 하라. 내 그들에게도 지시해 놓겠다."

정안대군은 소군에게 낮은 목소리로 앞으로 할 일에 대하여 지시를 했다. 목소리는 낮았지만 소군에게는 가슴을 울리는 우레같은 소리였다.

• 4

수원부에서 심문을 받던 하륜이 풀려났다. 조사를 받았지만 하륜에게는 뚜렷한 혐의가 없었다. 더 이상 심문할 가치가 없다고 판단하여 풀어준 것이었다. 그러나 계림윤의 벼슬은 박탈당했다. 한성 자가에 머물렀는데 주변에 감시의 눈길이 번뜩여서 또 무슨 일을 당할지 행동이 늘 조심스러웠다. 나들이하는 것도, 사람을 만나는 것도 자유롭지가 못했다. 감시를 당한다고 생각하니 정안대군에게 인사도 가지 못했다. 고문을 당한 후유증도 만만치 않았기에 집에 머물면서 정양에 치중했다.

'삼봉은 나의 앞길에 크나큰 장애물이다. 이자를 제거하지 못한다면 나는 관목에 가린 잡풀의 신세를 면치 못하리라……. 정안대군도 삼봉

의 감시에서 자유롭지 못할 것이다. 삼봉을 제거할 계책을 강구해야 한다.'

집안에만 머물면서 여러 가지로 궁리를 하던 하륜은 신덕왕후 능 공사장을 찾을 생각을 했다. 그곳을 찾는다면 전하의 눈에도 들고 감시하는 눈에서도 어느 정도 자유로울 수가 있을 것 같아서였다. 그러나 하륜이 능 공사장을 찾고자 하는 이유는 다른 데에 있었다. 삼봉을 제거하려면 우선 군사가 있어야 하는데, 군권은 삼봉이 쥐고 있다. 군사를 움직일 때는 삼군부의 허가를 받은 호부를 지참하도록 명을 내려놓고 있다. 종친들이나 공신들이 가병을 움직일 때도 마찬가지다. 그러나 수도권에서 단 한 곳 예외가 있었다. 바로 신덕왕후 능 공사장에 역사와 경비를 위하여 동원된 안산군수 이숙번 휘하의 군졸들이었다. 하륜은 이숙번을 만나보고자 한 것이었다.

신덕왕후 능 묘역 공사는 막바지 작업이 한창이었다. 왕후의 극락왕생을 빌기 위하여 능 옆에 절을 지었고 흥천사라 명명하여 그곳에서는 아침저녁으로 예불을 올렸다.

하륜이 능에 참배를 올리고 묘역을 이리저리 둘러보고 있을 때, 군관 복장 차림의 한 젊은이가 다가왔다.

"뉘신지요?"

젊은이는 예의 바르게 참배객의 신원을 물었다.

'이자가 이곳의 군사를 통솔하는 이숙번이라는 자인가?'

하륜은 직감으로 이숙번을 알아보았다.

"소신은 능 사역과 경비를 맡아보고 있는 안산군수 이숙번이 옵니다."

'내 짐작이 틀리지 않았구나!'

하륜은 그의 관상을 유심히 살폈다. 20대 중반으로 혈기가 왕성한 모습이었다. 눈매가 그윽하고 콧날이 우뚝한 생김새가 속에 품은 야망 또한 클 듯했다.

"뉘신지요?"

이숙번은 신분은 밝히지 않고 자신을 찬찬히 살피는 상대가 이상하다고 생각하여 다시 물었다.

"내 이름은 하륜이라 하오."

"아, 네, 호정대감이시군요."

"나를 알고 있는 듯하오이다."

"알다마다요, 표전문 사건을 해명하러 명나라에 사절로 다녀오시고, 그 일로 인하여 삼봉 대감에게 밉보여서 계림윤으로 좌천을 당하시지 않으셨습니까?"

"잘 아시는구먼. 그럼 내가 박자안의 일로 수원부로 압송되어 조사를 받은 일도 알고 있겠구먼."

"예, 그 일로 고초를 많이 겪으셨지요. 그런데 여기는 어쩐 일로?"

"그 일로 벼슬도 떨어지고…. 이젠 계림윤도 뭣도 아니라네. 하여서 하는 일마다 꼬이니 돌아가신 왕후님을 찾아뵙고 앞일이 잘 풀리도록 빌어볼 요량으로 이렇게 찾아온 게지."

"원 별말씀을 다 하십니다. 아직은 대감께서 때를 못 만나신 탓이겠지요."

"허허, 그런가? 젊은 사람에게서 그런 위로를 받으니 싫지는 않구먼."

그러면서 하륜은 이숙번의 얼굴을 다시 한번 살폈다.

"그런데 아까부터 대감께서 저의 얼굴을 유심히 살피시는 듯한데 무슨 일이 있으시옵니까?"

"내가 소싯적에 풍수, 관상 같은 잡학에 심취한 적이 있었지."

"대감의 풍수는 전하께서도 알아주시는 정도가 아니옵니까? 계룡산이 도성 터로서 불길하다고 한참 공사 중인 것을 중지하고 관악으로 건의를 하셨던 것은 이미 알려진 일이온데.”

“허허, 젊은이가 어디서 그런 이야기를 듣고서…….”

“헌데, 제 관상에 대해서는 어이하여 유심히 보셨는지요?”

“자네는 좋은 상을 가졌네, 보아하니 능지기를 할 상은 아니네, 크게 될 귀한 상인데……”

“예?” 이숙번은 귀가 번쩍 띄었다.

명성은 익히 들어 알고 있으나 지금은 끈 떨어진 낙향인사가 생면부지의 자신을 찾아와서 귀하게 될 상이라 하고 능지기로 지낼 사람이 아니라 하니……. 이상하기도 하고 또 듣고 보니 흘려들을 소리도 아닌 것 같기도 하고, 숙번은 좀 더 이야기를 나누고 싶었다.

“좀 더 자세한 이야기를 해주실 수는 없으신지요?”

“좀 더 자세한 이야기……? 그저 관상이 그렇다는 것이네, 귀한 사람을 만나게 되면 크게 된다는 뜻으로 알아듣게.”

“귀한 사람을 만날 수는 있는 것이라는 말씀이신가요?”

“오늘은 이쯤에서 이야기를 접고 때를 기다려보시게.”

이런 이야기일수록 깊이 하면 신비감이 떨어지는 법이다. 여운을 남겨둔다면 듣는 상대는 조바심을 갖게 되는 것이고 그때에는 이쪽이 의도하는 데로 끌려드는 것이다.

하륜은 상대의 마음을 교묘히 읽었다.

“다음에 기회가 되면 다시 만날 수가 있을 것일세.”

“……?”

하륜은 숙번과 이야기를 나누는 동안에 휘하 군졸의 수를 파악해두었다. 대략 100여 명이 되는 것 같았다. 급한 대로 요긴하게 동원하여 쓸 수 있겠다 싶었다.

제37장

사병을 혁파하라

• I

오늘 정도전의 귀갓길은 늦은 밤이었다. 남은이 정도전, 심효생과 함께 자신들을 지지하는 인사들을 초대하여 술자리를 마련하였는데, 자리가 길어졌던 것이다. 의흥삼군부 좌군절제사 이무와 세자의 인친[60] 홍성군 장지화가 자리를 함께했었다.

정도전은 술이 거나하여 건들거리는 남여[61]에 기대어 깜박 잠이 들었는데, 갑자기 소란스러운 기색을 느꼈다. 정도전이 귀가하는 길목을 지키는 일당들이 있었다.

"길을 비켜라~. 봉화백 대감의 행차시니라!"

앞서가는 호위(護衛)의 우렁찬 권마성이 들렸음에도 패거리들은 개의치 않았다. 길 가운데서 대여섯 명이 얽혀 멱살잡이를 하고 있었다.

"이놈들 치도곤을 맞고 싶은 게로구나. 봉화백 대감의 행차라는 소리를 듣지 못하였느냐?"

호위는 한껏 위세를 떨며 목소리를 높였다. 패거리들은 잠시 하던 짓거리를 멈추는가 싶더니 서로 눈짓을 주고받았다.

"봉화백 대감의 행차시라구요?" 한 명이 나서서 확인하듯 물었다.

"그렇다 이놈아!"

그 사이에 정도전이 탄 남여가 멈춰섰다. 패거리들은 메고 있던 등짐에서 무엇인가를 꺼내 들었다. 손에 쥔 것은 달빛을 받아 섬뜩한 빛을 내는 장검이었다.

"아니 이놈들이!"

호위가 긴장을 하며 경계태세를 갖추었다. 패거리들은 정도전에게 위해를 가하기 위하여 길목을 기다렸는데 호위가 이들을 막았다. 쨍

60) 인친(姻親) : 혼인으로 맺어진 사돈 관계

61) 남여(藍輿) : 품계가 높은 벼슬아치가 타는 가마

강, 쨍강 검이 부딪치는 소리. 그사이에 남여는 방향을 돌려서 다른 골목길로 달아났다. 쨍강, 쨍강 칼 부딪치는 소리와 쉭, 쉭 하는 기합 소리가 멀리까지 들렸다. 호각 소리도 들렸다. 근처에 있던 순라군이 이 광경을 발견하였다. 패거리들은 일단의 순라 군졸들이 나타나자 도주를 해버렸다.

"이런 변이 있나."
"큰일을 모면해서 다행이오."
"범인이 누구인지 꼭 잡아내야 하오"
정도전 습격 사건은 조정을 발칵 뒤집어놓았다. 그러나 조정이 들끓은 데 비해서 정도전의 입에서는 별다른 말이 나오지 않았다. 이는 필시 배후가 있는 일이었다.
'나에 대해서 뿌리 깊은 원한을 가진 자가 아니고서야 이런 일을 저지를 수가 있겠는가? 전 왕조 유신들의 뿌리 깊은 저항일 수도 있고, 요동 정벌과 군사훈련, 공신록 책정에 불만을 가진 자, 그밖에 정치적 견해가 다르다고 핍박을 받고 있는 자들일 수도 있다. 그자들은 숨어서 배후에서 일을 주도하고, 행동으로 나서는 자들은 그들의 조종으로 일을 벌였을 뿐인데…. 일을 주도하는 자는 현재 조정의 고위직에 앉아 있는 자들일 수도 있고, 임금의 측근을 자처하는 자들일 수도 있다.'
정도전은 그 배후로 자신에게 가장 원한을 품을 수 있는 자를 꼽았다. 정안대군이라면 충분히 자신의 목숨을 노릴만하다고 생각했다.
'정안대군, 정안대군이야….'
공신록 책정에서 탈락한 것도 그렇고, 세자가 되지 못한 것도 그렇고, 사병을 동원하여 군사훈련을 시킨 것, 기강을 잡는다고 왕자에게 직접 훈련에 참가하도록 강제한 것, 일련의 과정을 생각하면 누구보다도 자신에게 원한을 가질 자가 정안대군이었다. 정안대군을 비롯한 종친들과 공신들이 일을 벌였으리라는 것을 어렵지 않게 짐작할 수가 있었다.

"큰일을 당하실 뻔했는데 대감은 어찌 가만히 계시는 것이요?"

남은과 심효생, 이무 등 같은 편 인사들이 따로 모여서 정도전의 침묵에 대해서 답답하다는 듯 토로했다.

"이는 역모에 해당하는 것이요. 필경 세자마마께 불만을 품은 세력들이 저지른 일이요."

세자의 장인 되는 심효생이 흥분하여 말했다. 정도전이 위해를 받으면 세자의 자리가 위태롭다는 것은 명약관화한 사실이다. 심효생은 그것을 염려했다.

"여기에 있는 우리에게도 위해를 끼칠지 모르고……."

남은이 자신의 목에다 손날을 가져다가 스윽 문지르며 말했다.

"저들이 역모를 저질렀다는 확실한 증좌가 어디 있는가? 현장에 있던 놈들을 한 놈도 잡지 못했는데…"

이야기를 잠자코 듣고만 있던 정도전이 입을 열었다.

"그러니 놈들을 속히 잡아들이라고 형조에다 닦달해야지요."

남은이 다그쳤다.

"쉽지 않은 일이지 배후를 밝혀낸다면 모를까……. 전하께서 아끼는 측근이 배후일 수도 있는데 확실하지 않은 증좌를 가지고 벌을 주자 주장하면 전하께서 윤허를 하시겠소이까? 신중히 대처하는 게 좋을 듯하오."

다분히 정안대군을 염두에 두고 하는 말이었다.

"허 참, 그렇다고 이렇게 당하고도 가만히 있는다는 것은…."

"가만히 있자는 것이 아니고…."

정도전이 남은의 말을 가로챘다.

"그럼 무슨 복안이 있는 것이요?"

"날개를 꺾어버려야지."

"그게 무슨 말이요?"

남은은 빨리 결단을 내려주지 않는 정도전이 답답했다. 속이 답답하기는 모임의 다른 사람들도 마찬가지였다.

"배후로 짐작이 가는 사람이 있어요."

"그러면 전하께 고하여 역모죄로 다스려야 할 것이 아니요?"

심효생이 흥분하여 말했다.

"허 참, 이럴 때 신덕왕후마마께서 계셔야 하는데……."

심효생으로서는 세자의 자리가 위협받는 이때 큰 힘이 되어줄 강비가 죽은 것이 참으로 아쉬웠다.

"지금 당장 일거에 저들을 처단하는 것은 어려운 일이나 계책이 없는 것은 아니요."

정도전의 입에서 계책이 있다 하니, 모두 정도전의 입으로 눈을 모았다.

"저들의 날개를 꺾어버려 힘을 쓰지 못하게 만들어야 합니다. 그리한다면 감히 우리가 하고자 하는 일에 반기를 들지 못할 것이요."

"어떤 방법이 있겠소?"

심효생이 한 치 앞으로 다가앉았다. 남은은 침을 꼴깍 삼켰다. 이무의 눈도 반짝였다.

"이 기회에 종친과 왕자들 그리고 공신들이 거느리고 있는 사병을 해체해버릴 것이오."

"사병을 혁파하겠다는 말씀이오?"

"그렇소이다. 군권은 국왕의 소유에 속해야 하는데 전조에서는 그렇지가 못했소이다. 나라의 공신은 물론이고 귀족과 왕족 심지어는 지방의 벌족까지도 만만치 않은 군사들을 거느렸소이다. 전하께서도 전조의 신하로 계실 때에 가별초를 거느리고 전쟁에 참여하였소이다. 이는 나라에 크나큰 위협 덩어리요."

"종친들과 공신들이 가만히 있지 않을 것인데……."

"불만들이 많겠지만, 지금은 전쟁을 준비하는 중이요. 나라에서 백성들에게 군역을 지워 징발까지 하는 마당인데 가병을 그냥 둔다는 것은 말이 안 되오. 이 기회에 가병을 해체하고 병권을 나라에서 흡수하는 조치를 취해야 하오."

"권문세가에서 가문을 지킨다고 가병을 길러온 것은 전 왕조부터 대대로 내려온 제도인데……."

"그릇된 제도는 고쳐야지요. 어명이 내려질 것이요. 아무리 왕가의 부자간이라 해도 어명을 거역할 수는 없소. 어명을 거역한다면 그때에는 역모죄로 탄핵을 할 수도 있을 것이요."

모두는 염려하는 기색이 역력했지만, 정도전의 결심은 단호했다. 사병을 해체하여 중앙군으로 편입하고자 하는 것에 대해서는 이미 요동정벌 구상을 하면서부터 생각해온 터였다. 이번이 절호의 기회라고 생각했다.

• 2

사병을 해체하라는 교지가 전격적으로 내려졌다.

> "임금의 할 일 중에 중요한 일은 나라를 지키고 백성이 제 땅에서 안심하고 살 수 있도록 하는 일이다. 이는 군사를 훈련시키고, 성벽을 쌓는 등 군비를 튼튼히 함으로써 이룰 수 있는 일인데, 군사의 동원은 임금만이 할 수 있는 권한이다. 임금 이외에는 누구도 사사로이 군사를 거느리거나 창·검 등 무기를 비축할 수가 없다. 가별초라는 이름으로 사병을 거느리고 있는 자는 이를 삼군부에 신고하고 조속히 해체하기를 명하노라."

임금의 공표가 있자 종친, 공신 등 이른바 권세가의 불만들이 들끓었다. 가병의 수는 전 왕조 때부터 넓은 토지와 함께 권문세가의 위상과 관계되는 일이어서 권세를 잡으면 누구라도 그 규모를 늘려왔다. 새로운 나라를 세운 이후에도 그러한 풍조는 바뀌지 않았다. 새로운 권력층이 된 종친들과 공신들, 그들뿐만 아니라 중앙과 끈이 닿아있는 지방의 유력자들까지도 가병을 거느리며 자신들의 권세를 과시해왔다. 그런데 이를 하루아침에 해체하라니…, 아무리 임금의 명이라 하지만 불만이 들끓지 않을 수가 없었다.

사병 해체를 반대하는 일단의 세력들이 모였다. 종친 이화를 비롯하여 조영무, 이천우, 이거이, 조온 등이 모여서 불만을 토로했다. 이들은 모두 임금의 종친, 인척이거나 개국의 공신으로서 그 권세가 막강한 사람들이었다.

"이럴 수는 없는 일이요. 우리가 누구입니까? 모두가 종친이고 나라의 공신들인데 사병을 없애라니요?"

"사병은 지난 고려조에서도 공신과 귀족의 보호를 위한 방편이었소. 어찌 나라가 바뀌었다고 해서 그 권위를 하루아침에 무너뜨릴 수가 있다는 말이요."

"그러게 말이오. 우리에게 사병을 해체하라는 것은 벌거벗은 채 거리를 활보하라는 것과 무엇이 다르겠소이까?"

"이게 다 삼봉이 만든 일이요. 전하께서도 사병을 육성하여 여러 전쟁터에서 승리를 거두었거늘 어찌 전하의 뜻이겠소이까?"

이들의 불만은 임금에 대한 것이라기보다는 뒤에서 일을 추진하는 정도전에게 쏠렸다.

"삼봉은 사병을 해체하여 삼군부에 편성하려 하오. 이는 요동 정벌을 꾀하는 삼봉 개인의 야심을 채우기 위한 것이요."

"그렇소! 우선 전쟁 준비로 군사훈련을 강화하는 일부터 막아야 하오."

그들은 그길로 편전으로 몰려가서 사병 해체의 부당함을 고했다.

"임금의 명으로 시행되는 일이다. 어찌 떼로 몰려와서 이리하느냐?"

임금은 상소를 들어주지 않았다. 그렇다고 임금은 명을 거부하는 이들 모두에게 벌을 주자는 생각도 없었다. 모두가 자신에게 가까운 측근인데 인정상 그리할 수가 없었다.

"모두 물러가라 병사에 관한 일은 과인의 일이니라."

"이는 모두 삼봉에 의해서 이루어지는 일인 줄로 알고 있습니다. 삼봉은 지금 대국과 전쟁을 하고자 군사훈련을 강화하고 있고 나아가 신들의 사병까지도 해체하여 중앙군에 편입시키려 하고 있사옵니다. 삼봉은 알량한 재주로 전하의 성심을 흐리고 군신 간 우의에 이간질을 하고 있습니다. 전하, 소신들의 충심을 헤아려주시옵소서"

"군사훈련 또한 과인이 명한 일이다. 그대들은 군사훈련에 대하여 왜 요동 정벌과 연관을 지으려고만 하느냐? 너희들도 삼남과 강원도 해안지방에 왜구 출몰이 끊이지 않고 있는 것을 알고 있지 않느냐? 군사훈련은 국왕으로서 의당 해야 할 소임으로 내린 명인데 어찌 왈가왈부하느냐?"

"전하의 말씀이 지당하오나 왜구 토벌은 이미 끝이 난 일이온데 어찌 군사훈련을 더 강화하시려 하옵니까? 이는 명나라와 일전을 벌이려는 삼봉의 건의를 전하께서 가납하셨기에 가능한 일이옵니다. 통촉하여 주시옵소서."

"그대들은 삼봉을 나무라는 것인가, 아니면 과인을 나무라는 것인가? 요동 정벌은 과인이 아직 입 밖으로 내본 적이 없다. 또 병권은 임금의 권한에 속하는 일이다. 사병 해체는 과인의 일이니 더 이상 거론을 말라."

신하들이 물러설 기미를 보이지 않자 임금이 역정을 냈다. 고집을 피우던 신하들은 움찔했다. 더 이상 고집을 피운다는 것은 임금의 심기를 불편하게 하는 일이고 화를 불러오게 된다. 신하들은 일단은 물러서서 다른 계책을 세우기로 했다.

신하들이 물러나고 난 뒤, 이번에는 좌정승 조준이 별도로 임금에게 건의했다.

"전하, 사병 해체를 금지하여 주시라는 신하들을 나무라셔서는 아니되옵니다. 저들은 사병 해체에 대해서 불만이 있는 것이 아니옵니다. 무리하게 추진되고 있는 군사훈련을 중지해주시라는 것이옵니다. 지금은 요동 정벌을 논할 때가 아니라 황제의 요구를 들어주고 화를 풀어주어야 할 때이옵니다. 나무랄 사람은 삼봉입니다."

황제의 요구를 들어주어 화를 풀게 해야 한다면 정도전을 명나라에 보내야 하는 것이다. 조준은 그것을 주청하는 것이었다.

"황제의 요구를 들어주어야 한다면 나는 충성스러운 신하를 잃게 되는 것이다. 나의 신하가 황제에게 불려가서 어떠한 일을 당하였는지 좌정승은 모르지 않을 터, 그 말은 받아들일 수가 없다. 좌정승 또한 같은 말을 반복하니 더 이상 듣지 않으련다. 그만 물러가라."

정도전에 대한 이성계의 지지는 한결같았다. 여기에는 정도전에 대한 의리뿐만이 아니라 세자를 생각하는 마음도 함께 포함된 것이었다. 왕후가 죽은 이후 이성계의 마음은 세자에게 더욱 애틋했다. 왕후는 눈을 감으면서 세자의 일을 걱정하며 떠났다. 세자는 아직 어리다. 세자 자리에 앉혀놓기는 했지만 그를 지탱해줄 힘이 아직은 미약하다. 삼봉과 심효생 등 일단의 지지 세력이 떠받들고 있지만, 아버지인 자신이 밀어주지 않으면 제대로 다음 보위를 물려받을 수 있을지……. 걱정하지 않을 수가 없었다.

삼봉은 세자의 뒤를 받치는 큰 힘인데 어찌 그를 명나라로 보낼 수가 있다는 말인가?

이성계는 삼봉을 지지해주는 것이 곧 세자의 자리를 지켜주는 일이라고 생각했다.

• 3

궁궐에서 일어나고 있는 일련의 일들이 정안대군에게도 전해졌다. 정안대군 또한 사병 해체의 어명을 받고 있었다.

정안대군의 집으로 처남 민무구, 무질 형제가 와서 성토했다.

"매형께서도 궁중의 소식을 듣고 계실 텐데 어찌 이렇게 집에만 계시옵니까?"

"전하를 뵈옵고 말씀을 드려야 하지 않겠사옵니까?"

일이 심상치 않게 돌아가는데도 집안에만 들어 앉아있는 정안대군에게 불만이었다.

"집안에 들어 앉아있지 않으면, 나도 저들과 같이 떼를 지어 다니며 성토를 해야 하겠느냐?"

"그렇지는 않더라도 삼봉의 독주는 막아야 하지 않겠사옵니까? 이대로 있다가는 삼봉이 어디까지 일을 저지를지 몰라서 드리는 말씀입니다."

"조준 대감도 전하를 만나 뵌 후 삼봉이 전쟁을 일으키고자 한다고 부당함을 고해바쳤다 하지 않습니까?"

대화 도중에 민 씨 부인이 들어왔다. 동생의 말에 이어서 민 씨 부인도 대화에 참견을 했다.

"동생들의 말이 틀리지 않사옵니다. 밖으로 나가셔서 사람들을 만나보시고 대책을 숙의해보시지요. 우리 집은 감시가 심하여 대군과 뜻을 같이하는 사람들이 찾아오기를 꺼리는 것 같으니…."

"……, 삼봉이 큰 수를 두고 있는 것이야."

정안대군이 혼자 소리하듯 낮게 말했다.

"무슨 말씀을 하시는지요?"

민 씨가 뜻을 헤아리지 못하여 물었다.

"삼봉이 지금 벌이고 있는 일을 말하는 것이오."

정안대군은 집사 소군을 시켜서 삼봉에게 손을 보라고 지시하였는데, 일이 실패로 끝이 나긴 했지만, 조정 대신, 그것도 임금의 총애를 받는 막강한 권력을 손에 쥔 삼봉이 귀갓길에 위해를 당한 큰 사건이었는데, 그 일에 대한 조사는 진전이 없는 듯하고 대신 '사병 해체'의 지시가 내려진 것이다. 삼봉은 의흥삼군부를 손에 쥐고 있다. 나라의 군사권이 모두 그의 손안에서 움직이는데, 다만 사병만은 예외로 있으니….

사병제도는 전 왕조부터, 아니 그보다도 훨씬 이전부터 권력의 실세들에게 허용되어 왔던 제도였기에 새 나라 조선에서도 신흥 권력층으로 부상한 종친, 공신들도 당연히 누리는 특권으로 인정받아왔던 것인데 이를 없애라 하니…….

정안대군으로서는 훗날을 대비하여 보다 다른 의도로 가병을 이용하리라 생각하고 있었는데, 그 길이 막혀버린 것이니 어느 누구보다도 불만이 컸다.

아버지는 이제 연로하여 보위를 얼마나 더 유지할지 장담을 할 수가 없다. 세자는 아직도 어리고 또 지지기반도 약하다. 공신들 사이에서는 여전히 자신을 지지하는 사람들이 많다. 충분히 훗날을 기약할 수 있는 일이다. 그런데 지금 가병을 해체해버린다면 그런 희망마저도 빼앗기는 것이다. 권력은 무력에서 나오는 것이다. 아버지도 여러 번 수

난을 겪었지만 든든한 가병의 기반이 있었기에 임금도 함부로 하지 못하였고 결국 오늘날과 같은 결과를 만들었지 않았나? 자신도 가병을 거느리고 있으면서 때를 기다리며 세력을 기르고 있었는데, 삼봉이 그 길을 막는 것이다.

'삼봉은 종친과 공신들의 힘을 빼려는 것이야. 가병을 해체해버린다면 그들이 떠벌리는 소리는 공허할 뿐이야. 가병을 뺏어 버린다면 나라의 군권을 손에 쥐고 있는 삼봉에게 대항할 사람은 아무도 없다. 지금 자신에게 위해를 가한 배후를 색출해 낸다고 법석을 떨어서 반발을 사는 것보다 가병을 해체하여 힘을 빼놓고 그런 다음에 자신에게 저항하는 세력을 하나하나 제거해나간다면 꼼짝없이 당하는 수밖에 없을 것이다. 삼봉이 겨누는 칼끝은 어디겠는가? 자신은 누구보다도 제일 삼봉의 눈엣가시 같은 존재이지 않은가!'

삼봉이 겨누는 칼이 바로 자신을 겨누고 있다고 생각하니 정안대군은 마음이 조급해졌다.

'이대로 당할 수는 없지. 이제는 서두를 때가 됐다.'

정안대군은 눈을 번쩍 떴다. 광채가 번득였다. 주먹을 불끈 쥐고서 부르르 떨었다. 보는 사람에게도 긴장감이 전해졌다.

"무구, 무질 처남은 잘 듣게."

"……?"

"내게 생각이 있으니 지금 호정대감을 찾아가서 의논을 해보게. 내 집은 감시를 당하여 찾아오기가 어려울 테니 자네들이 만나서 의논을 하여 내게 알려주게."

민무구, 무질 형제는 정안대군이 무슨 뜻으로 하는 말인지 알아들었다.

"네, 알겠습니다. 형님 가십시다."

성질 급한 동생 무질이 먼저 자리에서 일어나면서 재촉했다.

제38장

매로 다스리다

• I

종친, 공신들이 몰려가서 사병 해체의 부당함을 고하다가 임금으로부터 꾸지람을 당하였는데도 사병 해체의 성과는 여전히 지지부진했다. 가병을 거느린 세력들이 서로 눈치를 보면서 일을 미루고 있는 것이었다.

임금의 명이니 따르지 않을 수는 없는 노릇이고……. 해체하자니 옷을 벗어내는 것 같아 편치가 못하여 서로 눈치만 보고 있었다.

이때 사헌부에서 조정 대신들과 종친, 지방의 절제사들이 진법훈련에 게을리한 실태를 조사하여 임금에게 보고했다.

"이들은 전하의 명을 가볍게 여겨서 훈련을 게을리하든가 심지어는 훈련에는 불참하면서 술판을 벌이는 자들도 있습니다. 이를 그냥 지나쳐서는 아니 되옵니다. 어명의 지엄함을 보이셔야 하옵니다."

보고서의 내용에 거명된 인사는 영안군, 정안군, 회안군 등 왕자와 임금의 이복동생인 의안군 이화, 이거이 등 왕실의 지친(至親)과 공신, 그리고 각 진영의 절제사 등 모두 합하여 292인이나 되었다. 이 중에 정도전의 측근인 남은과 삼군부절제사 이무, 임금의 의제 이지란도 포함되어 있었다. 이들 모두는 당대에 떵떵거리는 권세가들이다.

임금은 망설였다. 이들은 피붙이고 측근들인데, 이들 모두에게 벌을 준다는 것은 인정상 가혹하다는 생각이 들었다. 고심 끝에 명을 내렸다.

"이들에 대해서는 직접 벌을 주는 것보다 어명의 지엄함을 알게 해주는 것이 합당할 것이다. 벌을 주되 심하게는 하지 말고 경중을 구분하라. 이들이 훈련에 소홀한 것은 주인을 잘못 모신 종자의 잘못도 있으니 그들을 매로 다스리는 것으로 벌을 대신하라."

임금의 명에 따라 왕자와 지친, 공신들 대부분에게는 그들 휘하에 있는 종자 혹은 수하 장수들이 장 100대를 받는 것으로 벌이 내려졌다. 또 어떤 이는 품계가 1등급 강등되기도 했다. 삼군부절제사 이무와 몇몇 지방 절제사는 파직을 당했다.

이에 이무가 자신이 추종하고 있는 정도전에게 항의를 하였다.

"내 요즘 의령군(남은)과 함께 대감을 추종하느라 훈련을 소홀히 한 것인데 전하께서 다른 사람에게는 휘하 종자에게 매를 맞게 하는 벌을 내렸는데 나에게는 어째서 벼슬자리에서 물러나게 한 것이요."

"이 사람아, 전하의 명일세, 어떻게 거역한단 말인가?"

정도전은 이무의 항의를 일축해버렸다. 그러나 정안대군을 비롯한 왕가의 사람들과 공신들에게는 체면을 구기는 일이었다. 그들은 이 일 또한 정도전인 벌인 것이라고 원망을 했다.

임금의 명은 진법훈련장에서 시행되었다. 정도전은 도감(都監)으로서 위엄을 보이기 위해서 갑옷과 투구를 갖추고 허리에는 임금으로부터 내려받은 장식 달린 칼을 찼다.

연병장에는 각 진영에서 차출된 병사들이 도열했다. 그런데 오늘은 병사들이 열 지어선 앞에 평소 훈련장에서는 보이지 않던 모습이 보였다. 죄인을 다루기 위하여 마련된 형구가 준비돼 있었다. 그 앞에는 오늘 벌 받을 사람으로 지목이 된 자들이 군사들에게 양팔을 붙잡힌 채로 고개를 숙이고 쭈욱 늘어서 있었다. 이들은 바로 진법훈련을 소홀히 했다고 임금에게 보고된 왕자와 종친, 공신들의 측근 가신들이었다.

이들 앞에서 정도전은 오늘의 사태에 이르게 된 경위를 연설했다.

"크고 작은 나라의 일 중에서 가장 중요한 것은 사직과 종묘를 만세까지 보존하는 일이다. 나라가 안정되어야 백성들이 안온하게 생업에 종사할 수가 있다. 나라의 방비를 튼튼히 하고 병사를 훈련하는 일은 한시라도 게을리할 수 없는 일인데, 일부의 인사들이 이를 망각하고 어명을 소홀히 여겨왔다. 이 자리에서 벌을 받는 자들은 전하의 명에 따라 그 주인이 받아야 할 벌을 대신 받도록 한 전하의 배려에 따라 불려 나왔다. 하여 비록 벌은 아랫것이 받는다고 해도 그 아픔은 이들을 부리는 윗사람이 느껴야 할 것이다."

정도전의 말을 듣는 동안 대상이 되는 왕족과 공신들은 바짝 긴장했다. 정도전의 말이 이어졌다.

"나라의 병권은 국왕만이 가질 수 있는 권리이다. 병권을 개인이 가짐으로써 여러 가지 폐단이 있을 수 있다. 이미 일부 계층에 거느리고 있는 가병을 해체하라는 어명이 내려졌다. 그런데도 아직까지 이를 이행하지 않는 사람들이 있다. 이 또한 어명을 가볍게 여기는 처사이므로 엄벌로 다스리는 것이다."

정도전의 말은 당당했다. 우렁차게 울려서 대상자들을 움츠리게 했다. 정도전은 임금의 명을 내세워 왕자와 공신들을 겁박하고 있었다. 그가 의도하는 바는 가병 해체였다. 훈련을 소홀히 한 데 대하여는 이 정도로 그치겠지만 가병 해체를 반대한다면 더한 벌을 줄 수도 있다는 경고를 한 것이다.

정도전의 훈시를 듣고 있는 왕족과 공신들은 속으로 불만이 부글부글 끓어올랐지만, 이 자리에서 누구 하나 그에 대해 반론을 제기하지 못했다.

정도전의 훈시가 끝이 나자 벌이 집행되었다.

"하나요…, 둘이요,…, 셋이요…"

구령 소리에 맞춰서 '철썩, 철썩' 볼기치는 소리가 "으…윽…"하며 참아내려 안간힘을 쏟는 비명과 어울려서 궐전을 울렸다. 정안대군은 분함을 참으며 두 주먹을 부르르 떨었다. 얼굴은 열을 받아서 붉게 변했다.

매타작은 기어이 100대를 다 채웠다. 그날의 훈련은 정도전에게 반기를 들고 있는 왕족과 공신들에 대한 일종의 쐐기였던 셈이었다.

• 2

정안대군은 술을 제법 마셨음에도 정신은 오히려 초롱초롱했다.

자신의 손으로 정녕 정도전을 죽여야 하는지, 그때가 언제인지, 과연 성공할 수가 있는지? 골똘히 생각하느라 술을 마실수록 정신이 돌아오는 느낌이었다. 집으로 돌아와서도 생각에 빠졌다.

오늘 훈련 참관은 그들에게는 고문의 시간이었다. 자신들을 대신해서 종자들이 매를 맞는 모습을 보고 있노라니 자존심이 이만저만 상한 것이 아니었다. 정도전이 하는 짓은 두 눈 뜨고 볼 수가 없었다.

이들의 좌장격인 임금의 동생 이화가 위로 술이라도 나누자고 훈련에 참관했던 인사들을 집으로 데리고 갔다. 왕족으로서, 공신으로서, 당대의 권력가로서의 체면은 여지없이 구겨지고 한낮 죄인 신세가 되어 임금 앞에서 머리를 수그리고 있었던 모양새가 부끄럽기 짝이 없었다. 그것은 곧바로 자신들을 그러한 궁지로 몰아넣은 정도전에 대한 원망이었고, 임금에 대한 섭섭함이었다.

"이럴 수는 없소이다. 우리가 그래도 공신인데 어찌 이런 수모를 줄 수 있소이까?"

"공신들도 그렇지만 왕자님들도 체면이 말이 아니었소이다."

"삼봉, 그자가 문제 아니겠소이까?"

"그렇지 모든 게 삼봉이 주선한 일이고말고!"

훈련장에서는 남의 이목도 있고 임금이 임석한 자리였기에 불평을 억누르고 자기네들끼리 수군거리고 있었지만, 자리를 펴놓으니 원성들이 높았다. 홧술을 벌컥거리면서 안줏거리는 삼봉에 대한 성토였다. 조영무는 육포를 질겅질겅 씹어댔다. 이천우는 신경질적으로 잡채를 젓가락으로 콕콕 찔러댔다.

"씹어먹어도 시원치 않을 놈 같으니!"

이거이는 입에서 침까지 튀겨가면서 욕지거리를 했다.

“이대로 가만히 앉아있다는 것은 우리에게는 곧 죽음이요. 무슨 수를 써야 하지 않겠소?”

이화가 술이 거나한 기분에 불쑥 말을 내뱉었다.

“어찌해야 하겠소이까?”

일동은 이화의 말이 무슨 뜻인가? 하고 귀를 기울였다.

“좋은 방법이 있으면 해보시지요. 대감”

이천우가 술김이지만 정신을 가다듬어서 물었다. 분위기가 잠시 정리가 됐다.

“내 말은 앞으로가 더 걱정이란 뜻이요. 세자가 보위에 올랐을 때를 생각해보시오. 그때는 이 나라가 모두 삼봉의 세상이 되는 것이오. 삼봉은 『조선경국전』을 전하께 지어 바치면서 신하가 나라를 다스려야 한다고 했지 않았소?”

“그런 세상이 어디 있소?” 이거이가 입을 삐죽거리며 비아냥거렸다.

“일찍이 그런 세상이 없었는데도 삼봉은 그리 주장을 하며 이를 책으로 지어서 전하께 올리지 않았소. 전하께서는 다른 자 같았으면 어이없는 일이라 불순한 생각을 품었다고 단칼에 목을 베었겠지만 삼봉을 신임한 나머지 거두어주신 것이요.”

“그렇지요. 그때 삼봉이 역모를 품고 있다고 탄핵을 했어야 하는데…. 그랬어야 오늘날 우리가 이런 수모를 겪지 않는 것인데…!”

조영무가 들었던 술잔을 ‘탁’ 놓으면서 말했다.

“지금 아쉬워한들 무슨 소용이 있겠소? 국본을 정하려 할 때를 돌이켜보면 삼봉의 불순한 생각은 더 확실한 것이요. 삼봉이 전하께 그러한 건의를 한 것은 막내를 세자로 앉히고자 하는 죽은 강비의 터무니없는 욕심과 결탁을 하였던 것이지요. 삼봉은 세자의 사부가 되었고 훗날 세자가 보위에 올랐을 때 자신의 바람대로 정치를 해나갈 요량으로 '재상정치' 운운하면서 전하께 건의를 한 것이외다. 삼봉은 그때를 위하여 세자의 장인과 한패가 되어서 지금 그 기반을 닦는 것이외다. 어떻소이까? 내 생각이?"

"딴은 그렇지요. 그렇게 생각을 했지요. 흠흠"

이천우는 말투로 보아 취기가 올라있었다.

"앞으로 삼봉의 세상이 오게 되면 우리의 처지가 더 쭈그러들 것은 불을 보듯 뻔한 것이외다. 그때 우리의 목숨은 살아있어도 산 것이 아닐 것이요. 지금 하는 형편으로 봐서는 앞으로가 더 걱정이요. 가병마저도 해체해버리면 우리에게는 허울만 남아있고 그저 꾸역꾸역 시키는 대로 따라만 가야 하니 앞으로의 처지가 너무나 처량해지지 않겠소?"

"그래서 지금 와서 그것을 어떡하겠다는 것입니까? 작은 아버님."

그때까지 논란에 끼어들지 않고 술잔만 기울이고 있던 정안대군이 정색을 하여 물었다.

세자 자리가 막내로 정해진데 대해서 최대로 피해를 입었다고 생각하는 사람은 바로 정안대군 이방원이었다. 그에 대한 불만으로 삼봉과는 대척점에 서 왔고 그로 인해서 앞으로 세자가 기반을 잡는 데에 최대의 걸림돌이 자신이라고 보면 삼봉의 표적은 다름아닌 정안대군 자신이었다.

"아버님께서 정하신 일인데 어쩔 수 없는 일이 아닙니까?"

말없이 듣고만 있던 영양군 이방과도 목소리에 불만을 묻혀서 물었다. 영양군은 이방원 형제 왕자의 서열 맨 위이다. 장남이 아버지의 뜻을 거스르고 집을 나가버렸으니 둘째인 자신이 장남의 지위를 이어받아 세자로 앉을 수가 있었는데, 세자의 자리가 적자로 이어지지 못하고 막내에게로 갔으니 불만이 적지 않을 수 없었다. 그러함에도 아버지의 뜻을 거역할 수 없다는 효심에서 불평을 자제하고 있었던 것인데, 이 자리에서 새롭게 세자책봉에 대한 불만을 거론하고 또 이런 수

모까지 당하다 보니 그때의 원망이 새삼 떠올라서 하는 말이었다.

"세자, 세자의 자리를 되찾아와야지, 그리하여 삼봉의 세상이 되는 것을 막고 우리의 자리 또한 보존해야지 않겠는가?"

이화는 영안대군의 얼굴을 정면으로 바라보면서 말했다.

"……"

영안대군은 모두의 시선이 자신에게 쏠리고 있다는 것을 의식하자 눈길을 돌렸다. 아버지가 정한 일인데 어찌 장남으로서 이를 거역할 수 있다는 말인가? 또한 이 일은 임금이 국법으로 정한 세자책봉을 뒤엎는 것인이라 역모죄에 해당하는 일이기도 한데……. 영안대군으로서는 엄두가 나지 않았다.

그러나 정안대군 방원의 눈빛은 달랐다. 당초 세자의 자리는 당연히 자신의 자리라고 여기고 있었기에 이화가 말하는 동안에 눈에 빛이 났다. 적어도 여기에 모인 사람은 모두가 삼봉을 적으로 여기고 있다. 삼봉이 권력을 휘두르는 데 불안을 느끼고 있는 사람들이다. 이들도 모두 삼봉에 못지않은 임금의 신임을 받고 있는 최측근들이고 피붙이들이다. 이들이 뭉쳐서 지지한다면 삼봉을 못 당할 이유가 없을 것이다. 더군다나 지금은 삼봉과 힘을 함께하던 강비도 세상을 떠난 마당이니 한번 해볼 만하지 않겠는가?

정안대군은 술좌석 내내 생각에 빠져들었다.

일행들과 헤어져 집으로 돌아오는 늦은 시각 누군가 정안대군의 뒤를 따르는 자가 있었다.

"왕자마마, 정안대군마마"

한참을 뒤따르던 자가 컴컴한 골목길에 들어서자 나지막이 불렀다. 정안대군은 뒤를 돌아보았다. 뒤에서 따르던 자는 급하게 다가왔다.

"소신이옵니다."

가까이서 본 얼굴은 조영무였다.

"긴히 드릴 말씀이 있어 대군마마를 뒤따랐습니다."

"무슨 말이요?"

"의안군이 말씀하실 때 대군마마의 얼굴을 보았습니다."

"내 얼굴이 어찌 보이던가?"

정안대군은 속내를 들킨 것 같아서 움찔했다.

"대군께서 큰 결심을 하신 것 같았습니다. 큰일을 하시는데 소신이 어찌 빠질 수가 있겠습니까?" 조영무는 성미가 급하고 저돌적이긴 하지만 눈치 하나는 빨랐다. 조영무는 이성계와 같은 동향으로 이성계 가문의 가병 출신이었다. 무예에 출중하지도 않고 출신 배경 또한 시원치 않은 조영무는 군졸로 들어가서 근무를 하였으나 빠른 눈치와 시키는 일에 대하여는 물불을 가리지 않고 덤비는 충성심으로 점차 승진을 거듭해 왔는데, 이방원의 지시로 조영규와 함께 직접 고려조 충신 정몽주 암살에 가담함으로써 조선 건국 후에는 일약 개국공신 3등에 책록되어서 한산백 작호를 받고 지금 종삼품 전중시판사 벼슬을 지내고 있다.

정안대군은 조영무의 얼굴을 찬찬히 봤다. 뭣인가 명을 내려주기를 기다리는 표정이었다. 지난번 정몽주 살해 때도 그랬지만, 앞으로 일을 도모하는데도 이러한 자가 필요할 것이라고 생각했다. 무모하다 싶은데도 주인의 말이라면 어김이 없는 자. 이러한 자는 자신이 하는 일에 조금만 보상을 해주면 앞뒤를 가리지 않고 저돌적으로 덤벼드는 법이다.

"알았소. 내 꼭 한산백을 중히 쓰겠소. 준비를 하고 있으시오. 지금은 나에 대한 감시가 살벌하니 내 처남 무구 형제들과 연락을 취해놓고 기다리시오."

정안대군은 신뢰의 표시로 조영무의 어깨를 두드려주었다. 조영무는 황송하여 어쩌지 못하겠다는 듯이 공손한 표정을 지었다.

• 3

사헌부에서 감찰을 동원하여 사병 해체의 실태를 점검하고 나섰다. 동시에 삼군부에서는 군사를 동원하여 사병을 보유하고 있는 종친과 공신의 집을 수색하여 창과 검, 말을 수거했다. 종친들부터 먼저 수색을 당했다.

"어명을 받들고 왔소이다. 문을 여시오!"

정안대군의 집은 막 아침을 먹고 상을 치우는 중인데 대문 밖에서 우렁찬 소리가 들리니 식솔들이 모두 놀랐다. 어명이라니? 이 집이 어떤 곳인데? 식솔들은 어안이 벙벙했다 놀란 나머지 서로의 얼굴을 쳐다봤다. 정안대군도 대문 밖의 소리를 안방에서 듣고 있었다.

'기어이 시작을 하는구나!'

자세를 흩트리지 않으려 애를 썼다.

"걱정하시든 일이 벌어진 것 같사옵니다."

민 씨 부인이 남편의 눈치를 살폈다.

"예상했던 바이요."

"어명이라 하니 문을 열지 않을 수는 없고 신첩이 나가보겠사옵니다. 대감은 가만히 계시오."

민 씨 부인은 의외로 침착했다. 마당으로 내려온 부인은 하인들에게 소리쳤다.

"어명이라 하지 않느냐? 어서 대문을 활짝 열어라."

주인의 명에 따라 대문이 열리고 어명을 받든 병사 열댓 명이 우르르 안으로 몰려들어 왔다.

"어명을 받잡고 왔습니다."

지휘관인 듯 군관 복장을 한 자가 예를 갖추어 말했다.

"무슨 일이냐?"

"사병들이 사용하는 무기를 회수하러 왔습니다."

"이 댁이 어떤 곳이라는 것도 알고 왔겠지?"

"여부가 있겠습니까? 정안대군 나리의 댁이라는 것 저희들도 잘 알고 있습니다."

"우리 집에는 우리가 알아서 할 일이니 그만 돌아가거라."

"윗전의 명이 지엄한지라……."

군관은 부인의 위엄에 눌리어 말끝을 마저 잇지 못했다.

"정히 그러면 내가 내어주마. 예서 기다려라."

민 씨 부인은 병사들을 마당에 뻴쭘하게 세워둔 체 하인을 데리고 뒤꼍으로 갔다. 잠시 뒤에 하인에게 몇 자루의 창·검을 들려서 나왔다.

"이것을 가져가거라."

"이것으로는 좀……. 윗전에서 관심을 두고 있는지라……."

군관은 난감한 표정이었다.

"이것이 전부이니라, 정 그렇다면 집안을 뒤져볼 테냐?"

"아, 아닙니다. 이것뿐이라고 보고를 하겠습니다."

"이 댁에서는 이미 전하의 명대로 사병을 해체하였노라고 그래서 무기 따위는 없다고 보고를 하거라."

정안대군은 안방에서 부인이 마당에서 하는 소리를 다 듣고 있었다. 이런 일은 미리 예상했던 일이다. 그래서 사병의 일부와 병장기를 이웃하는 신극례의 집으로 옮겨놓았다. 신극례는 개국 때의 역할로 공신 3등에 올라있었고 그 공으로 삼군부 상장군을 지내고 있기에 그 집에서 병사들이 모이고 병장기를 보관하는 것에 대하여 의심하지 않을 것이라는 생각에서 그렇게 한 것이었다. 정안대군은 마당에서 벌어지고 있는 일을 보면서 정도전과 일전을 벌일 날이 머지않았다고 생각했다.

제39장

충청도 관찰사

• 1

하륜이 충청도 관찰사로 발령났다. 전라도 수군절제사 박자안이 항왜(降倭)[62] 관리를 잘못하여 벌을 받는 과정에서 하륜도 연루되었다는 혐의를 받고 수원부로 압송이 되었다가 조사를 받고 풀려난 지 여덟 달 만이었다. 결국 무고함이 밝혀지긴 했지만, 그간에 당한 고초는 말로 표현할 정도가 아니었다. 억지 자백을 강요하며 가하는 육체적 고문도 이겨내기 어려웠지만, 누군가가 의도적으로 씌운 누명이라는 생각이 들었을 때는 원한에 치를 떨었다. 그 누군가는 바로 정도전, 그에 대한 원망이었다.

'삼봉의 미움이 끝이 없구나. 무고함이 밝혀진 마당인데도 계림윤에 이어서 또다시 충청도 관찰사라니……. 이것이야말로 내가 정안대군과 가까이 지내는 것을 경계하기 위한 삼봉의 술책이 아니고 무엇이겠는가?'

하륜은 이번에 충청도 땅으로 내려가게 된다면 언제 다시 한성 땅을 밟게 될는지 기약할 수 없는 일이라 생각했다. 아니 영영 그곳에서 벼슬살이를 마치게 될지도 모르는 일이다. 그나마 아직은 전하께서 이 하륜을 잊지 않았기에 벼슬살이를 복직시켜주신 것이지만, 전하의 형편이 언제까지 여의하겠는가? 지금 전하는 병환 중에 있다. 자주 앓아눕는다는 소문인데 이번에는 자리보전이 길어지고 있다는 것이다. 호랑이 같은 용맹도 세월 앞에서는 어쩔 수 없는 일. 연로한 탓이리라. 전하께서 일어나실 수 있으실까도 걱정이다.

만약에 전하께 변고가 생기게 된다면? 그때는 세자인 막내 방석이 그 자리를 잇게 될 것이고, 삼봉의 천하가 되는 것은 불을 보듯 뻔한 일이다. 그리되면 그렇지 않아도 미운털이 박혀있는 나, 하륜부터 그

62) 항왜(降倭) : 투항해온 왜구

냥 두지 않을 것이다. 삼봉은 지금 세자의 장인 심효생과 더불어 세자의 앞날을 꾸미고 있다. 세자가 보위를 잇는 데 걸림돌이 되는 장성한 왕자들의 힘을 빼는 일, 왕자들과 아직도 그들을 지지하고 있는 공신들에게서 사병을 빼앗고 진법훈련을 빙자해서 어명의 위엄과 무서움을 알리는 등 일을 벌이고 있는데……. 앞으로 전개될 일을 생각해보면 등골에 식은땀이 다 났다.

얼마 전에는 전하가 병중인데도 문안을 드리러 들어가서 왕자들을 모두 지방의 번주[63]로 내보내자고 건의를 하였다지 않은가? 하륜은 교지를 받고서 앞으로 벌어질 일을 끝도 없이 생각했다. 그러다가 결론을 내렸다.

'더 이상 미룰 수는 없다!'

더 이상 미룬다는 것은 상황을 점점 불리하게 만드는 일이다. 하륜은 정도전과의 일전을 벌일 때가 왔다고 생각했다. 하륜은 임지로 떠나기 전날 관직 복귀와 충청도 관찰사로 즉위한 자축연을 베풀었다. 잔칫집에 여러 사람들을 초청하고 다들 모이는 것은 자연스러운 일이었다. 정안대군과 만날 수 있는 기회를 만들고자 하였다. 정안대군을 비롯하여 민제, 양촌, 이거이, 이천우, 조영무, 신극례, 문빈, 심귀령, 이숙번 등을 초청했다. 이들은 최근 하륜이 백수로 지내오면서 만났던 사람으로 하나같이 정도전의 요동 정벌 정책을 반대하고, 그래서 진법훈련을 소홀히 했다는 이유로 임금으로부터 문책을 당했거나, 정도전에게 불만을 품고 있는 인사들이었다.

"자, 하 공, 내 술 한 잔 받으시오. 무고함이 밝혀지고 전하께서 다시 복직을 허락해주시니 이 얼마나 다행한 일이요."

하륜의 옆자리에 앉은 민제가 잔을 권했다.

"그저 감사할 따름이지요. 전하께 하해와도 같은 은혜를 입었습니다."

63) 번주(藩主) : 일정한 영토를 가지고 그 역내의 백성을 다스리는 우두머리

"내 잔도 한 잔 받으시오."

곁에 앉은 권근도 권했다.

"감사하오이다. 양촌"

"그동안 고생을 하셨으니 앞으로는 꽃길만이 있기를 바랍니다. 허허"

이거이도 잔을 권했다.

"이런이런, 손님을 청해놓고 내가 먼저 취하겠구먼. 감사합니다."

하륜은 이러저런 덕담을 들으면서 받은 잔이 꽤 되었다.

주연이 어느 정도 익어갈 무렵에는 술이 많이 취한 듯했다. 비틀거리면서 자리를 일어나서 정안대군의 좌석으로 다가갔다.

"대군께서 이렇게 참석해주시니 자리가 한층 빛이 납니다. 소신이 한 잔 올리겠나이다. 크~윽"

"그리하오. 내가 미쳐 호정대감에게 술을 못 권했구려."

정안대군은 잔을 내밀었다.

"이렇듯, 이렇듯 참석해주시니 흠흠."

하륜의 말에는 혀가 풀려있었다. 눈은 게슴츠레했다. 옆 사람들이 볼 때에 심히 불안했다. 저러다가 무슨 실수를 저지르는 것이 아닌가?

아차!

염려하던 일이 기어이 현실로 나타나 버렸다. 비틀거리던 하륜이 술잔을 따르다가 몸을 가누지 못하고 그만 넘어지면서 정안대군의 상을 짚어버리고 만 것이었다.

"저런, 저런!"

상차림에 올려놓은 국과 잡채, 과일 등이 범벅이 되어 정안대군의 앞자락에 쏟아졌다. 주연 분위기가 아연 긴장이 됐다. 모두들 정안대군의 기색을 살폈다. 정안대군의 얼굴이 일그러졌다. 옆에 앉은 조영무가 정안대군의 앞자락에 쏟아진 음식을 손으로 털어주려 했으나, 정안대군은 이를 뿌리쳤다.

"하 공, 술이 과하지 않소이까? 이게 무슨 꼴이요? 에이…."

장안대군은 화를 버럭 내면서 자리를 박차고 일어났다.

"이 일을 어쩌나…. 술이 너무 과해서 내가 그만 실수를…."

하륜은 머쓱하여 사죄했다. 그러나 정안대군은 뒤도 돌아보지 않고서 쌩하니 밖으로 나가버렸다. 잔치의 분위기가 엉망으로 변해버린 것이다. 모두가 하륜의 주정을 원망했다.

"이를 어쩐단 말이오. 대군마마께서 화가 단단히 나신 것 같은데…."

"조심하지 않고서…. 쯧쯧"

하륜은 원망을 들으면서 정신을 가다듬었다.

그러나 실상 이 일은 하륜이 계획적으로 일으킨 것이었다. 하륜은 전혀 술에 취하지 않았다. 그는 부어주는 술을 받는 족족 상 밑에 미리 준비해둔 퇴주 그릇에다가 부어버리고 마시는 시늉만 했던 것이다. 그러고는 술이 취한 척하며 정안대군에게 다가가서 실례를 한 것이었다. 계획적으로 정안대군의 분노를 사서 일찍 돌아가게 만든 것이었다.

"내 이대로 그냥 있어서는 아니 되겠소, 정안대군을 뒤쫓아가서 노여움을 풀어드려야겠소."

하륜은 옷매무새를 고치고 하객들에게 양해를 구했다.

"어서 가시오. 가서 노여움을 풀어드리시오. 우리도 그만 자리를 파합시다."

"그럼요 우리도 일어날 때가 되었습니다. 그려"

하륜은 뒤처리를 맡기고 서둘러 정안대군을 뒤따라갔다. 하륜이 자리를 뜨자 일행 중에서 이숙번도 슬며시 따라나섰다. 경황없는 중이라 다른 하객들은 이숙번이 하륜을 따라가는 것을 아무도 눈치채지 못했다.

• 2

집으로 돌아간 정안대군은 여전히 노여움을 풀지 못했다.

'하륜 대감이 어떻게 나에게 이런 실수를 한단 말인가? 여러 사람들이 보는 앞에서 이게 무슨 창피란 말인가?'

분노를 삭히고 있는데 밖에서 노복이 부르는 소리가 들렸다.

"대군마마, 호정대감이 오셨습니다."

'이 자가 왜 찾아왔단 말인가?'

생각 같아서는 매몰차게 내쳐버리고 싶었지만, 그동안의 정리를 봐서 꾹 참았다.

"대군 나리 소신의 불찰을 용서하시고 사정을 들어보시지요."

정안대군은 마당까지 들어온 하륜을 세워둔 채 말을 안 했다. 하륜은 뾰로통해 있는 정안대군을 보자 웃음이 나는 것을 가까스로 참았다. 정안대군은 하륜을 바로 보지도 않았다. 딴청을 부리듯 눈길을 담장 쪽으로 두었다.

"소신의 행동에 화가 많이 나셨지요? 제가 실은 일부러 그런 행동을 했습니다."

하륜은 정안대군의 행동에 아랑곳하지 않고 입가에 가벼운 미소까지 띠면서 말했다.

"뭐라고요? 일부러 그런 것이라고요?"

'이자가 이제는 나를 놀리려 드는구나!'

정안대군은 기가 막혔다.

'그동안에 나를 주군으로 대하며 깍듯하게 예를 바쳤던 일들은 다 거짓이었다는 말인가? 왕자로서 체면 구기는 일들을 당하고 있으니 이 자도 나에게 등을 돌리고자 하는 것인가?'

정안대군은 대꾸하지 않았다.

“대군, 노여움을 푸소서 소신이 어찌 대군마마를 가볍게 여기겠나이까?”

하륜은 여태껏 무례하게 보인 태도를 고쳐서 정중하게 말했다.

“소신은 대군마마를 이 나라의 지존으로 올려드리기 위하여 오늘 부득이 결례를 하였사옵니다. 이제부터 소신이 하는 이야기를 잘 들으소서.”

하륜은 진지하게 이야기를 이었다.

“전하의 병환이 깊어지자 삼봉의 패당들은 지금 연일 모처에 모여서 전하 이후의 일을 모의하고 있습니다.”

“그건 나도 알고 있는 바이오.”

정안대군은 심드렁하게 대꾸했다. 잔치에 초대해놓고 여러 사람들이 보는 앞에서 술상을 엎어 창피를 주고서는, 이를 사과한다고 뒤쫓아 와서 하는 이야기가 저 정도의 다 아는 소리인가…?

삼봉이 하는 일을 생각하면 그렇지 않아도 심기가 불편한데 저런 따위 다 아는 이야기로 염장을 지르다니……. 어처구니가 없기도 했다.

그러나 이어지는 하륜의 이야기는 귀를 번쩍 뜨이게 했다.

“세자가 보위를 이어받고자 할 때 이 나라에서 누가 가장 걸림돌이 되겠습니까? 왕자님들이 아니겠사옵니까? 그중에서 손을 꼽으라면 아마 대군을 첫손가락으로 꼽을 것입니다.”

“……!”

“훈련을 빙자해서 삼봉이 병권을 강화하고, 종친과 공신들의 사병을 해체하는 일 등은 세자가 무탈하게 보위를 이어받을 수 있게 하기 위한 수순입니다. 소신을 충청 관찰사 외직으로 보내는 것도 삼봉이 대군과 소신이 가까이하는 것을 막으려고 뒤에서 손을 쓴 것입니다.”

‘정말 저자가 연회상에서 나에게 일부러 망신을 준 것인가?’

정안대군은 하륜의 말을 귀담아들으면서 마음을 고쳐먹었다.

"……딴은 그런 생각이 들기도 하오."

"제가 오늘 대군께 일부러 실례를 범한 것은 충청도 관찰사로 가게 되면 대군을 옆에서 보필하지 못하게 될 것이고, 그리되면 대군을 보위에 올려드리고자 하는 뜻은 멀어질 수 있기에 긴하게 독대하고 말씀드릴 자리를 만들고자 해서 저지른 일이었습니다. 용서하소서."

하륜과 이야기가 길어질 듯했다. 정안대군은 하륜을 사랑채로 데리고 들어갔다.

"자, 편히 앉아서 이야기를 들어봅시다. 계속해보시오."

정안대군의 표정에서 노여움은 이제 다 가셨다. 오히려 하륜의 이야기를 더 듣고자 했다. 하륜은 정안대군의 기색을 살펴 가면서 말을 이었다.

"대군, 이렇게 당하고만 있으면 계속 궁지로 몰리게 마련입니다. 이대로 세자가 보위를 이어받게 되면 대군과 저, 하륜의 일신이 무사할 수가 있겠습니까?"

정안대군은 숨을 길게 들이마셨다가 내뱉었다.

"후……. 그러나 아직은 별수가 없지 않소?"

"위기가 곧 기회라고 했습니다. 쥐도 고양이에게 몰리면 무는 법입니다."

"무슨 뜻으로 하는 말이요?"

"대군께서 가만히 당하고 계시지 말라는 것입니다. 반격을 하셔야지요."

"무슨 수로 반격을 하겠소? 아버님의 뜻이 확고하시고 삼봉이 천하의 권력을 움켜쥔 듯 저렇게 기세가 등등한데……."

"공기무비 출기불의(攻其無備 出其不意)라 했습니다. 적의 방비가 허술한 때에 공격하고 미처 예상하지 못할 때 출병한다는 뜻이지요."

"공기무비 출기불의?"

“삼봉은 지금 여러 왕자님들의 발을 묶어놓고서 여유를 즐기고 있을 것입니다. 사병을 해체하였으니 대항할 군사가 없을 것이고, 또 전하께서 전폭적으로 신임을 하고 있으니 감히 어느 누구도 대항하지 못하고 움츠러들어 있습니다. 하니 삼봉은 자신의 계획대로 거침없이 일을 추진하겠지요. 삼봉의 패당은 지금도 모처에 모여서 계속 일을 꾸미고 있을지도 모릅니다.”

“그럴 수도 있겠지.”

“이럴 때 삼봉을 쳐야 합니다.”

“무슨 수로? 우리에게는 이미 사병을 해체하여 움직일 수 있는 군사가 없는데…….”

“지금 도성 안에서 움직일 수 있는 것은 삼군부 군사밖에 없습니다. 그러나 예외적인 데가 있지요?”

“사병이 해체됐는데 삼군부 군사 외에 예외적으로 동원할 수 있는 군사가 있다니, 그것이 대체 어디란 말이요?”

“바로 정릉 공사에 동원되어 사역과 경비를 맡은 안산군수가 지휘하는 군사들입니다. 그 군사들은 도성을 출입하는데 아무런 통제를 받지 않습니다. 그들은 삼군부의 지휘를 받지 않고 안산군수가 직접 지휘하니 이를 동원하면 됩니다.”

“안산군수가 우리의 일에 협조할까?”

“소신이 이미 안산군수 이숙번을 만나서 깊은 이야기를 나누었습니다. 이숙번은 야망이 커 보이는 젊은이더이다. 주연 자리에서는 대군께 인사를 드리지 못하였으나 제 뒤를 따라올 것이 옵니다. 대군께서 격려를 해주신다면 그 친구는 대군께서 시키는 대로 일을 잘해나갈 것이옵니다.”

“이숙번이 이리로 온다는 말이지?”

정안대군은 기대에 찬 얼굴이었다.

“소신은 이제 충청도 관찰사로 떠나게 되면 대군을 다시는 뵐 수 없을지도 모르옵니다. 일이 성공한다면 기쁘게 재회를 할 수 있겠지만, 그렇지 못한다면 대군을 다음 세상에서나 뵐 수 있겠지요.”

하륜은 비장한 표정으로 말을 이었다.

“소신은 임지로 출발하겠습니다. 대군께서는 모든 준비가 되시면 즉시 파발을 띄워주십시오. 소신은 즉시 출동할 수 있도록 준비를 하고 한성과 가장 가까운 진천역참에서 대기를 하고 있겠습니다.”

“그리하오. 그리해주시오. 부디 그대와 나의 뜻이 이루어지기를 바라며 나도 준비를 하겠소.”

정안대군도 비장한 목소리로 답을 했다.

그때였다. 밖에서 하인의 목소리가 들렸다.

“안산군수라는 자가 대군마님을 꼭 봬야 한다고 마당에 버티고 섰습니다.”

“……?”

“이숙번 그자가 제 뒤를 따라왔습니다. 소신이 대군을 따라 일어서면 저를 따라오라고 미리 일러두었습니다.”

“그럼 들어오라 하시오.”

세 사람은 정안대군의 방에서 깊은 이야기를 나누었다. 그날 밤 정안대군은 주변에 아무도 근접지 못하도록 일러 놓고 두 사람과 늦게까지 이야기를 나누다가 남의 눈에 띄지 않는 한밤이 돼서야 헤어졌다.

• 3

하륜이 말하던 때는 그리 머지않아 다가왔다. 하륜에게 기대하지 않았던 일이 생긴 것이었다. 충청도 관찰사로 부임한 열흘 뒤 도성 축성 공사를 맡은 군사의 교대가 이루어졌는데 마침 경기좌도와 충청도의 군사가 그 임무를 맡게 되었다. 도성 공사는 각도의 군사들이 돌아가면서 맡아 하였는데, 그들 군사의 차례가 온 것이었다. 어명을 받아든 하륜은 회심의 미소를 지었다.

'하늘이 이 하륜에게 기회를 주는 것이구나!'

명을 받고서 하륜은 한양 쪽을 향하여 싸늘하게 미소를 지었다. 그것은 정도전을 향한 미소였다.

'삼봉, 두고 보시오. 당신의 운은 이 하륜으로 인해서 이제 곧 끝이 나게 될 것이오.'

하륜은 수하에다 명하여 튼실한 자들만 모아서 역부(役夫)를 꾸리도록 했다. 군사는 도성 곳곳 공사 현장에 흩어져서 배치되었으나 본영은 남산에 정하였다. 군사가 도성 공사장으로 이동하자 임금은 하륜을 친히 불러서 부월(斧鉞)을 내려주며 군사를 지휘하게 했다.

하륜은 남산에다 여장을 푸는 즉시 정안대군에게 글을 썼다. 서찰에는 만약을 염려하여 간단하게 '남산' 두 글자만 썼다.

'남산!'

남산에다 진을 치고 있으니 일을 벌이라는 뜻이다.

서찰을 받아든 정안대군은 방문을 열어젖히고 남산 쪽을 바라봤다. 남산은 한양거리 어디에서도 주봉이 보였다. 그 주봉에서 하륜의 큰 얼굴이 만면에 웃음을 띠면서 자신을 향하여 손을 흔들어 주는 듯했다. 남산에서 불어오는 바람이 방안을 휘 한 바퀴 돌아 나가면서 속을 시원하게 훑었다. 정안대군은 가슴을 젖히고 남산의 기운을 한껏 빨아들였다.

기회는 길을 찾는 자에게 오기 마련이다. 기회를 어찌 활용하는지는 내가 할 일이고 성패는 오직 하늘에 맡길 뿐이다! 정안대군에게는 이제 언제 결행하는가 그 시기만 남았을 뿐이었다.

제40장

닥치는 위기가 곧 기회다

• 1

서운관에서 별자리가 수상하다고 점을 쳤다. 며칠째 낮에 태백성[64]이 나타나더니 헌원성[65]으로 들어가 자리를 잡았다는 것이다.

"태백성이 헌원성 자리로 들어가면 나라에 괴변이 일어날 징조입니다."

서운관 관리 안개가 조정에 보고를 올렸다. 헌원성은 황실과 관련이 있는 별자리다. 별자리의 밝기나 크기의 변화로 나라의 길흉화복을 점쳤는데 태백성이 헌원성의 자리를 침범한 것은 나라에 액이 닥칠 운세라는 것이다.

'혹시 임금께서 변고를 당하지 않을까?'

임금의 병환이 깊은 때에 불길한 점괘가 나왔으니 조정 대신들 사이에서 걱정하는 소리가 높았다. 백성들 사이에서도 이와 관련하여 곧 전쟁이 일어나거나 재앙이 닥칠 것이라는 흉흉한 소문이 돌았다. 궁중에서는 소격서를 지어서 좌정승 조준과 임금의 장자 영안대군이 제주가 되어서 제사를 올렸다. 또 전국의 명산에서는 해괴제[66]를 지냈고 사찰에서는 금경소재도량[67] 행사를 벌였다.

임금은 금년 들어서 여러 차례 병을 앓았는데 입추가 지날 무렵부터는 아예 자리보전을 하여 추석이 지나도 일어날 기미가 보이지 않았다.

'연로하신 탓이리라.'

정도전은 이제 후계를 이을 채비를 해야 할 때가 됐다고 생각했다.

64) 태백성(太白星) : 금성을 달리 이르는 말

65) 헌원성(軒轅星) : 사자자리와 큰곰자리에 걸쳐 넓게 자리 잡은 별자리 이름

66) 해괴제(解怪祭) : 나라에 이상한 일이 일어났을 때 액운을 면하기 위하여 지내는 제사

67) 금경소재도량(金經消災道場) : 재난을 막고 복을 비는 불교법회

국본(國本/세자)의 자리가 막내 방석으로 정해진 지가 6년이 되었다. 아직은 어리다고 하나 자신이 주장하는 '재상정치' 이론으로 보면 별다른 문제가 되지 않는다. 어차피 임금이 하는 일은 현자(賢者)를 발탁하는 것에 그치고 국정은 재상이 맡아 하는 것이다.

지금 임금은 중병을 앓고서 언제 일어날지 기약을 할 수가 없다. 정무를 볼 수 없게 된다면 양위를 할 수밖에 없다. 지금이 그때라고 생각했다.

지금 세자에게 양위 절차를 밟게 한다면…?

역시 최대의 걸림돌은 장성한 왕자들이다. 정도전은 왕자들의 반발에 대비하여 여러 조치들을 취해놓았다. 왕자와 공신들을 모아놓고서 진법훈련이 불성실하다는 죄를 물어서 그들의 휘하 종자에게 매를 쳐서 어명의 지엄함을 알렸고, 사병을 해체해 창검과 말을 회수하였다. 또 왕자들을 중앙과 떨어진 외방으로 보내서 조정의 일에 간섭하지 않고 지내게 하도록 건의 한 바도 있었다.

그러나 이러한 조치들로는 부족했다. 사병의 해체는 아직 시작단계라 저들이 대놓고 불만을 드러내지는 않았으나, 실상 반발이 대단하다. 왕자들을 외방으로 보내자는 건의도 이성계가 병으로 드러눕게 되어 답이 없다. 더 과감한 조치가 필요했다.

경복궁의 서쪽 영추문 앞 송현방(松峴防)에 있는 남은의 첩 집은 정도전과 남은, 심효생 등이 은밀히 만나는 장소였다. 때로는 이들 외에 판중추(判中樞) 이근(李懃), 전 참찬(參贊) 이무(李茂), 흥성군(興城君) 장지화(張至和), 성산군(星山君) 이직(李稷) 등도 모였다. 이곳은 영추문에서 얼마 떨어져 있지 않아서 임금의 주변에서 일어나고 있는 일들을 신속히 접하기가 적합했다. 오늘은 대전 환관 조순도 이들과 함께했다. 정도전은 대전환관들을 진작에 포섭해 두었다. 임금이 자리

보전을 하고 있는 상황에서 임금의 의중은 모두 이들의 입을 통해서 전달된다. 언제 무슨 일이 벌어질지 예측할 수 없는 지금의 긴급한 때에 이들에게서 궁 내의 급박한 상황을 전달받는 것은 매우 중요한 일이었다.

"나랏일이 산적한데 전하께서 저리 누워 계시니 어찌하면 좋겠소?"

정도전이 또 무슨 대책을 내려나? 이미 세자를 보위에 앉히기 위하여 여러 가지 조치를 취해 왔는데, 정도전이 임금의 병환을 이유로 또 다른 대책을 마련하겠다고 하니 궁금했다.

"신하들도 걱정을 하고 있습니다."

남은이 받아서 말했다.

"그래서 말인데……."

"……?"

"만약에 전하께 무슨 일이 있으면 세자마마께서 보위를 이어받으셔야 할 것이 아니오?"

"그렇긴 합니다만 아직은 세자마마 어리시고 준비가 덜 돼 있으니"

"그것은 문제가 되지 않소. 세자마마 보령 열여섯, 적지 않은 나이요. 고려 때로 보면 이에 훨씬 못 미쳤어도 왕위에 승계한 예를 얼마든지 찾아볼 수가 있소. 다만 장성한 왕자들을 어떻게 하느냐 하는 것이 문제지."

"장성한 왕자들을 어떻게 하다니요? 이미 사병을 해체하고 진법훈련을 통하여 어명의 지엄함을 보여주었거늘, 설사 왕자들이 반발한들 무슨 힘이 있겠소이까?"

"이미 정해진 국본(세자)으로 보위가 이어지는 것은 당연한 일인데 이를 거스른다는 것은 역모에 해당하는 일이지."

남은의 말에 심효은이 당치도 않다는 듯 강하게 말했다.

"역모죄로 다스리기엔 부족하지. 왕자의 신상에 관한 일을 별다른 증거도 없이 역모죄로 다스리려 한다면 전하께서 윤허를 해주시겠소이까?"

정도전이 말했다.

"그럼 삼봉께서는 무슨 요량이 있으신 게요?"

"있지"

정도전은 단숨에 대답했다.

"그것이 무엇이오."

정도전이 방법이 있다고 기다렸다는 듯 간단히 답을 하니 모두는 기대가 가득한 표정이었다.

"왕자들이 스스로 세자에게 충성을 바치게 만드는 것이요."

"어찌하겠다는 말이요?"

"일단 왕자와 종친들을 전하 앞으로 모이게 하는 일이 중요하오. 지금 전하께서 병중에 계시니 문후를 핑계 대서 모두 모이도록 해야 하오."

왕자와 종친들이 세자 앞에서 충성의 맹세를 하게 만든다면 세자가 보위를 물려받기가 한결 쉬워지는 것이다. 만약 여기에 반기를 드는 자가 있으면 그때는 역모죄로 다스리면 된다는 것이다.

문제는 그들을 꼼짝없이 걸려들게 하는 방법이었다.

"전하의 문병을 핑계로 왕자들을 한꺼번에 궁으로 불러들이는 것이요."

정도전이 여러 가지 궁리 끝에 생각해낸 묘안이었다. 그가 이야기를 계속하자 모두는 긴장하는 표정에, 심지어 얼굴에 땀을 흘리는 자도 있었다. 정도전은 지금 왕족과 종친을 상대하여 엄청난 일을 도모하려 하는 것이다. 모두는 아무 소리도 못 하고 정도전의 말에만 귀를 기울였다. 방안에서는 숨 죽은 듯 침묵이 이어졌다.

"……."

"이 일은 성사되기까지 은밀히 추진되어야 하오. 그리고 조 내관."

이야기의 말미에 정도전은 준엄한 얼굴로 참석한 조순 대전내관을 불렀다.

"예." 조순은 너무나 큰일 앞에서 한껏 자세가 낮았다.

"전하의 문후를 핑계 대고 왕자들을 일시에 불러들이게. 그리고 우리들은 이곳에 모여있을 테니 지체하지 말고 연통을 해야 하네, 누구도 눈치채게 해서는 아니 되네."

"명심하고 분부대로 거행하겠습니다."

조순은 얼굴에 솟아난 땀을 소매로 훔치면서 기어드는 목소리로 답했다.

• 2

전 절제사 이무는 일행들과 헤어져 집으로 돌아가면서도 두근거리는 가슴을 진정하지 못했다. 정도전이 한 말은 무엇을 뜻하는가?

그것은 바로 왕자들을 상대로 싸움을 하자는 것이다. 전실 부인의 다섯 왕자는 결코 만만히 볼 상대가 아니다. 그들은 아버지를 따라서 전쟁터를 누볐으며 건국의 과정에서도 공이 적지 않았다. 비록 공신록에서 제외되고 세자의 자리를 뺏겨 뒤로 나앉은 처지가 되긴 했다하지만 그들의 역할이 다하지 않았다는 것을 중신들 중에 아는 사람들은 다 알고 있는 사실이다. 그런데 삼봉은 그들을 궁궐로 불러들여서 막내에게 충성하도록 협박을 하여 꿇어 앉히겠다는 것이다. 만약 협박이 통하지 않으면 역모죄로 몰아서 모두 죽이기라도 할 기세였다.

전하가 병중인 이때에 맞춰서 한다는 것인데, 이 일이 밝혀진다면 아무리 전하가 신임하는 삼봉일지라도 과연 무사할 수가 있을까? 막내를 편애하여 세자로 정하긴 하였다지만 전실 자식도 전하의 자식인데 그리 매몰차게는 하지 못할 것이다. 전하는 여전히 장성한 아들들의 능력을 믿고 있다. 특히 정안대군에 대해서는 그 신임이 각별하다. 정안대군은 명나라와 관계가 어려움에 처했을 때에 스스로 자원하고 나서서 그 문제를 풀었다. 또 공신들 중에는 여전히 정안대군을 지지하는 인사들이 많이 있다.

삼봉이 벌이는 일은 바로 정안대군을 목표로 하는 것 아닌가! 이무 자신은 지금 진법훈련을 부실하게 했다는 죄로 벌을 받아 파직된 상태다. 자칫 일에 잘못 휘말려 들었다가는 멸문이 될 수도 있겠다는 생각도 들었다.

여러 가지 상념과 현실적인 계산속을 헤매던 이무는 발길을 정안대군의 큰 처남 민무구의 집으로 돌렸다. 민무구와 이무는 인친(姻親) 간이었다.

"여보게 사돈 내 아무리 생각해도 이는 가만히 있어서 안 될 일일 것 같아서 늦게 이렇게 찾아왔네."

이무는 조금 전 정도전과 있었던 일을 모두 털어놨다.

"큰일 날 일입니다. 제아무리 삼봉이라 하더라도 전하의 자식을 해치려 하다니요? 세자만이 전하의 자식이 아니지 않습니까? 이 길로 정안대군을 만나 뵙고 사실을 고해야지요."

이무의 말을 들으니 한시도 지체할 일이 아니었다. 두 사람은 서둘러서 정안대군의 집으로 달려갔다.

'삼봉이 기어이 눈 밑에 가시를 뽑으려 하는구나!'

이무의 고변을 들은 정안대군은 겉으로는 태연한 척했지만, 속으로는 의지가 활활 불이 타올랐다. 이미 삼봉과 목숨을 건 일전을 각오한 터였다. 언제 결행을 하느냐? 행동으로 옮길 때만이 기다려 온 것인데……, 위기가 닥친 지금이 그때라고 생각했다.

정안대군은 이무에게 앞으로 삼봉의 행동을 낱낱이 보고하라고 일러서 보냈다. 이무는 정안대군 앞에서 죄인이 된 양 허리를 깊이 숙여서 명을 받들겠다고 기어들어 가는 목소리로 "예" 하며 가늘게 대답했다.

이무가 돌아간 뒤 정안대군은 처남 민무구에게 지시했다.

"날이 밝는 대로 숙번이를 데리고 오너라."

이무가 다녀간 다음 날 정안대군의 집으로 궁중의 전갈이 왔다.

"내일 오시(午時)에 왕자님들께서는 궁으로 함께 모여서 전하의 병문안을 하십시오."

어명이 아니었다. 대전 내관의 전갈이었다.

'왕자들을 한꺼번에 모은다고?'

그동안 몇 차례 임금께서 병환을 앓아누웠지만, 왕자들에게 한꺼번에 모여서 문안을 여쭈라고 궁중에서 직접 전해온 적은 없었다. 문안하러 가겠다고 몇 차례 전언을 넣었지만, 환우가 위중하여 접견할 수 없다는 말만 들었다. 그런데 왕자들을 한꺼번에 불러서 문후를 여쭙게 하겠다니……. 정녕 우리 왕자들을 볼모로 잡고자 하는 삼봉의 계책인가…? 이무의 말이 맞구나!

정안대군은 궁지로 내몰리는 기분이었다. 다급했다. 더 이상 버틸 여유가 없다. 내일 궁중으로 불려들어간다면 그것은 바로 볼모로 잡히는 것이다. 그렇게 되면 모든 일이 수포가 되어 버린다.

하지만 아직은 준비가 덜 된 상태다. 사병의 해체로 거사를 일으킬 병사도 없다. 임금이 아끼는 최측근 인사를 함부로 참수한다는 것은 역모에 해당한다. 동복형제들도 비록 삼봉의 전횡에 불평하고 있지만, 아버지의 뜻을 거스르면서까지 동참을 할 것인지도 의문이다. 일부 중신들이 삼봉에 대하여 좋지 않은 감정을 품고 있지만, 그들에게도 행동으로 나서주기를 기대하기는 어렵다.

그러나 이대로 굴복한다면 앞으로의 일은 불을 보듯 뻔하다. 삼봉의 천하가 될 것이고, 자신을 포함해서 미움을 받는 종친들의 목숨은 상위에 오른 생선의 처지와 다를 바가 없는 것이다.

만약 삼봉과 그 일당 몇몇만 한꺼번에 처치할 수만 있다면 승산이 없는 일은 아니다. 그 후의 일은 형세를 봐가면서 취하면 될 것이 아닌가…. 이무가 한 말에 의하면 그들이 연일 송현방 남은의 첩 집에 모여서 모의를 하고 있다고 하니 마침 좋은 기회이지 않은가? 정릉 공사에 동원된 안산군수 이숙번 휘하의 군사가 적다고는 하나 그들을 한꺼번에 해치우기에는 충분하다. 오히려 숨어있는 그들을 습격하기에는 적은 군사의 움직임이 더 적당할 수도 있다.

8년 전 고려를 무너뜨렸을 때에도 아버님의 와병으로 위기가 닥쳤을 때 모두가 불가하다고 반대를 했다. 자신의 독단으로 조영규, 조영무 등 단 몇 명이 귀가하는 포은을 선죽교에서 척살해버렸고, 그로 인해서 반전을 가져오지 않았던가? 중요한 것은 군사의 많고 적음이 아니다. 적의 핵심을 단숨에 해치우고 기선을 잡아버리는 것이다. 그 기세를 몰아가면 숲이 아무리 울창한 듯 보여도 바람 앞에서는 고개를 수그리는 법. 대세는 하늘에 맡길 뿐이다.

• 3

정안대군의 결심이 섰을 때 때마침 무구·무질 처남 형제가 이숙번을 데려왔다.

"이리 와서 나를 쳐다보게."

정안대군은 떨어져서 자리를 잡고 있는 이숙번을 가까이 불러 앉혔다.

지난번 대면 때도 그러했지만 정안대군의 얼굴은 정말 정면으로 바라보기가 어려웠다. 눈이 부셨다. 특히 속까지 꿰뚫어 보는 듯한 눈빛의 강렬함이 더했다. 이숙번은 저절로 숙여지는 눈길을 바로 하려고 정신을 다잡았다.

정안대군의 표정은 이미 모든 것을 결정해놓은 듯 엄하게 굳어있었다.

"내가 그대를 부른 뜻을 알고 있는가?"

"예, 알고 있사옵니다."

"목숨을 바칠 일인데도 할 수 있겠는가?"

거부할 수 없는 정안대군의 위엄이었다. 그 말은 곧 자신의 뜻을 따르라는 명령으로 들렸다.

"선비는 자기를 알아주는 사람을 위하여 목숨을 바치고 여인은 자기를 기쁘게 해주는 사람을 위하여 얼굴을 꾸민다(士爲知己者死 女爲悅己者容) 하였습니다. 대군께서 신을 불러서 이렇듯 큰일을 맡겨주시는데 어찌 목숨이 아깝다 하오리까?"

이숙번은 머뭇거림이 없이 대답했다. 그는 이미 정안대군의 내심에 빨려 들어가 있었다.

"나는 내일을 기해 거사를 치를 것이다. 동원할 군사는 정릉 역사 군사뿐이다. 남산에 있는 충청도 관찰사의 군사가 우리 편이나 그들은 도성 공사장에 흩어져 있으므로 한곳에다 모을 수가 없을뿐더러 움직임이 있으면 곧바로 발각될 우려가 있으니 동원을 할 수가 없다."

"소신에게 맡겨줘 보시옵소서."

"저들의 은밀한 장소를 알고 있으니 저들을 한꺼번에 처단한다면 그 후의 일은 초반 기세에 따라 달라질 수가 있다. 나는 다른 왕자들과 대신들을 우리 편으로 모을 것이다."

정안대군은 자신이 지금껏 구상한 것을 모두 말했다. 이숙번에게 주어진 임무는 송현방에 모여있는 삼봉 일당을 한꺼번에 주살하는 것이었다.

정안대군은 자리를 함께한 민무구, 무질 형제에게도 임무를 주었다.

"무질은 내일 남산에 있는 호정(하륜)대감과 함께하라 송현방에 불길이 치솟으면 그곳 병사들도 불을 밝혀서 호응하라."

그리고 민무구에게도 임무를 주었다.

"조영무, 마천득 등 믿을 수 있는 가병 출신의 무장들에게 사실을 알리고 내일 이곳에 와서 명을 기다리도록 하라 나는 전하의 병문안을 위하여 궁중으로 들어갈 것이니 그때까지 각별히 조심을 해야 할 것이다."

제41장

무인정사
(무인년 음력 8월 26일)

• 1

태조 7년 8월 26일(음력) 운명의 날이 밝았다. 정안대군은 대궐로 들어가는 채비를 차렸다.

"이대로 들어가셔도 괜찮겠사옵니까?"

정안대군을 배웅하며 민씨 부인이 수심이 가득하여 다시 물었다. 부군이 대궐로 들어간다는 걱정으로 밤새 한숨도 못 잔 푸석한 얼굴이었다.

"설마 병문안 간 아들을 아버지가 죽이라는 명을 내리기야 하겠소? 부인은 처남과 같이 여기 일이나 잘 챙겨주시오."

정안대군의 얼굴은 오히려 담담했다. 결심이 끝난 마당에서 더는 지체할 것이 없었다. 오직 실행할 일만 남았을 뿐이고 운에 맡길 따름이었다.

"그리고 무구!"

옆에 있는 처남에게도 당부를 했다.

"삼봉의 거취에 대해서 한시도 눈을 떼지 마라. 삼봉 일행이 어디에 있는지 확인하는 것이 오늘 일의 성패를 좌우하는 것이다."

"알겠습니다. 이미 미행을 붙여놨습니다. 이곳 일은 염려를 마십시오."

"신극례의 집에 이숙번이 도착을 하면 지체없이 연통을 해야 한다."

정안대군은 마지막 당부를 하고 집을 나섰다.

궁에 도착하니 환관이 나와서 안내를 했다. 근정전 서쪽 행랑에 대기 장소를 마련해 놓았다. 그곳에서는 이성계의 이복동생인 의안군 이화와 여러 왕자들과 부마들이 대기하고 있었다.

분위기가 수상스럽고 어수선했다. 서로들 수군수군하면서 눈치를 살피고 있었다. 내당을 들락거리는 환관은 즉시 병중인 임금을 뵙도록 하지 않고 왕자들이 다 오기를 기다리라는 것이었다. 그러면서 임금의 용태에 대해서는 자세히 알려주지 않았다.

"이리 좀 오시게."

먼저 와서 분위기 파악을 한 이화가 정안대군을 한쪽으로 끌고 갔다.

"내가 미리 와서 이곳 분위기를 알아봤는데 아무래도 이상하네."

"무슨 낌새가 있습니까?"

정안대군은 오늘 벌어질 일을 이미 알고 있었지만 좀 더 확인해보고자 했다.

"우리들을 이렇게 한꺼번에 모아놓은 것은 우리를 가둬놓기 위한 것이라는 이야기가 있네."

"우리를 가둬놓다니요?"

"내가 미리 와서 금위대장 조온을 만나보았네."

"……?"

"조온이 하는 말이 '오늘 여러 왕자들과 부마를 부른 것은 전하의 병문안을 위한 것이지만 실상은 볼모로 잡아놓기 위한 것'이라 하네."

"볼모로 잡아놓다니요?"

"전하께서 운명하신다면 어찌 되겠는가? 세자를 보위에 올리는 절차를 밟아야 하는데 그때까지 우리들을 붙잡아놓으려는 심산에서겠지. 세자를 안정적으로 보위에 올리겠다는, 세자 측에서 세운 계획이지 않겠는가? 만약 그에 반발한다면 그 즉시 역모죄로 다스려 참수나 유배를 처할 수도 있고…."

이화의 말은 듣던 바와 틀리지 않았다. 이화의 말을 듣고 정안대군은 잠시 생각했다. 그리고는 은밀히 낮은 음성으로 말했다.

"나는 그 말을 얼마 전부터 들었습니다. 삼봉과 심효생 등이 송현방 남은의 첩 집에서 모여서 세자의 등극에 장애가 되는 왕자들을 해치울 모의를 꾸미고 있다는 말도 들었습니다."

"그 말을 들었다는 말인가? 듣고서 그냥 있었다는 말인가?"

이화는 깜짝 놀라서 물었다.

"아니지요, 그에 대한 대비를 해왔습니다."

두 사람의 목소리는 더욱 낮아졌다.

"어떻게?"

이화의 눈이 초롱초롱 빛이 났다.

"나는 오늘 삼봉을 죽일 겁니다."

"뭐라고?" 이화의 눈이 커졌다.

"삼봉은 우리를 해치려고 이렇게 모아놓고 가두려 하고 있지만, 나는 오늘을 결전의 날로 잡아서 삼봉을 제거하기로 마음을 먹고 거사 준비를 마쳤습니다."

정안대군은 이화와 은밀히 속삭이면서 오늘의 계획을 털어놓았다. 이화는 놀랄 일이지만 끄덕끄덕 정안대군의 말을 듣고만 있었다.

"작은 아버님께서는 여기서 해주셔야 할 일이 있습니다."

"그게 무엇인가?"

이화는 그제서야 정신을 차리고 물었다. 정안대군의 말을 듣는 동안은 뒤통수를 얻어맞은 듯이 멍했다.

"삼봉 패거리를 죽인 후에는 이곳 궁으로 와서 아버님을 뵙고 사정을 고하겠습니다. 그런데 궁에는 친군위(親軍衛)[68]가 지키고 있으니 문제가 될 것 같습니다."

"내가 도울 일이 무엇인가?"

"친군위 도진무(都鎭撫)[69]가 박위와 조온인데, 박위는 안될 것 같고 조온을 설득해주십시오. 조온은 동북면에 있을 때부터 우리 형제들과 같이 자랐기에 우리와 적대함이 없을 것입니다."

68) 친군위(親軍衛) : 임금의 호위대

69) 도진무(都鎭撫) : 지휘무사

"내 그리함세."

조온은 이화와 동복 여동생의 아들이었다. 정안대군과는 촌수로 내외종 간이었다. 이성계는 이복형제에 대해서 차별을 두지 않았다. 조카 조온은 동북면 시절부터 이성계의 신변을 경호해왔는데, 현재는 동북면 가병 출신 정예무사로 편성한 경호부대를 지휘하는 금군(禁軍)의 대장을 맡고 있었다.

정안대군이 이화와 밀담을 나누는 사이에 정안대군의 집으로부터 전갈이 왔다.

"마님께서 갑자기 복통을 일으키셔서 사경을 헤매십니다. 잠시 가셨다 오시는 것이 어떠실는지요?"

종자 소군이 급하게 달려온 듯 가쁜 숨을 몰아쉬면서 말했다. 정안대군은 이화를 쳐다봤다.

"여기 일은 내가 수습을 할 테니까 염려 말고 얼른 갔다 오게, 자 이것을 받게 급한 병에 유용하게 쓰일 것일세."

이화는 품속에서 청심환 두 알을 꺼내 건네주었다.

"그럼"

정안대군은 뒷일을 부탁하고 서둘러 귀가를 재촉했다.

• 2

영추문에서 얼마 떨어지지 않은 송현방 남은의 첩 집. 그곳에 모여 있는 정도전, 남은, 심효생, 장지화 등은 그 시각 궁중에서 벌어지고 있는 심각한 사태를 전혀 눈치채지 못하고 있었다.

"오늘 소가에서 귀한 음식을 장만했는데, 오랜만에 술이나 한잔 나누시지요."

남은의 첩은 대감들이 연일 모여서 큰일을 도모하는데 대접을 해야 한다며 8월 송이를 넣고 고은 백숙을 내왔다. 곁들여서 국화주도 함께 나왔다.

"앞으로 편안하게 주안상을 받을 여유가 없을지 모르니 오늘은 바지춤을 풀고 한 잔 해봅시다."

정도전이 상 앞으로 다가앉았다.

"그렇지 체력이 있어야 싸움에도 이길 수 있는 것 아니겠소."

모두가 상을 빙 둘러앉았다. 그들의 대화에서는 여태껏의 긴장된 모습은 찾아볼 수가 없었다. 그러나 다만 한 사람, 일행들과 어울리지 못하고 있는 사람이 있었다. 바로 엊그제 이곳에서 모의하고 있다는 사실을 정안대군에게 고해바쳤던 전 절제사 이무였다.

'이러고 있을 계제가 아닌데….'

이무는 지금이라도 정안대군이 패거리를 이끌고 들이닥칠 것 같아서 오금이 저려 안절부절 못했다.

한편 그 시각 정안대군 집과 이웃하는 신극례의 집에는 오늘을 위해서 사람들이 모였다. 조영무, 이거이, 문빈, 신귀령, 서익, 마천득 등이 민무질의 연락을 받고 달려온 것이다. 이들 모두는 정안대군 못지않게 정도전에 대하여 감정의 골이 깊은 사람들이었다. 또한 이들은 동북면의 가병 출신들이거나 이성계의 가문과 특별한 인연을 맺고 있어서 정안대군의 형제들과 유대가 깊은 사이이기도 했다. 여기에 또한 사람 안산군수 이숙번이 수하 군사 기병 10명과 보졸(步卒)[70] 9명을 데리고 가담했다.

그러나 모아놓고 보니 변란을 일으키기에는 너무나 초라한 인원이었다. 이외에 이들을 따라온 종자 10명 정도가 더 있었는데, 모두 합해

70) 보졸(步卒) : 보병

봐야 50명도 채 안 되는 인원이었다. 고작 이런 정도 인원으로 세자의 장인을 포함한 나라의 최고 실세를 상대로 싸움을 벌인단 말인가? 실로 계란으로 바위 치기고 자신들의 행동이 자칫 찻잔 속의 태풍으로 끝이 날 수 있지 않을까? 심히 염려되지 않을 수가 없었다.

실패의 뒤끝은 천길만길의 낭떠러지인데…. 동참을 하긴 했지만 혼란스럽고 불안했다.

"여보게, 안산군수!"

이거이가 오늘 거사에 행동대장 격인 이숙번을 불렀다.

"예?"

"오늘 일을 장담할 수 있겠는가? 동원한 군사가 어찌 이 모양인가?"

"정안대군의 뜻이 옵니다. 이미 시작된 일이 오니 대감들께서는 정안대군의 뜻에 따르시옵소서."

이 가운데서 그래도 이숙번만은 기가 꺾이지 않는 태도였다.

"철커덕"

그는 옆에 차고 있는 장검을 뺐다가 다시 끼우면서 큰소리를 쳤다.

그들이 대화를 나누는 사이에 정안대군이 부인, 처남 민무질과 함께 나타났다. 부인이 아프다고 한 것은 정안대군을 궁중에서 불러내기 위한 핑계였던 것이다.

결전을 앞에 둔 정안대군이 오늘 거사를 최종점검하기 위하여 이곳에 나타났다.

"이제 하늘에 운을 맡길 뿐이요. 우리의 목표는 삼봉과 남은, 심효생을 죽이는 것이요. 그들이 지금 송현방 남은의 첩 집에서 함께 모여 있다는 것을 확인하였소. 그들은 아직 우리들의 계획을 모르고 있소. 우리가 저들을 척살한 후에 나는 나의 형제 다섯과 함께 광화문 사거리에서 우리의 거사를 알릴 것이요 그런 다음 나라 사람들의 민심을 살펴서 그들의 뜻에 따를 것이요."

나라 사람들의 민심을 살핀다고 하는 것은 조정 대신들의 지지를 끌어내겠다는 말이었다. 불안해하던 사람들은 정안대군의 말을 들으니 그나마 안심이었다.

"나는 이 길로 궁으로 들어가서 형제들을 구출하여 올 것이니 그대들은 지금 송현으로 가시오. 저들만 도모하고 나면 일은 절반은 성공한 것이요. 여기 이숙번과 함께 행동하면 될 것이요."

정안대군은 오늘 일에 대해서 이미 이숙번과 모든 일을 의논해놓았다고, 이숙번을 따라 행동을 하라고 언질을 주었다.

"준비가 다 돼 있습니다. 군호를 내려주십시오."

이숙번은 읍하여 답을 했다.

"오늘의 군호는 '산성'으로 한다. 군호에 답이 없으면 수상한 자는 모두 처단해도 좋다."

어느덧 시간은 초경[71]에 접어들었다.

정안대군이 궁으로 돌아간 뒤에 민씨 부인은 신극례 집에 숨겨 놓은 무기를 찾아서 동원된 사람들에게 나누어 주었다. 조영무도 칼 한 자루를 지금 받았다.

'휘~휙'

비록 지금은 공신으로서 대신의 반열에 올라서 무기를 써본 적이 오래되어 솜씨가 무뎌지긴 했으나, 휘두르는 칼끝의 예리함은 여전했다. 8년 전 정몽주를 선죽교 다리에서 척살할 당시의 살기가 되살아 나는 듯했다.

'휘휘~ 휘~휙!'

칼이 모자라서 받지 못한 사람은 몽둥이를 움켜쥐었다.

71) 초경(初更) : 밤 7시부터 9시 사이. 음력 8월이니 어둠이 시작되었다는 의미

• 3

다른 왕자들은 타고 온 말을 돌려보냈는데, 궁으로 돌아온 정안대군은 타고 온 말을 돌려보내지 않았다. 근정전 서쪽 행랑 뒤편에 매 놓고서 종자 소군에게 지키라 일렀다.

정안대군은 오늘 밤 거사에 대해서 여러 가지로 되풀이하여 계산하였다. 송현방으로 오려면 경복궁 담장을 끼고 돌아야 한다. 삼군부 앞도 지나쳐야 한다. 궁을 지키는 친위 군사와 삼군부 군사들의 눈에 띄지 않으려면 골목길을 돌아서 숨듯이 흩어져서 은밀히 와야 하는데……. 그러려면 2시진 남짓의 시간이 걸린다. 그 시각이면 보신각 종이 울려서 도성 내에 모든 문이 닫힐 시간이다. 그전에 모든 준비를 마쳐야 한다. 종소리가 울림과 동시에 송현방을 습격하고자 한 것이었다. 이숙번에게 미리 명하여 사전 답사를 시켜놨던 것인데, 그도 잘 될 수 있을는지 신경이 쓰였다.

정안대군이 궁 안 이곳저곳을 살피고 있을 때 강녕전(康寧殿)[72]으로부터 전갈이 왔다.

"왕자님들, 듭시라는 분부이옵니다. 문안을 여쭈시옵소서."

행랑에서 앉거나 누워서 내시부의 명을 기다리던 왕자들이 자리를 털고 일어났다.

"종자들은 이곳에서 기다리게 하고 왕자님들만 드시라는 전갈입니다."

환관이 덧붙였다.

종자들은 놔두고? 이 말의 의미를 아는 사람은 정안대군밖에 없었다.

'드디어 올 것이 왔구나!'

72) 강녕전(康寧殿) : 임금의 처소

정안대군은 만약의 사태를 대비하여 궁 안의 이곳저곳을 살펴두었다. 여차하면 달아날 수 있는 곳도 살폈다. 아직은 영추문이 닫히지 않았지만 강녕전으로 불려 들어가 있는 시각이면 궁문이 닫힐 것이다. 평소에는 궁내 각 문에 불이 켜져 있는데 지금은 꺼져있는 것도 수상스러웠다.

이화와 부마 심종, 세자의 매형 이제는 환관을 따라서 갔다. 이때에 정안대군의 형제 중에서 장남인 영안군은 소격서에서 임금의 쾌유를 비는 제를 올리느라 이곳에 오지 않았다.

정안대군은 따라 들어가지 않으려고 뒷간으로 숨어버렸는데 셋째, 넷째 형인 익안군, 회안군이 부르는 소리가 들렸다. 정안대군은 뒷간에서 나와 둘을 불렀다.

"형님들 목소리를 낮추시오. 지금 궐내가 수상스럽지 않소?"

"수상스럽다니 뭐가?"

"궁문에 불이 꺼져있고, 종자를 데리고 들어가지 못하게 하고…. 우리는 지금 함정에 빠져있소이다."

"그게 무슨 소리인가 자세히 말해보게"

"시간이 없소이다. 삼봉 등 몇몇이 남은의 소가에 모여서 우리를 아버님 문병을 핑계로 궁내에 가둬놓고서 막내를 보위에 앉히려 일을 꾸미고 있어요."

"그럼 어찌하면 좋은가?"

"나는 이런 일이 있을 줄 알고 미리 대비하여왔소. 오늘 밤 남은의 첩 집을 습격하여 저들을 도륙 낼 것입니다. 형님은 살고 싶으면 나를 따르시오. 우리가 아버님을 문병하는 사이 저 궁문이 닫힐 것이요. 그때는 죽은 목숨이나 다름없소."

정안대군은 말을 마치고 바삐 행랑 뒤편 말을 매어 놓은 곳으로 휑하니 가버렸다. 익안군, 회안군 두 사람은 서로 얼굴을 쳐다봤다. 자초지종에 대해서는 확실치 않으나 형제들에게 위기가 닥치고 있는 것은 분명한 것 같았다. 정안대군이 말을 달려서 문을 빠져나가는 것이 보였다. 익안군, 회안군도 사세가 급하다는 것을 느꼈다. 두 사람은 각기 타고 온 말을 돌려보냈기에 뜀박질로 정안대군의 뒤를 따랐다. 익안군이 뛰다가 넘어졌다.

"이 사람아 같이 가야지 나만 남겨두고 혼자서……."

익안군이 흙먼지도 털어내지 못한 채 회안군을 뒤쫓아가면서 소리쳤다.

제42장

송현방
한 잔 술로

• 1

송현방 남은의 첩 집은 경복궁 서문(영추문)에서 잰걸음으로 반 각 정도의 거리였다. 주변의 집들은 불빛이 모두 꺼졌는데도 첩 집 한 곳만 표시해 놓은 듯이 빤하게 불이 켜져 있었다. 그곳으로 한 무리의 괴한들이 모여들었다. 은밀하게 담장 밑으로 몸을 숨겨가면서, 그러나 행동거지는 민첩했다. 불빛을 따라 모여든 무리들은 소매를 걷어붙이고 숨을 낮추며 집안을 주시했다. 밤이 꽤 늦었는데도 방안에서 두런거리는 소리는 잦아들지 않고 있었다. 간간이 웃음과 함께 들리는 말소리는 담장 밖에서도 들렸다. 심부름하는 하인 하나가 툇마루 기둥에 기대서 꾸벅꾸벅 졸고 있었다. 안에서는 담장 밖에서 벌어지고 있는 살벌한 분위기를 전혀 감지 못하고 있었다.

이때 적막을 뚫고 들려오는 말발굽 소리가 있었으니 이곳을 향하여 달려오는 정안대군과 이숙번이 탄 두 필의 말이었다. 그 뒤로 그들의 수졸들인 일단의 무리들이 뒤처질세라 뜀박질로 따랐다.

"이곳입니다. 대군"

군마는 남은의 첩 집 앞에서 멈춰 섰다.

달려오는 말발굽 소리는 방안에서도 들렸다. 때가 때인지라, 이게 무슨 소리인가? 주안상을 벌여놓고 한담을 하던 방 안 분위기가 일순간 경계와 긴장으로 바뀌었다.

"밖에 웬일이요?" 정도전이 제일 민감했다.

"글쎄요, 소리가 멈추었는데 나가서 알아보지요."

벌여놓은 일이 있었기에 '궁중에서 급한 전갈이 온 것이 아니가…?' 하는 생각이 들기도 하고…. 남은이 비틀거리는 자세로 일어나서 방문을 여는 순간 휙휙 바람 가르는 소리와 함께 불화살이 문살에 와서 박혔다.

"기습이다. 얼른 피하시오!"

남은이 마당으로 쫓아 나오면서 소리쳤다. 갑자기 닥친 상황에 방 안에 있던 사람들도 기겁했다. 이근과 장지화는 버선발로 대문 밖으로 쫓아나가다가 기다리고 있던 군사에게 단칼에 베이었다.

"악~"

비명을 듣고 정도전과 남은은 뒷담을 넘어 도망쳤다. 마당에서 어정거리던 이무는 날아오는 화살에 팔을 맞고 나뒹굴었다.

"나는 아니오. 나는 이무요. 정안대군께 아뢰어 주시오."

이무는 자신에게 칼끝을 겨누고 있는 군사에게 애걸했다. 정안대군이 이를 보았다.

"살려주라"

그러나 같이 있던 심효생에 대해서는 베어버리라 명했다. 정안대군 집 종자 소군은 방 안으로 쫓아 들어갔다. 손에 쥔 장검에서는 피가 뚝뚝 떨어지고 있었다. 방 안은 술상이 나동그라진 채 텅 비었다.

"다른 사람들은 모두 도망을 간 것 같습니다."

"삼봉을 붙잡지 못하면 오늘 일은 허사다. 집안 어디에 숨어있을지 모른다. 집을 불태워라. 멀리는 못 갔을 것이다. 옆집도 수색을 해보라!"

이방원이 무리들을 향해서 소리쳤다. 군사들은 첩 집에 불을 지르고 옆집으로 찾아다녔다. 한밤중의 소란으로 동네 사람들이 자다 말고 무슨 일인가 하고 모여들었다.

"우리는 역적질을 한 자를 찾고 있소. 집안에 숨겨 둔 사람이 있으면 말하시오. 숨겨준 사실이 나중에 밝혀진다면 같이 죄를 물을 것이요."

소군이 모여든 사람들을 향해서 고함을 쳤다. 소군의 눈빛은 횃불을 받아서 이글이글 탔다.

"우리 집에 키가 작고 배가 튀어나온 자가 숨겨달라며 들어왔소."

말을 한 사람은 판서 벼슬을 했던 민부였다. 민부는 떨리는 목소리로 자신의 집 안방에 가면 그 사람이 있을 것이라고 직고했다. 소군은 몇 사람의 군사와 함께 곧장 민부의 집으로 달려가서 정도전을 붙잡아 왔다.

• 2

붙잡혀온 정도전은 정안대군과 마주 섰다. 두 사람은 어둠 속이지만 불타는 눈빛을 주고받았다.

"방원아! 네 이게 무슨 무도한 짓이냐?"

정도전은 왕자의 호칭을 빼고 소싯적 부르던 이름으로 바꿔 부르면서 기죽지 않은 음성으로 소리쳤다.

"내 일찍이 이런 날이 올 것을 경계했는데, 기어이 오고야 말았구나!"

두 사람은 이성계가 임금의 자리에 오르기 전의 상태로 마주했다. 정도전은 그 시절로 돌아가서 꾸지람하는 것이었다.

"이 일은 대감이 만든 결과요. 대감은 순리를 거역하였소."

"나는 순리를 거역하지 않았다. 네 생각에는 새 나라를 세운 공은 어디 가고 세자 자리를 아무 공도 없는 막내에게 빼앗겼다고 하겠지만, 임금의 자리는 공이 많고 적음에 따라서 결정이 되는 것이 아니다. 임금의 자리는 공을 다투는 사람이 차지하는 게 아니라 신하에게 공을 나누어주며 공평하게 다스릴 수 있는 사람이 앉아야 하는 것이다."

"그가 왜 막내가 되어야 한단 말이오. 막내로 정한 것은 삼봉이 죽은 강비와 결탁을 하여 이루어 낸 일이 아니고 무엇이오?"

"나라를 다스리는 일은 큰일이다. 방원이는 너무 거칠다. 임금의 자리에 오를 자가 거칠게 일을 하면 신하는 허수아비가 돼버리고 만다. 또 거친 임금의 밑에서는 억울하게 당하는 신하가 생기게 마련이고, 억울한 신하가 생기면 백성이 편치 못하다. 그래서 나는 자질이 훌륭한 임금에 의해 다스려지는 나라보다는 현명한 신하의 말을 듣고서 나라를 편안히 다스릴 수 있는 사람을 택한 것이다."

"대감이 그리 말하는 것은 자신을 변명하는 것밖에 되질 않소, 대감은 임금의 편애를 믿고 오만하였소. 권력을 쥔 자가 오만해지면 독선으로 치우치는 법. 대감은 다른 신하와는 의논도 없이 오직 몇몇 측근들과 의논하고 은밀히 전하를 독대하여 일하고자 하였소. 혼자만의 생각으로 일을 추진하는 것은 독선이요."

"그렇게 생각하는가? 나는 대의에서 일을 추진하였던 것이다. 썩어가는 왕조를 무너뜨리고 새 나라를 건국한 것. 그 과정에서 어쩔 수 없이 아까운 생명이 희생되긴 했지만, 이는 보다 나은 나라를 만들기 위한 대의에서 한 일이었다. 그런데 네가 지금 벌인 일은 그러한 대의와는 상관이 없는 일이지 않은가? 명분 없이 나라의 대신을 함부로 죽이고자 하는 것은 역모다. 비록 지금은 나라의 대신을 죽이고 일이 성공하여 잠시 권력을 차지한다고 하여도 그 권력을 다른 대신들이나 백성들이 지지해주겠는가? 사욕을 위해서 차지한 권력은 오래가지 못한다는 것 명심을 해두어야 할 것이다."

두 사람이 대화를 나누는 중에 회안군이 끼어들어서 제지시켰다.

"지금 이렇게 한담을 나눌 때가 아니다. 일이 급하니 어서 이자를 처리하고 궁으로 가자."

회안군은 말을 하고는 둘러싸고 있는 군사에게 눈짓했다. 그 소리에 곁에 있던 정안대군의 종자 소군이 칼을 높이 들었다.

"잠깐 멈추라 마지막 가는 길 아직 인사를 못 했다."

정안대군은 소군의 행동을 제지하고 말을 덧붙였다

"대감의 역할은 이제 끝이 났소이다. 살구꽃은 4월에 피고 국화꽃은 9월에 피는 법, 대감의 대의는 아버지를 도와서 나라를 건국하는 데에서 그쳐야 하는데, 대감은 그에 그치지 않고 자신이 모든 일을 다하여야 한다고 욕심을 부린 것이요. 이 또한 잘못된 권력욕이거늘 나를 너무 탓하지 마시오. 권력은 한창 날이 섰을 때 조심해서 휘둘러야 하고 내려오는데 미련을 두지 말아야 하는데, 대감은 그렇지 못했소. 남은 일일랑 맡겨두고 잘 가시오."

정안대군이 말을 마치자 종자 소군은 지난날 진법훈련이 부실했다고 주인을 대신하여 매를 맞았던 것에 대한 분풀이라도 하듯 정도전의 목을 향하여 세차게 칼을 내리쳤다.

"악~"

처절한 비명이 밤하늘에 울려 퍼졌다.

단칼에 잘려나간 목은 몇 바퀴 땅바닥을 구르다가 억울함을 토로하기라도 해야겠다는 듯이 두 눈을 부릅뜬 채 멈췄다. 순간 몸뚱이는 위로 한번 솟구치다가 피를 콸콸 쏟으며 기둥처럼 쓰러졌다. 사람들은 한밤중에 일어난, 권력이 스러지는 현장의 참혹함과 허망함을 목격하고 진저리를 쳤다.

이 모습을 지켜본 누군가가 정도전을 생각하며 한 편의 시를 써서 남겼다.

조심하고 조심하여 공력을 다해 살면서

책 속에 담긴 성현의 말씀 저버리지 않았는네

삼십 년 긴 세월 고난 속에 쌓아온 일들

송현방 정자 한 잔 술에 모두 허사가 돼버렸네

위 시는 「절명가」라는 제목으로 삼봉의 문집에 실려있는 것이다. 『삼봉집』에 실려있으므로 삼봉이 직접 지은 것으로 보아야 하나 당시의 상황을 생각해보면 의문의 여지가 있다. 시를 지을 여유가 어디 있었겠는가? 또 누가 죽음에 이른 자의 푸념과 같은 시구를 기억했다가 이를 옮겼겠는가? 이는 삼봉의 죽음을 애도하여 누군가가 지은 헌시(獻詩)인데 후에 『삼봉집』을 재간행할 때 편집하면서 추가한 것이 아니었을까?

정도전의 생애는 그의 이름이 시사했던 것일까? 도전(挑戰)과 반전의 연속이었다. 그는 나락으로 떨어진 절망적인 삶에서도 희망을 버리지 않고 시련을 극복, 마침내는 자신의 꿈을 실현했다. 그러나 권력의 정점에서, 결코 나누어 가질 수 없는 자리다툼에서 불의의 일격을 맞고 역사 속으로 사라진 것이다.

1398년 8월 26일, 자정이 다가올 무렵 정도전은 그렇게 일생을 마쳤다.

• 3

송현방에 불길이 치솟았다. 밤하늘이 온통 붉은색으로 변했다. 궁에서는 비상이 걸렸다. 피리를 불고 꽹과리를 쳐서 궐내뿐만 아니라 도성 안에도 알렸다.

친위군도진무[73] 박위는 근정문 문루에 올라가 사태를 살폈다. 불이 난 곳으로 숙위 병사를 보내 알아보니 정도전과 심효생 등이 남은의 첩 집에 모여있다가 정안대군 등 왕자들에게 참변을 당하였다는 것이다.

횃불을 든 시위패들이 광화문 주작대로로 모여들고 있는 것이 보였

73) 친위군도진무(親衛軍都鎭撫) : 궁중 숙위대장

다. 박위는 왕자들이 변란을 일으킨 것으로 생각했다.

"궁문을 단단히 잠가라. 명을 받지 않고서는 누구도 궁내로 들여보내서는 안 된다!"

숙직을 하던 승지가 달려왔다. 승지 노석주가 문루에다 대고 소리쳐 물었다.

"밤중에 웬 소동이요?"

"궁문 서쪽에서 불이 났다. 불이 난 곳은 남은의 첩 집인데 왕자들이 변란을 일으켜 정도전 등 몇 사람을 죽였다고 한다."

"왜 그런 일이 일어났는가 전하의 거처를 옮겨야 하는가?"

"내용을 알아보고 있다. 더 파악이 되는 대로 보고를 하겠다. 궁 밖에서의 일이니 전하께서 거처를 옮길 필요는 없다."

광화문 주작대로는 나라의 최고 정무기관인 도당과 군 최고사령부인 삼군부, 그리고 임금이 거처하는 경복궁이 맞닿아 있는 곳이다. 정안대군일행들은 그곳 노상에다 진을 쳤다.

궁 안에서 내는 피리소리, 꽹과리 소리를 듣고 조정 대신들이 도당으로 모여들었다. 정문 앞은 시위패들이 막고 있으니 눈에 띌까 곁문으로 혹은 뒷문으로 피해 들어갔다.

정안대군은 대로의 가운데에 서서 소리쳤다.

"우리는 왕자들이다. 지금 우리는 나라를 도둑질한 정도전 일당을 도륙하고 이곳에 모였다. 저들은 참살되었으니 뜻을 같이하는 사람들은 문을 열고 이곳으로 나와 우리를 맞으라!"

정안대군의 큰 소리는 광화문 문루에서도 들렸고 도당과, 삼군부에서도 들렸다. 정안대군의 목소리가 조용한 밤하늘에 쩌렁쩌렁하게 울렸지만, 어느 쪽에서도 이에 답이 없고 잠잠했다.

정안대군이 있는 곳으로 제일 큰 왕자인 영안대군이 도착했다. 영안대군은 소격서에서 임금의 병환이 낫도록 치성을 드리고 있었는데, 비상 소리를 듣고 궁을 빠져나와서 숨어있던 걸 정안대군이 찾아내서 데리고 온 것이었다.

"이곳에 방금 제일 큰 왕자님이신 영안대군도 도착하셨다. 누가 우리 다섯 형제를 대적할 텐가? 머뭇거리지 말고 우리 뜻에 동참하라."

• 4

경복궁 서쪽에서 일어난 불길은 남산에서도 보였다. 횃불의 시위패들이 광화문 쪽으로 움직이는 모습도 보였다. 함성도 들렸다. 남산은 도성 축조를 위해서 동원된 충청도 관찰사 군사들의 본영이 있는 곳이다. 아침나절에 정안대군의 밀명을 받은 민무질이 이곳으로 와서 충청도 관찰사 하륜을 만나고 돌아갔다. 하륜은 때를 기다리고 있었다. 정안대군이 먼저 움직이기를 기다리고 있었다.

드디어 정안대군이 행동을 개시했다는 신호가 왔다. 경복궁 서쪽에서 불길이 올라오고, 광화문 앞에 횃불을 들고 사람들이 모여드는 것은 정안대군이 행동을 개시했다는 신호였다. 이제는 자신이 나서야 할 때라고 생각했다.

"군사들을 모으라!"

군사들을 본영 앞으로 집결을 시켰다. 그리고 군사들에게 횃불을 들렸다.

"궁중에서 들을 수 있도록 함께 함성을 질러라!"

"와!"

함성과 함께 '두두둥, 둥둥!' 북소리도 울렸다.

정안대군 형제들이 궁을 도망 나올 때 의안군 이화는 궐내에 남았다. 의안군 외에도 병중의 이성계를 지키는 종친은 세자 형제와 이성계의 두 사위 심종과 이제가 있었다. 갑작스러운 피리 소리, 꽹과리 소리에 그들도 놀랐다. 임금을 경호하는 금군이 강녕전을 에워쌌다. 궁성의 경비는 친군위도진무 박위가 지휘를 맡아 있지만, 이성계의 신변 경호는 금군대장 조온이 맡아 했다. 이화는 급하게 움직이고 있는 조온을 찾았다.

"이보게, 조카!"

이화는 조온을 불러세웠다.

"일이 급한데 어인 일이십니까?"

"이 다급한 일의 근원을 아는가?"

"모르옵니다. 어째서 왕자님들이 난을 일으키고 궁으로 쳐들어온다는 말입니까?"

"이일의 주동은 정안대군일세, 정안대군이 오늘 밤 정도전, 심효생 등 몇몇이 남은의 첩 집에 모여서 왕자들을 해하고자 모의를 하고 있다는 사실을 사전에 탐지하고 이들을 참한 것이라네."

"그럼 저는 어찌해야 합니까? 왕자님들을 상대로 싸워야 합니까?"

조온은 이화의 말을 들으니 마음이 혼란스러워졌다.

"자네는 왕자님들과 어릴 때부터 동고동락을 같이했는데 어찌 서로 칼부림을 할 수가 있다는 말인가? 왕자님들이 생각이 있어서 한 일이고 저들은 처단이 되었을 것이니, 자네는 왕자님들을 돕게."

이화는 어찌할 바를 모르는 조카를 안심시키면서 해야 할 일을 알렸다.

• 5

도당으로 속속 조정 대신들이 모여들고 있었으나 일의 전모를 모르니 대책이 수립되지 않았다. 도당의 입구를 정안대군과 왕자들이 막고 있으니 바깥소식과도 단절이었다. 들리는 소리로는 정안대군이 일을 일으켜서 이미 삼봉 등 몇몇은 처단되었다는 것이다. 그러고 보니 누구보다도 먼저 달려왔어야 할 삼봉, 남은, 심효생과 그들을 따르는 이직, 장지화 등의 인물들이 하나도 보이지 않는다. 정안대군의 소리가 틀린 말이 아닌 것 같았다.

삼군부가 길 건너편에 있는데 그곳에서도 군사를 움직이는 기미가 보이지 않았다. 조정 대신의 우두머리인 좌정승 조준과 우정승 김사형이 뭐라고 결단을 내려주어야 하는데, 그들도 역시 허둥대기만 할 뿐 아무런 대책을 세우지 못하였다.

"앞으로 일이 어찌 될 것인지 점을 쳐보는 것이 어떻겠소?"

조준이 기껏 한 말이었다. 사태의 추이를 살펴보자는 뜻이기도 했다. 한밤중에 갑자기 점쟁이를 찾았으나 급하게 달려올 리가 없었다.

어정거리는 사이 밖이 갑자기 소란스럽더니 칼을 찬 건장한 무사가 문을 박차고 들어왔다. 이숙번이었다. 몇 명의 무사들이 손에 장검을 쥔 채 그 뒤를 따라 들어왔다.

"여기서 뭣들을 하는 것이요? 지금 왕자님들이 길가에 서서 여러 대신이 나오기를 기다리고 있거늘!"

목소리가 쩌렁쩌렁하게 울렸다.

"잠깐, 잠깐 기다리시게. 대신들이 여러 방편을 논하는 중이네."

조준이 성난 황소처럼 설치는 이숙번의 흥분을 가라앉히려 했다.

"지체할 수 없소이다. 의논할 일이 있다면 왕자님들이 있는 곳으로 가서 논하시오. 그렇지 않으면?"

이숙번은 칼을 빼서 대청 바닥에다 콱 내려박았다. 모두는 이숙번의 겁박에 기가 질렸다.

도당 안에서 소동이 벌어지고 있는 사이 밖에서도 못지않은 일들이 벌어지고 있었다. 약삭빠른 사람들은 급박한 사정 하에서도 형세가 정안대군 쪽으로 유리하게 돌아가고 있다는 것을 직감적으로 눈치챘다. 중추원동지사 이천우는 궁중에 변고가 난 것을 알고 궁으로 달려가는 중에 정안대군을 따르는 마천목을 만났다. 중추원의 관리는 왕명의 출납과 궁중의 숙위를 맡아보는 자리다. 따라서 임금 주변에 무슨 일이 일어나면 이들은 누구보다도 빨리 달려가서 자리를 지켜야 한다.

"동지사 나리 어디를 그리 급히 가시오?"

마천목이 말을 달려서 이천우를 뒤쫓아가며 큰소리로 물었다.

"저기 보이는 것이 불꽃이 아닌가? 궁중에서 꽹과리, 피리 소리가 들리니 얼른 궁중으로 가봐야 하지 않겠는가?"

"저 불길은 삼봉과 심효생 일당을 해치웠다는 신호인 것이오. 삼봉 일당이 정안대군과 왕자들을 죽이려 모의를 하는 것을 알고서 정안대군이 이들을 도륙을 냈소이다."

"뭐라고 전하의 명도 없이?"

"이미 일은 끝이 났소. 정안대군과 왕자님들은 지금 광화문 앞에서 진을 치고 있소이다. 정안대군을 따르시오."

마천목의 말을 들은 이천우는 잠시 생각했다.

정안대군이 삼봉, 심효생을 죽여버렸다고? 그렇지 않아도 진법훈련에 대해서 감정이 많이 상해있었는데 잘된 일이지 않은가? 일은 이미 끝이 났다고 했다. 궁으로 들어가서 소임을 받을 것인가, 아니면 정안대군 쪽에 서는 편이 유리하겠는가……?

짧은 순간에 여러 생각을 하던 이천우는 가던 말머리를 돌려서 마천목을 쫓아갔다.

"여보게 같이 가세 나도 정안대군과 뜻을 같이할 것일세."

정안대군의 진에 금위대장 조온도 가담했다. 이화의 설득에 조온은 부하들을 데리고 궁중을 빠져나와 왕자들 편에 섰다. 그는 자신의 직무를 팽개치고 나온 주제에 광화문 문루에 버티고 서있는 상관인 도진무 박위를 향해 회유하였다.

"도진무 장군, 이제 그만 버티고 왕자님들을 맞으시오. 전하를 뵙고 사정을 말씀드리게 도우시오. 삼봉과 심효생은 이미 도륙이 났소이다."

"어찌 전하도 모르는 사이에 그런 일을 벌일 수 있다는 말인가? 세자마마의 장인까지 살해했다면 이는 명백히 역모다. 금위대장이야말로 제자리로 돌아와 전하의 신변을 경호하라."

박위는 조온의 회유에 흔들리지 않고 엄중하게 경고를 했다. 박위는 과거 이성계와 함께 여러 번에 걸쳐서 왜구 토벌에 참전하여 연이 두터웠고 윤이·이초 사건과 왕 씨 역모 사건에 연루되었을 때에는 이성계의 지시로 혐의를 벗어나는 은혜를 입었다. 그러한 연고로 그는 이성계를 위하여 목숨을 바치고자 했다.

"누가 뭐라 하던 전하의 명이 없으면 문을 열 수가 없다."

박위의 의지는 단호했다.

그러나 대세가 점점 정안대군 쪽으로 기우는 모양새다. 어느 틈에 임금의 신변을 지키고 있어야 할 금군대장까지도 저편에 가담하고 있으니….

박위는 칼자루를 단단히 거머쥐었다. 그럼에도 박위에 대한 회유는 계속되었다. 박위는 아예 생각을 고쳐먹었다.

'정안대군을 죽여야겠다.'

왕자 몇 명도 같이 죽어나야 전하와 세자의 신변 보장이 될 것이라고 생각했다. 지금 군사를 동원하여 저들을 제압하기보다는 협조하는 체 대화를 하다가 단칼에 베는 것이 좋겠다고 생각했다.

"내가 정안대군과 대화를 해봐야겠다."

박위는 칼을 찬 채 무장을 한 부하 세 명을 대동하고 광화문 밖으로 나왔다.

"정안대군에게 안내를 하게."

박위는 기다리고 있던 조온에게 말했다.

"칼을 푸시고 대동한 부하를 예서 기다리라 하시지요."

조온은 만일을 위해서 박위의 무장을 해제시키고자 했다. 박위의 성품으로 봐서 무슨 일을 벌일지 모르는 일이었다.

"무장이 어찌 몸에서 칼을 놓는다는 말인가? 부하들은 예 있도록 해도 좋지만 나는 무장을 벗을 수 없네."

박위는 고집을 부렸다.

조온은 박위의 태도를 정안대군과 왕자들에게 전했다.

"박위의 말을 믿을 수 없다. 박위는 지금 우리에게 협조하기 위하여 온 것이 아니라 우리의 군세를 염탐하러 온 것이다. 마침 제 발로 온 것이니 잠시 대화를 하며 안심시키고 있다가 죽이는 것이 좋겠다."

박위에 관한 일은 회안군이 맡겠다고 나섰다. 회안군은 박위와 대화를 나누다가 그를 참살해버렸다.

• 6

도당에서 하던 회의는 흐지부지되었다. 이숙번과 그의 군사들이 버티고선 가운데에서 제대로 의논이 될 리가 없었다.

"더 이상 지체할 수 없소이다."

이숙번은 대신들을 을박질렀다. 조준이 우정승 김사형을 쳐다봤다.

어쩔 수 없지 않느냐는 눈짓이었다. 김사형은 말은 못 한 채 고개만을 끄덕여 보였다. 더 이상 버티다가는 무슨 곤욕을 치를지 모를 일이다. 대신들은 끌려 나오다시피 도당의 문을 나섰다.

“여기서부터는 정승 두 분만 가시고 나머지 분들은 여기서 대기를 하시오.”

이숙번이 정안대군이 진을 치고 있는 곳 저만치에 이르렀을 때 따라온 대신들을 떼어 놓았다. 대신들에게는 보초를 세워놓고 조준, 김사형 두 정승만 왕자들에게 안내했다.

“어서 오시오. 두 분 정승 대감, 기다리고 있었소이다.”

정안대군이 여러 왕자들과 함께 두 정승을 맞았다. 두 정승의 주변으로 사람들이 에워쌌다. 왕자들뿐 아니고 이거이 부자, 조영무, 신극례 등 친숙한 얼굴들도 보였다. 방금 큰일을 치른 이들의 단정치 못한 모습에서는 피비린내가 배어 나오고 있었다. 횃불이 일렁일 때마다 얼굴에 끼는 그림자는 괴이하기까지 했다.

“어쩌…. 어쩌다가 왕자님들이 이런 일을…….”

조준은 겁에 질려서 말조차도 더듬었다.

“오늘 일은 어쩔 수 없는 일이었소”

정안대군의 목소리는 크지는 않았으나 엄했다. 정안대군은 이어서 말했다.

“대감들은 이 씨(李氏)의 사직에 대해서 어찌 생각하오.”

“……”

조준은 잠시 생각했다. 정안대군이 자신에게 묻는 이유가 짐작이 갔다. 정안대군은 자신이 세자 자리에 앉지 못한 것에 대하여 불만이 많았다. 조준과 정도전, 배극렴은 정안대군을 제치고 막내를 세자로 세우기를 건의한 사람이었다. 그에 대해서 정안대군에게 벌을 받는다면 정도전과 마찬가지로 자신도 벌을 받아야 한다. 만약 여기서 말을 잘못하면 정도전의 패거리로 몰려서 단칼에 목이 베일 수도 있는 것이다. 조준은 한순간 숨을 몰아쉬며 마음을 가다듬었다. 그리고 말했다.

"삼봉 등이 그동안에 저지른 죄가 컸습니다. 신 등이 삼봉의 죄를 알면서도 오늘에 이르기까지 이를 묻어두고 있었으니, 이 또한 큰 죄라 아니할 수 없습니다."

조순이 머리를 조아리며 말하는 태도는 마치 죄인이 자복하는 것과 같았다.

"어디 그게 두 정승 대감의 죄라 할 수 있겠소이까? 삼봉과 남은, 심효생은 이 씨의 사직에는 마음 씀이 없이 오직 자신들의 권세 유지를 위하여 세자를 임금의 자리에 올리려고만 하였소. 전하께서 병중인 것을 기회로 남은의 첩 집에 모여서 우리 왕자들을 죽이고자 모의를 하고 있는 것을 내가 사전에 알고서 이들을 먼저 도륙을 낸 것이요."

"신 등은 그러한 사실을 전혀 모르고 있었습니다."

"나라의 큰일을 하면서 마땅히 두 정승에게 알려야 하나, 형세가 급박하여 일을 먼저 치렀으니 지금부터라도 두 분 정승께서는 대신들과 의논하여 정국을 바로잡으시오. 먼저 오늘의 사실을 조정 대신의 이름으로 전하께 소를 올려야 할 것이오."

조준은 정안대군과 함께한 잠깐 동안이 참으로 긴 시간으로 느껴졌다. 조준은 얼굴에 맺힌 땀방울을 닦으면서 잰걸음으로 대신들이 대기하는 곳으로 돌아갔다. 우정승 김사형도 뒤처질세라 조준을 쫓아갔다.

제43장

다음날에 뜨는 태양

• 1

밤새의 소동이 끝나고 날이 밝았다. 아침 햇살이 사정전 뜰 안을 비췄다. 가을 햇살은 밤사이에 무슨 피바람이 불었냐는 듯 어제와 다름없이 눈부셨다.

조준과 김사형, 백관들이 함께 사정전 뜰 앞에 엎드려서 고개를 떨군 채 임금의 하교를 기다리고 있었다.

“신 등이 어젯밤 일을 고하나이다. 전하의 와병 중에 정도전, 심효생, 남은 등이 비밀히 모의하여 나라의 법도를 어지럽히고 왕자들을 죽이고자 하였는데 왕자님이 이를 미리 알아채고서 사정이 급박하여 먼저 이들을 도륙하고 이제야 전하께 고하옵니다. 통촉하여 주시오소서.”

조준이 선창하여 고했다. 조정 대신들이 따라 외쳤다.

“통촉하여 주소서!”

이성계는 고변을 들으면서 도저히 믿을 수가 없었다. 어찌 이러한 일이 벌어질 수가 있다는 말인가? 자신이 병으로 몸져누워 있는 사이에 세자를 지지하는 삼봉과 전실 왕자들 간에 후계자 다툼이 일어났고 그것이 살육으로 이어진 것이다. 그래도, 아무리 그렇더라도 자신이 이렇듯 숨을 쉬고 있는데 한마디의 말도 없이 나라의 원훈대신[74]을 어떻게 제 마음대로 죽일 수가 있다는 말인가?

이성계는 병석에 누워있었어도 이일은 방원이가 주도하였다는 것을 짐작할 수 있었다. 그놈의 눈에서는 항상 살기가 돌았다. 그놈은 주장이 강하고 욕심이 많아서 자기 뜻을 관철하기 위해서는 무슨 짓도 마다하지 않을 놈이라는 것을 누구보다도 아비인 자신이 잘 알고 있었다. 삼봉은 방원이 놈의 그런 성정을 경계하였기에 세자 자리에서 배제하였고, 왕자들을 모두 멀리 외방의 번주로 내보내자 건의를 하였는

74) 원훈대신(元勳大臣) : 나라에 큰 공을 세운 대신

데, 그때 차라리 그 건의에 따랐다면 오늘의 이 사태를 막을 수가 있지 않았나 하는 생각도 들었다. 그러나 아비로서 어찌 자식들을 그리 할 수가 있었겠는가? 지난 세월 아비가 풍파를 겪을 때 그 자식들도 함께 어려움을 겪었고, 때로는 버팀목이 되어왔는데…. 그러한 정으로 야박하게 대하지 못했는데, 끝내 이런 일이 벌어지고 만 것이다.

이성계는 눈을 떠서는 멍한 채로 천장을 바라보았고, 감고서는 삼봉의 얼굴을 떠올렸다.

"통촉하여 주시옵소서."

안에서 답이 없자 밖에서 대신들의 재촉이 빗발쳤다.

'통촉하라니? 나라의 막중한 책무를 맡은 대신이라는 작자들이 임금의 명도 없이 하룻밤 사이에 변란이 일어났는데, 이를 막지 못한 책임이 자기들한테 있는 터에 무엇을 살피고 헤아리란 말인가? 허수아비 같은 것들, 멍청이 같은 것들!'

저들과 함께 국사를 논하였다는 것이 참으로 기가 막혔다.

"대답을 해주거라. 그……윽"

임금의 목소리가 떨려 나왔다. 가래 끓는 소리도 섞였다. 어의가 부축하여 겨우 몸을 일으켜 앉혔다.

"승지를 불러라 답을 줄 것이다. 그리고 세자야!"

이성계는 곁에서 울먹이고 있는 세자를 가까이 불렀다.

"이 모든 일이 아비의 불찰이다. 너를 세자 자리에 앉히지만 않았다면 오늘의 이런 불상사가 일어나지 않았을 텐데……."

"아버님!"

세자는 이성계의 손을 부여잡으며 울음을 터트렸다.

이성계의 손에서는 더 이상 옛날에 칼과 활을 잡고 적진을 누비던 무쇠 같은 강인함은 남아있지 않았다. 늙고 병들어 기가 빠진 노인의 탄력을 잃은 푸석함만이 느껴졌다.

"아버님 저희는 이제 어찌해야 합니까?"

"세상이 온통 저놈들 세상으로 변했다. 저놈들이 마음만 먹으면 무슨 일인들 못 하겠느냐?"

"아버님!"

"저놈들이 난을 일으킨 것은 세자 자리가 탐이 나서 그런 것이 아니겠냐? 너도 그만 세자 자리를 내놓거라 그리고 남은 생을 편히 지내거라."

"제가 세자에서 내려오면 저의 목숨은 살 수 있겠습니까?"

"세자 자리를 내놓았는데 너에게 무슨 유감이 있겠느냐? 잘못이 있다면 나에게 있지."

"아버님!"

"아버님!"

임금과 세자의 대화를 듣고 있던 세자의 형 방번과 사위 이제도 같이 엎드리어 울음을 터뜨렸다.

잠시 후 승지 노석주가 내전으로 불려들어갔다. 임금은 교서의 내용을 불러주었다.

"너희가 오늘 아침에 갑자기 몰려와서 밤에 일어난 일을 고하고서 통촉하라고 하니 나는 그 영문을 모르겠다. 너희가 임금 몰래 일을 저지르고 나서 어찌 이제 와서 통촉하라고 내게 재촉하는가? 다만 정도전, 남은 등이 왕자를 해하려 하였다 하니 그 죄 또한 크지 않다고 할 수 없다. 사정이 급하여 먼저 참사를 하고 사후에 고변하니, 이제 와서 내가 어찌할 수는 없는 일이다. 나는 너희가 결정을 한 대로 따를 것이다."

말을 마친 임금은 가슴을 쥐어뜯었다.

"크 크윽, 내가 목에 뭐가 걸린 듯 가슴이 답답하구나! 토해야겠다."

내관이 타구를 갖다 바쳤다.

"켁, 케~엑"

임금은 목에 걸린 이물질을 토해냈다. 핏덩이가 터져 나왔다. 임금은 다시 자리에 누웠다.

• 2

시위패들은 삼군부를 점령하여 본부로 삼았다. 친군위에 이어 삼군부를 장악하니 더 이상 대항할 군사들이 없었다. 무기고를 열어서 남산에 본영을 두고 있던 하륜의 군사들을 무장시켜 궁성과 도당, 삼군부를 경계하게 했다.

도당에서는 대신들이 다시 모여서 세자를 교체해야 한다고 의견을 모아서 소를 올렸다. 방석을 세자에서 폐하고 영안군을 새로운 세자로 한다는 임금의 교지가 내려졌다.

"세자는 장자로 세움이 마땅하다. 지난날 세자를 세움에 있어서 장자를 버리고 어린 막내를 택하였던 것은 내가 사랑에 빠져 의리를 저버린 데 원인이 있었다. 하지만 정도전 같은 무리들이 간하지 않았다면 가능하였겠는가? 다행히 정도전 등 간당들이 처형되고 왕실이 편안하게 되었다. 너희들이 방석에 대해서는 '화(禍)의 근원이 될 것이라 하여 멀리 유배를 보내자' 하고 '영안군을 새로이 세자로 세우자' 하니 그에 따르겠노라. 부디 사직의 보존에 열성을 다하라."

이성계는 더 이상 임금이 아니었다. 조정의 대신이 일시에 모두 돌아서 버린 상황에서 수발을 들던 환관과 승지는 도당에서 결정한 내용만을 전해 올리고, 신변을 경호하는 금군은 임금을 감시하는 반역꾼으로 변해버린 것이다. 정안대군에게 조종을 당하는 도당의 결정에 형식적인 재가만 할 뿐이었다.

교지의 뜻에 따라 방석을 폐세자하고 장자인 영안대군이 세자가 되었다. 방석은 변방으로 유배 안치하기로 하였으나, 유배가는 길목에서 이거이, 이백경 부자가 보낸 자객에 죽임을 당했다. 세자의 형 방번과 사위 이제도 살해되었다.

• 3

한편 송현방을 탈출하여 간신히 목숨을 건진 남은은 일행 2명과 함께 수구문을 통하여 도성을 빠져나와서 어느 백성의 채소밭 농막에 숨어지냈다. 일행이 사태를 알기 위하여 성문 앞을 기웃거리면서 들은 성안의 소식들은 절망적이었다. 지체없이 남은에게 전했다.

"조준 등 두 정승과 백관들이 전하께 삼봉 대감 등을 참살한 일을 고변하고 전하께서는 이들의 일을 사후 윤허하셨다고 합니다. 방석이 폐세자되고 영안대군이 세자의 자리를 이었다고도 합니다."

"아…, 어쩔 수 없는 일이구나. 삼봉의 역할은 이제 끝이 났구나."

남은은 하늘을 우러러보면서 탄식을 했다.

"이제 어쩌실 작정입니까?"

"내가 도망을 다니면서 더 이상 할 일이 없다."

"언제까지 여기에 숨어만 지낼 수는 없지 않습니까?

"나는 잘못이 없다. 하고자 한 일을 했을 뿐이다. 저들을 찾아가서 내가 이렇게 살아있음을 고할 것이다."

"그리하면 대감의 목숨이 위험합니다."

"이미 저들이 이루고자 한 일을 이루었는데 나를 살린들, 죽인들 무슨 소용이 있겠는가? 삼봉은 도량이 좁고 시기가 많아서 여러 사람들에게서 미움을 받았지만, 나는 그렇지 않은데 나를 죽일 까닭이야 없지 않겠는가?"

남은은 동행인의 만류를 뿌리치고 스스로 순군에 찾아가서 옥(巡軍

獄)에 갇혔다.

남은에 대한 심문이 시작되었다. 정안대군의 명을 받고 온 이숙번이 심문관이었다.

"그대의 죄를 아는가?"

"모른다. 나는 삼봉, 효생과 같이 전하께서 여러 날째 병환을 앓고 계시는 중이라 나라의 장래를 걱정하며 술을 한 잔 나눈 것밖에 없다. 이렇듯 참변을 당해야 할 아무런 죄를 짓지 않았다."

"송현방에서 왕자님들을 시해하고 나아가서 전하를 겁박하여 세자에게 양위하도록 모의를 하지 않았나?"

"그것은 천만부당한 소리다. 왕자님들을 전하의 어떤 뜻도 없이 어떻게 시해를 할 수 있다는 말인가? 말을 그렇게 지어내서는 안 된다."

"거짓말하지 마라. 그대들은 송현방에서 모임을 갖기를 여러 차례 하였고, 또 사태가 일어난 날은 왕자님들을 한꺼번에 궁으로 모았다. 이는 왕자님들을 겁박하여 전하께서 폐세자에게 양위를 하시도록 하기 위한 계략이 아니었나?"

"어찌 그런 말을 하는가? 왕자님들을 겁박하기 위하여 궁으로 모았다면 궁중 친군위에 그들을 지키라 명을 하였을 것이고 또 우리 자신들이 아무 신변의 보호 조치도 없이 한가하게 술을 마시고 있지 않았을 것이다. 그 말은 우리를 내치기 위하여 지어낸 것일 뿐이다."

"아니 되겠다. 저놈의 주둥이에서 더 이상 무례한 변명이 나오지 않도록 목을 쳐버려라"

남은은 이미 사태가 기울어 돌이킬 수 없다고 판단하여 목숨만이라도 건지고자 제 발로 이방원을 찾아갔으나, 채 변명도 못 하고 무참하게 목이 잘려 죽었다. 남은이 죽음으로써 거사의 최대 난적인 정도전, 심효생을 위시한 3인방이 모두 제거된 것이다.

이방원은 궁 안의 일들은 조준, 김사형 두 정승을 앞세워 자신의 뜻대로 진행하였다. 세자 문제도 해결이 되었다. 비록 이방원 자신이 세자의 자리에 앉지는 못했지만, 권력은 이미 자신에게로 넘어온 것이나 다름이 없었다. 임금인 아버지 이성계는 아들의 일에 어떠한 간섭도 할 수 없었다. 이제 자리에서 물러나는 일만 남은 것이다. 이방원의 사저에는 조정 대신들의 발걸음이 잦아들었고, 그들은 정사를 펴면서 이방원의 의중이 어디에 있는가부터 먼저 파악했다.

무인년 8월 26일 밤에서 시작된 거사는 이로써 성공을 거둔 것이었다. 역사는 이를 무인정사 또는 1차 왕자의 난이라고 기록하고 있다.

제44장

정도전을 위한 변명

• 1

실록에는 거사 일의 상황에 대하여 다음과 같이 기록하고 있다.

> "정도전, 남은, 심효생 등이 밤낮으로 송현(松峴)에 있는 남은의 첩 집에 모여서 난을 일으키기로 모의하여 거사일을 정하고서 '세자 방석과 처남 이제, 그리고 친군위 도진무 박위, 좌부승지 노석주, 우부승지 변중량으로 하여금 대궐 안에 있으면서 임금의 병이 위독하다고 일컬어 여러 왕자들을 급히 불러들여서 내노(內奴)와 갑사(甲士)를 시켜 공격하게 하고, 정도전과 남은 등은 밖에서 응하기로 하였으나 일이 사전에 발각되어 성공하지 못하고 참형을 당했다."

그러나 이에 대해서 후세의 학자들은 많은 의문을 제기하고 있다. 과연 정도전 등이 왕자들을 궁으로 불러들여 해치려고 하였던 것이었을까? 1398년 8월 26일 거사 일을 전후한 역사의 기록에는 정안군 측에서는 여러 가지 움직임이 있었다는 것을 보여준다.

정사인 『조선왕조실록』에는 기록돼 있지 않지만 『연려실기술』이나 『어우야담』 등의 기술에 의하면 하륜은 정안대군의 장인 민제를 만나서 '사위가 용의 관상'이라 추켜세우면서 소개해 줄 것을 청하고서 정안대군의 사람이 되었고, 충청도 관찰사로 떠나는 날 송별연 자리에서 정안대군의 옷자락에 술을 쏟는 등 술주정을 하는 척하여 정안대군을 돌아가게 만들어 놓고 뒤따라가서 독대하여 거사에 대해서 상세하게 의논을 하였다는 기록이 나온다. 또 이 자리에서 거사의 무력 사용에 결정적 역할을 할 이숙번을 추천하기도 했다는 것이다.

그러나 정도전 측의 움직임에 대해서는 별달리 기록된 것이 없다. 거사 당일 왕자들을 궁으로 불러들이고서도 남은의 첩 집에 모여서 한가하게 술을 마셨을 정도로 특별히 행동에 옮긴 것이 없었다. 다만 남은의 첩 집 모임의 멤버였던 이무가 정안대군에게 고변한 내용으로 보아서 임금의 사후를 대비하기 위하여 여러 가지 계책을 논의하였을 것이라는 데에는 역사학자들 사이에서 공통적인 견해다. 여기서 정안대군 등 왕자들에 대한 처리를 논했을 가능성을 점쳐볼 수 있지만, 이무가 이것을 곧 실행할 것처럼 과장하여 고변한 것이 아닌지? 추리를 해볼 수는 있을 것이다.

정도전 등이 왕자들을 해하려고 모의를 하고 있다는 사실을 이성계의 이복동생 이화도 눈치채고 이를 정안대군에게 알리면서 몸조심하라고 주의를 준 내용도 실록에 기록돼 있다. 정안대군은 이러한 첩보를 듣고 그렇지 않아도 정도전 등을 제거하기로 계획을 세우고 그 기회를 엿보고 있었는데, 8월 26일 궁으로 불러들이니 이날을 택해 선제공격을 하였던 것이다. 정안대군은 거사 당일 궁중으로 불려들어가서도 두 번씩이나 궁 밖을 들락거리면서 준비 상황을 점검하였고, 정도전의 소재를 파악한 후 기습을 감행했다.

그러한 긴박한 상황을 모른 채 정도전의 일행은 장차 이성계 이후 세자를 옹립할 망상에 젖어서 느긋하게 술잔을 기울이고 있었으니, 참으로 허망한 일이라 아니 할 수 없다. 정도전이 지은 것으로 알려진 자조의 시구처럼 '송현방 한 잔 술에 꿈이 허사로 돼버린 것'이었다.

권력은 오로지 백성을 위하여 존재한다는 민본의 정치도, 외적의 침입을 막아 백성이 안심하고 생업에 종사할 수 있는 부국강병의 나라로 만들겠다는 의지도, 나아가서 대국에 맞서 당당히 우리의 고토를 회복하겠다는 포부도 모두가 허사가 돼버리고 만 것이었다.

왕자의 난이 일어난 지 열흘 후인 9월 5일 이성계는 칭병(稱病)하며 세자 영안대군에게 선위를 하겠다는 교지를 발표했다. 이성계의 둘째 아들 영안대군이 조선의 2대 국왕이 된 것이다. 2대 왕 정종(뒤에 시호를 받음)은 즉위 즉시 정안대군을 세제(世弟)로 임명하였는데, 권력의 실세는 모두 하륜 등 정안대군 편에서 차지하였다.

• 2

그러나 이에 대해서 또 다른 불만을 가진 왕자가 있었으니 바로 정안대군의 바로 위 형인 넷째 회안대군이었다. 그 또한 왕권에 대한 야심을 품고 있었다. 그를 부추긴 사람은 왕자의 난에 공을 세웠는데도 논공행상에서 제외되었던 박포였다. 박포의 부추김으로 형제간에 또 한 번 피의 전쟁을 일으키게 되는데 이른바 '2차 왕자의 난(방간의 난)'이다.

정안대군은 '2차 왕자의 난'에서도 승리를 하게 되어 권력 기반을 더욱 공고하게 다지게 되었고 정종은 2년을 재위하다가 결국 정안대군에게 권력을 물려주고 상왕으로 물러났다.

정안대군은 정종을 상왕으로 존호를 올리면서 "엎드려 바라건대, 전하께서는 도를 즐기고 한가로이 노시는데 정신을 가다듬으시고 일생을 편안히 지내시옵소서."라고 건의를 올렸다. 이는 권력과 거리를 두고 지낸다면 편안한 일생을 보장해주겠다는 일종의 권고였던 것이고 협박이었다. 정종은 정안대군의 권고대로 퇴위 후 19년 동안 상왕으로 지내면서 권력과는 거리를 둔 채 8명의 부인을 거느리고 오로지 놀고 즐기는 일에 전념하면서 지내오다가 63세 일기로 천수를 다했다. 부인이 8명이나 되는데, 이중 첫째 부인 정안왕후와의 사이에서는 자식이 없었으나, 나머지 부인들로부터는 15남 8녀의 자녀를 두었다.

태종 이방원은 18년의 기간 동안 재위했다.[75] 그는 피의 투쟁을 거

75) 사후 태종으로 추존되었다.

쳐 왕위에 오른 만큼 재위 기간에 왕권의 유지, 강화에 심혈을 기울였다. 임금과 정승이 도당에서 국사를 합의하여 운영하던 이른바 '의정부합의체제'를 임금이 직접 관장하는 '육조직계체제'로 개편하였고, 왕권에 위협이 되는 인물은 철저히 견제·탄압을 했다.

몇 번에 걸쳐서 양위의 의사를 비치면서 신하들의 의중을 떠보는가 하면, 조금이라도 충성심에 의심이 가는 신하가 있으면 가차 없이 유배와 참수, 가혹한 형벌을 내리면서 임금 1인 체제를 강화하였다.

왕권 강화의 의지는 자신의 권력 기반을 구축하기 위해서 뿐 아니라 후계 문제에서도 철저하게 행사하였다. 예컨대, 세자 양녕이 여러 문제를 일으키자 장차 임금으로서 자질이 부족하다고 하여 셋째 충녕(세종)에게 그 자리를 잇게 하였다. 그리고 세종에게 임금 자리를 물려주고 나서도 권력을 놓지 않고 상왕으로 있으면서 후견인이 되어 왕권의 행사에 걸림돌이 되는 인사들을 척결했다. 세종의 장인 심온이 외척으로서 장차 세종의 치세에 걸림돌이 될 것을 염려하여 별것도 아닌 이유를 들어 사약을 받게 한 것이 대표적 사례다. 이로써 세종이 거침없이 왕권을 행사할 수 있도록 길을 터준 셈이다. 그러한 이유 등으로 태종은 폭군이라는 세간의 비난에도 불구하고 나름대로 그 치적에 대하여는 평가를 받고 있다.

태종이 제일 잘한 일로 평가받는 것은 셋째 충녕(세종)의 자질을 발견하고 신하들의 반대에도 불구하고 무능한 첫째인 양녕과 교체해 세자로 앉혀서 왕위를 잇게 한 일이었다.

세종은 6진을 개척함으로 변방을 안정시켰으며, 훈민정음의 창제, 해시계를 비롯한 수많은 과학기술품의 발명 등으로 문화의 전성시대를 이루었고 산업을 장려하여 백성의 경제생활을 윤택하게 했다. 세종의 시대에는 유독 명신도 많았다. 황희, 맹사성, 정인지, 김종서, 심지어는 노비 출신인 장영실에게도 벼슬을 내려 능력을 발휘하도록 하여 그들과 함께 소통하면서 국정을 운영한 결과 괄목한 업적을 이루어 냈다.

세종대에 이뤄낸 이런 발전의 모습은 바로 정도전이 실현하려던 이상 정치의 실현인 것이다. 정도전의 민본사상과 부국강병 정책은 곧 세종의 백성을 사랑하는 마음이자 국방의 안정이며 민족의 자부심을 고취한 문화의 융성이었다.

임금의 직책은 현명한 재상을 골라서 임명하고, 통치는 그 재상과 협의하는 데에 그치며, 일상적인 국사는 재상이 백관들과 의논하여 펼치게 맡겨두어야 한다는 정도전의 '재상정치'는 바로 세종의 국정운영 방식이었이다. 세종의 빛나는 여러 업적은 정도전의 죽음으로서 이뤄낸 결과라고도 할 수 있다. 정도전은 이방원에 의해서 죽임을 당했지만, 그 이방원의 지지로 세종이 왕위에 올랐고, 결과적으로 정도전의 이상 정치도 빛을 보게 되었으니 역사의 전개가 참으로 아이러니하다고 아니할 수 없다.

역사의 강줄기는 한 방향으로 순탄하게 흘러가는 듯도 하지만, 때로는 예기치 못한 물굽이를 만나 원치 않는 곳으로 잠시 방향을 틀었다가도 다시 본래의 길을 찾아 유유히 바다로 향하는 것이 아닌지……?

제45장

못다 한 이야기

• I

정도전은 역신이 되어 죽임을 당했지만, 멸문지화는 면했다. 이방원은 정도전을 정적으로 보아 처단했지만, 연좌제는 적용하지 않았다. 정도전에게는 네 아들[76]이 있었는데 두 아들은 아버지의 참변 소식을 듣고 달려 나갔다가 반란군에 의해서 길에서 죽임을 당하였고, 막내는 집에서 자결했다. 그러나 첫째 정진은 요행히 살아남을 수가 있었다. 이방원은 정진을 죄인의 아들이라 하여 벼슬에서 퇴출 폐서인하여 전라도 수군에 복무하도록 하였으나 뒤에 사면·복권해 주었다. 정진은 세종 때에 형조판서를 지냈고, 그의 아들 문형은 세조 때에 우의정을 지냈다.

그러나 조선왕조는 공식적으로 정도전 본인에 대한 누명은 벗겨주지 않았다. 한때 정조 15년(1791년)에 정도전의 학문적 업적을 높이 평가하여 임금의 명에 의해서『삼봉집』을 편찬하기도 했지만, 그에 대한 신원[77]은 이루어지지 않았다.

정도전이 신원된 것은 사후 467년이 지난 경복궁 중수 때 대원군에 의해서였다. 임진왜란 때 불이 탄 채 방치돼 있던 경복궁을 대원군 이하응이 중건하면서 정도전의 공을 인정하여 공식적으로 신원을 해주었다. 그 2년 뒤에 문헌공이라는 시호를 내리고 사당에 모셔서 제사를 지낼 수 있도록 허락해주었다. 정도전을 모신 문헌사(文憲祠)는 현재 경기도 평택시 진위면 정도전의 후손 집성촌에 있다.

정도전의 시신은 변란의 뒤끝으로 후손들이 제대로 수습을 못하여

76) 세 아들에 동생의 아들 한 명이 더 있었다는 주장도 있음 – 네이버 지식in (전 국사편찬위원장 이성무 박사 견해)

77) 신원(伸冤) : 원한을 풀어줌

묏자리가 불분명했다. 다만 『동국여지지』에 "과천현 동쪽 18리[78] 정도전의 묘가 있다."라는 기록이 있다. 기록에 따라 후손들이 일대를 탐색하여 묘비명이 없는 묘소 1기를 발견하였는데, 1989년 한양대학교 박물관에서 이를 발굴하여 몸체가 없이 두상 부분 유골만 남아있는 것을 확인하였다. 그리고 무덤에서 조선 초기의 백자가 함께 출토된 것으로 봐서 "정도전의 묘일 가능성이 있다."라는 잠정적 결론을 내렸다. 동 묘소는 현재 서초구청 공사로 훼손이 되었고, 유해는 평택시 진위면 정도전 사당 '문헌사' 맞은 편 야산에 가매장되어 있다.

• 2

정도전의 요동 정벌론은 가능한 일이었을까?

황제 주원장은 불안정한 동북지역을 장악하기 위하여 이곳에서 서로 연계돼있는 북원과 여진, 조선을 줄기차게 견제해 왔다. 이는 과거 원나라 지배지인 철령 이북지역을 직접 지배함으로써 이곳에서 이족(異族) 국가의 발호를 막으려고 한 것으로, 고려말부터 견지해온 주원장의 요동 공략 정책의 일환이었다.

정도전의 요동 정벌론은 황제의 이러한 정책에 대한 반발이었다. 물론 더 직접적 계기가 된 것은 명나라가 위험인물로 정도전을 지목하고 「표전문」에 불손한 문구가 포함되어 있다고 트집을 잡아 압송을 요구한 데에 있다. 하지만 정도전은 그 이전부터 진법훈련을 강화하는 등 명나라에 대해서 군사적 준비를 하고 있었다.

이성계 또한 건국 후 몇 년이 지나도 황제로부터 국왕으로 인정받는 책인을 받지 못하고 있었고, 또 사신으로 보낸 신하가 매를 맞고, 심지

78) 지금의 서울 우면산 북쪽 자락을 지칭

어는 목숨까지 잃는 수모를 당하였기에 요동 정벌론에 힘을 실어주었다. 이성계의 경험으로 보아서는 과거 공민왕 대에 요동으로 진출하여 오녀산성을 정벌한 경험도 있었기에 해 볼 만하다는 자신감도 있었을 것이다.

그렇다면 요동 정벌은 과연 가능했던 일이었을까? 명나라와 전쟁을 치렀다면 성공을 거둘 수가 있었을까? 비록 실천은 못 했지만, 주목을 해볼 만한 일이다.

중국은 대국이지만 끊임없이 내란이 반복하여 일어났고, 그 틈에서 이민족의 공격을 수없이 받아왔다. 진시황은 중원을 통합하고도 흉노족 등 이민족의 침입이 두려워 만리장성을 쌓았지만, 선비족에 의해서 정벌을 당했다. '북위'는 진나라가 멸망하고 혼란기에 선비족이 세운 나라였다. 요나라는 거란족이 당나라를 정벌한 뒤 세운 나라고, 여진족은 금나라를 세우고 북송을 멸망시켰다. 몽골족은 100년이나 중원 대륙을 지배했다. 정도전은 요동 정벌 계획을 세우면서 이러한 점을 검토하지 않았을 리가 없었을 것이다.

더군다나 요동의 광활한 땅은 고구려가 지배하던 우리의 고토가 아니던가! 정도전은 요동 땅을 되찾고 요나라나 금나라, 원나라가 했던 것처럼 우리도 중원의 패자가 되고자 준비를 하였을 것이다. 비록 지금은 저들을 대국으로 떠받들어야 하는 약소국의 신세지만 반드시 그 기회가 올 것이라고 믿으면서…, 군사훈련을 강화하고 유비고를 설치해 군량미를 비축하며 왜구정벌을 구실로 동원태세를 점검하였던 것이다.

명나라의 속사정을 보면 정도전이 기대하던 기회는 실제로 다가오고 있었다. 명 황제 주원장이 갑작스럽게 죽게 된 것이다. 그가 죽기 얼마 전에는 명나라 태자가 먼저 죽었다. 어린 세손이 2대 황제의 자리에 앉게 되자 명의 정국은 극심한 혼란에 빠져서 내전이 일어났다. 정도전이 죽은 다음 해(1399년)부터 3년간 계속된 내전은 명나라 조정을 마비시킬 정도로 치열했다. 정도전이 살아있었다면 실로 이러한 기회를 노렸을 것인데….

오호, 통재(痛哉)라!

'송현방의 한잔 술'로 요동 정벌의 원대한 꿈은 한낮 물거품이 돼버리고 말았으니, 이것은 정도전의 운명인지 이 나라의 운명인지?

이로부터 요동 땅에 대한 우리 민족의 염원은 요원해져 버렸다. 명나라의 혼란은 1402년 내전에서 승리를 거둔 주원장의 넷째아들 연왕이 3대 황제(영락제)에 등극함에 따라 끝이 났다.

명나라는 이로부터 200년을 지속해오다가 변방의 부족 여진족에게 정복이 되었고, 그 200년 뒤에는 섬나라 일본에 의해서 또 침략을 당했다.

정도전의 야망 끝.

2021. 4.

사라진 왕국 아라가야 땅 함안에서 맺음

찬란한 아침의 명과 암

정도전의 야망

4권 완결판

초판 1쇄 2021년 05월 28일

지은이 윤만보
발행인 김재홍
총괄 · 기획 전재진
디자인 김다윤 남충우
교정 · 교열 전재진 박순옥
마케팅 이연실

발행처 도서출판지식공감
등록번호 제2019-000164호
주소 서울특별시 영등포구 경인로82길 3-4 센터플러스 1117호(문래동1가)
전화 02-3141-2700
팩스 02-322-3089
홈페이지 www.bookdaum.com
이메일 bookon@daum.net

가격 13,000원
ISBN 979-11-5622-596-6 04810
SET ISBN 979-11-5622-191-3 04810

문학공감은 도서출판지식공감의 인문교양 단행본 브랜드입니다.